나의 검정 그물 스타킹

나의 검정 그물 스타킹

이신조 소설집

문학동네

| 차례 |

나의 검정 그물 스타킹

겨우, 간신히 그녀의 발걸음을 느낀다.

회오리처럼 빈 방을 휘젓는 거세고 차가운 바람도 느낀다.

그녀의 발걸음, 바람 부는 창가 쪽을 향하는 발걸음.

나는 그녀를 멈추게 하고 싶다. 기다려, 조금만, 아직은 아닐 수도 있어.

그러나 돌이켜보면 그녀의 발걸음은 항상 바람 부는 쪽을 향해 있었다.

나 역시 그랬다.

어떤 모반을 꿈꾸며 손톱에 매니큐어를 칠해보지 않은 자라면 이해할 수 없는, 그런 것. 어느 모멸에 맞서기 앞서 서둘러 화장을 고쳐야 했던 자의 떨리던 입술선, 그런 것. 언제나 잠시도 같지 않은 바람 속에 서 있는, 그런 것. 내가 말하려는 것은 그런 것들이다.

나는 지금 그녀와 함께 그녀의 침대 위에 누워 있다. 그녀는 이렇게 침대에 길게 누운 채로 피우는 하루의 첫 담배를 가장 좋아한다. 그러나 이 순간, 나와 함께 있는 그녀는 사실 철저히 혼자다.

지금 그녀의 머릿속은 텅 비어 있다. 그녀는 천장을 향해 피어오르는 담배연기에 집중한다. 그 무심한 확산에 온통 정신을 판다. 막 세안을 마치고 얼굴에 여섯 종류의 로션을 바른 그녀. 복잡다단한 성분과 효능의 화장품들이 그녀의 피부에 스며들고 있다. 지금 그녀에게 일어나고 있는 일이란 그 정도뿐이다.

그녀는 제 젖가슴 사이에 올려놓은 조그만 유리 재떨이에 재를 떤다. 나는 그녀가 누군가의 시선을 의식하지 않는 순간이 바로 이 때라는 것을 알고 있다. 순결한 방심의 상태. 많은 사람들이 생각하는 것과는 달리, 그녀는 의외로 수수하고 솔직한 여자일지 모른다.

그러나 문득 그녀의 몸에 밀착된 내게 왠지 모를 서글픔이 느껴진다. 이것은 내 것이 아닌 그녀의 서글픔이다. 늦은 아침의 이른 봄햇살이 비쳐드는 창문과, 담배연기가 힘없이 가 닿는 천장. 이 짐짓 평온한 서글픔에 나는 마음이 약해진다. 나는 그녀의 희고 예쁜 다리를 바짝 끌어안는다.

그녀가 내게 반응한다. 그녀는 무릎을 세우고 다리를 꼬며 저를 감싸안은 나를 바라본다. 그녀는 포옹을 좋아한다. 누군가에게 온전히 안기는 것이 아직도 그녀에게 눈물겨운 일임을 나는 잘 알고 있다. 그녀는 순결한 방심의 상태에서 재빠르게 벗어난다. 왠지 모를 서글픔도 스러져버린다.

순식간의 일이다. 그녀는 텅 비어 있던 머릿속을 온갖 상념으로 채운다. 아름다운 여자들이 대개 그렇듯이 그녀도 혼란에 익숙하다. 피로한 소요가 일기 시작하는 마음 한구석에서 오히려 안정을 찾는 그녀. 그녀는 그런 타입의 여자다. 그녀는 벗은 가슴 위에 차갑게 놓인 유리 재떨이에 뜨거운 담배를 비벼끈다.

그녀는 천장을 올려다보며 거울을 상상한다. 상상의 거울 속에는 침대에 누워 한껏 퇴폐적인 포즈로 다리를 꼬는 알몸의 여자가 있다. 그러나 완전한 알몸은 아니다. 그녀의 희고 날씬한 다리를 감싸안고 있는 것은 바로 나, 아가일 체크 무늬로 직조된 값비싼 검정 그물 스타킹이다.

늦은 아침, 얼굴에 로션이 스며드는 동안 알몸에 검정 그물 스타킹만을 신고 침대에 누워 담배를 피우는 그녀. 그녀는 나로 하여금 골반 아래가 까맣게 타버린, 타락한 인어를 연상시킨다. 인어의 비늘을 닮은 검정 그물 스타킹의 무늬. 그렇다. 나는 확실히 음란하고 퇴폐적인 느낌을 자아내는 물건이다.

언제나 잠시일 수밖에 없는 위로. 어쨌든 그녀는 조금 우쭐해졌다. 상상의 거울 속 제 모습에 만족한 것이다. 그러나 우쭐한 기분을 얼굴에 내비쳐서는 안 된다. 사람들은 아름다운 여자가 제 아름다움에 무심한 듯한 태도를 취하는 것을 좋아한다.

그녀는 화려한 드레스나 보석이 더이상 귀찮을 정도가 되어버린 귀족 아가씨 같은 표정을 지어 보인다. 그녀는 이미 혼자라는 사실을 잊었다. 그녀가 즐기고 있는 것은 자신을 바라보는 가공의 인물, 상상의 뭇 시선들이다.

그녀는 스스로 만들어낸 가공의 시선으로 제 모습을 훔쳐보고, 판단하고, 감탄하는 공상을 즐긴다. 그것은 아주 어렸을 때부터 자연스럽게 익힌 습관이다. 그녀는 그 가공의 시선에게 항상 멋지게 보이려고 노력한다. 그러므로 그녀는 하루의 첫 담배를 피우는 이런 때를 제외하고는 혼자일 때도 혼자인 경우가 거의 없다.

그런 습관으로 인해 그녀는 어느 순간 자신을 타인처럼 여기는 일에도 익숙하다. 그것은 일견 아주 혼란스럽기도 하고 아주 편리하기도 하다. 또 그녀를 참을 수 없게도 하고 또 견디게도 한다. 어쩔 수 없었어, 나는 종종 그녀의 혼잣말을 듣는다. 괜찮아 넌 배우의 운명을 타고난 거야, 난 그녀를 위로한다. 그녀는 정말 천성이 배우인 여자다.

이제 그녀는 배우처럼, 마치 새로운 장면을 연기하는 배우처럼 침대에서 몸을 일으킨다. 그녀는 단 한 번의 동작으로 나를 벗는다. 문득 흰 바나나처럼 드러나는 여자의 누드. 정말 배우인 그녀. 그러나 꽤 오랫동안 진짜 연기를 하지 못한 그녀. 예의 가공의 시선이 오늘 아침 막 서른두 살이 된 그녀의 알몸을 훑는다. 담배연기처럼 피어오르는 엷은 불안과 초조.

그녀는 아래위 속옷을 입는다. 역시 검정 폴리에스테르다. 그리고 벗을 때와는 달리 차분하고도 신중한 동작으로 다시 나를 제 두 다리 위로 끌어당긴다. 스타킹을 신는 여자의 동작은 아름답다. 언젠가 그녀와 함께 본 드가의 그림, 아라베스크의 발레리나들처럼.

그녀가 흰 새 같은 손을 내게로 뻗는다. 허물처럼 일그러져 있던 나의 몸뚱어리가 부챗살처럼 펴진다. 그녀는 긴 손톱에 주의를 기울이며 조심조심 무릎과 정강이뼈 부근 나의 다이아몬드 무늬를 바로잡는다. 내 영혼은 온전한 육체를 갖는다. 나는 그녀의 허벅지와 종아리를 부드럽고 단단하게 조인다. 좋은 각선미다.

새 속옷의 상쾌하고 안온한 질감이, 정교한 아가일 체크의 검정 그물 스타킹인 내가 뿜어내는 도발적인 느낌이 그녀에게 용기를 준다. 무언가가 행운의 방향으로 환기되는 듯한 느낌. 지금 그녀의 기대와 설렘을 아무도 비난할 순 없다. 막연한 태도에 대한 힐난, 착각에 빠졌다는 두려움. 그녀도 나도 짐짓 외면한다.

그녀는 붉은 자줏빛이 도는 보라색 투피스를 입는다. 옷장의 서랍 속에는 또다른 내가 가득 들어 있다. 나는 매일 몸을 바꾼다. 지그재그 격자와 가로세로 다양한 줄무늬, 코의 크기가 각기 다른 검정 그물, 타탄, 체커보드, 오버 플래드, 깅엄 같은 여러 종류의 체크, 기하학적인 각종 패턴들과 샤넬, 루이 비통, 구찌, 프라다 같은 명품 브랜드의 로고가 새겨진 것들까지.

그러나 나는 그녀에게도, 대부분의 사람들에게도 통칭 검정 그물 스타킹이라고 불린다. 불만이 없는 것은 아니다. 그러나 나는 나를 자부한다. 나의 영혼은 세상 가장 까다롭고 섬세하고 민감한 의류인 스타킹, 그 육체에 깃들인다. 나는 화장대 앞에 선 그녀의 두 다리, 뜨겁고 빠른 각성의 피돌기를 느끼는 아름다운 검정 그물 스타킹이다.

그녀가 메이크업 박스를 연다. 계단 모양의 층층 서랍 속에 가득한 수십 가지 화장품과 화장도구들. 눈썹은 왼쪽부터 그린다. 아이섀도는 오른쪽 눈두덩부터, 립스틱은 아랫입술부터다. 파우더 브러시가 이마와 콧등을 스칠 때 그녀는 잠시 눈을 감는다. 여자의 화장이란 그런 것이다.

미안하지만 화장에 목적은 없다. 화장을 하는 것은 눈밑 그늘이나 얼굴의 잡티를 감추기 위해서만은 아니다. 쌍꺼풀을 돋보이게 하기 위해서도, 아랫입술을 좀더 도톰하게 보이게 하기 위해서도 아니다. 그것만이 아니다. 여자의 화장은 잘 보이고 싶은 남자를 위한 것도, 여자 자신을 위한 것도 아니다. 그 누구를 향한 것이 아니다.

화장을 하는 여자는 한 시간 후의 세계에 있다. 한 시간 후의 세계는 적당한 미지의 세계다. 흐릿한 밑그림밖에는 그려볼 수 없는 불분명한 세계. 매혹과 공포의 세계. 그리하여 한 시간 후 여자가 맞이하게 될 구체적인 현재진행형의 세계. 예상했던 상황 혹은 뜻밖의 사건. 외출을 준비하며 화장을 하는 여자는 이미 한 시간 후의 세계, 그 가까운 미래에 서 있다.

한 시간 후의 세계. 여자의 화장은 그 기대와 불안에 찬 세계를 가득 메울 수상한 공기의 미립자들을 향한 것이다. 소음의 진원, 향기의 정체, 관계의 질감, 상황의 탐색, 변화의 징후, 깨달은 진실…….

가까운 미래에 대한 여자식의 여자만의 여자다운 선취(先取). 능동이자 피동, 공격이자 방어, 과감한 결행이자 조심스러운 주저함, 정답에 근접하고 싶은 예상답안의 욕구, 또는 무책임한 방기의 유혹, 열망이자 체념, 뜻 모를 직감, 아주 작고 사소한 것에 삶이 좌우

될 것 같은 예감, 화장.

도대체 번잡스럽게 화장 따윈 왜 하는 거야? 겨우 그 정도의 질문법으로 세상과 여자를 대하는, 결국은 여자로 하여금 연민 정도밖에는 불러일으키지 못하는 남자가 묻는다. 그 질문에 여자는 정확히 설명할 수 없다는, 당신은 결코 이해할 수 없을 거라는, 애매한 표정을 짓는다. 그 묘한 표정이 수천 년 동안 여자들이 화장을 멈추지 않는 이유의 답안이다.

화장에 적어도 표면적인 이유는 없다. 그러므로 그것은 더없이 매력적인 일이다. 이유도 목적도 없는 화장을 하고 짐짓 깊은 생각에 잠긴 듯한 표정을 짓는 여자, 나는 그런 여자를 좋아한다. 나의 그녀처럼.

마스카라를 칠한 속눈썹을 조심스럽게 뷰러로 집어올리며 한 시간 후의 그녀는 한 시간 전의 벽시계를 바라본다. 내가 느끼는 그녀는 분명 긴장하고 있다. 빗에 엉긴 머리칼을 떼어내는 그녀, 귀고리를 고르는 그녀, 핸드백 안을 채우는 그녀. 방문을 나서려다 잊었다는 듯이 서랍을 열고 왼쪽 가슴에 벨벳감의 검정꽃 코르사주를 다는 그녀.

그녀의 집 앞에 대기중인 까만 세단. 그러나 그것은 노란 갓등을 쓴 택시다. 최고급 차종의 국산 세단. 중년의 모범택시 기사는 제법 깍듯하다. 그러나 그녀를 향해 직업적인 포즈로 고개를 숙이던 기사의 시선 역시 내게 와 머문다. 그는 직업적인 포즈를 잠시 잊고 평범한 사내의 눈길로 붉은 보랏빛 스커트 아래 나와 그녀를 바라본다.

그녀는 이미 그런 시선에 익숙하다. 정작 그녀가 신경이 쓰이는 것은 바람이 꽤나 쌀쌀하고 매운 초봄의 날씨다. 나의 그물망 사이로 오소소 그녀의 소름이 돋는다. 그녀는 옷장 속의 버버리 코트를 떠올린다. 그러나 항상 바람 속에서만 그리워할 수 있었던 모든 따뜻한 것들. 차가 출발하자 그녀는 선글라스를 꺼내 쓴다. 커다란 붉은갈색 페레가모.

다행히 택시 안은 훈훈하다. 그녀는 몸을 녹인다. 그러나 마음은 쉽게 녹지 않는다. 그녀와 나를 태운 택시는 방송국이 있는 도시의 섬으로 들어선다. 그녀는 아주 어려서부터 이 섬에 익숙해져 있다. 이 섬의 어느 아파트에 살기도 했었다. 그녀의 왼쪽 가슴에 달린 검정꽃 코르사주의 주인이었던 그녀의 엄마와 함께.

나는 그녀의 엄마를 잘 알고 있다. 그녀의 엄마는 그녀의 아버지보다 꼭 서른 살 어렸다. 그녀의 아버지가 죽었을 때 그녀의 엄마는 서른넷이었고 그녀의 나이는 열하나였다. 내가 잘 알지 못하는 그녀의 아버지. 술과 여자와 거짓말을 좋아하는 호인 타입의 부동산 갑부였다는 그녀의 아버지. 그런 아버지의 세번째 부인이었다는 그녀의 엄마.

단지 젊었을 뿐, 그다지 미인이랄 수 없었던 그녀의 엄마. 더구나 그녀를 낳고 바로 뚱보가 되어버린 그녀의 엄마가 가질 수 있었던 건 이목구비가 뚜렷한 부계(父系)의 유전자를 이어받은 '인형처럼'

생긴 딸과, '이쁜이네' 라고 불렸던 시장 상가의 목 좋은 수입품 상점뿐이었다.

그녀의 엄마는 평생을 딸과 수입품만으로 살아온 여자였다. 크고 작은 가전제품과 가구는 물론, 식료품과 의류의 대부분, 칫솔에서 세제, 프라이팬 뒤집개에서 냄비받침까지, 집 안엔 모두 외제품뿐이었다. '인형처럼' 생긴 '이쁜이네' 의 이쁜이였던 그녀는 어린 시절 꼭 '구디' 라는 상표의 미제 머리끈과 머리핀만을 사용해 머리칼을 땋거나 묶었다.

그녀의 엄마 역시 외제 검정 그물 스타킹을 애용했다. 그러나 나는 항상 그녀의 엄마가 아닌 그녀를 통해서만 '온전한 나' 일 수 있었다. 그녀와 나를 만나게 한 것 역시 그녀의 엄마였다. 그러나 솔직히 말해 나는 그녀의 엄마가 싫었다.

낱개로 비닐 포장된, 노랗고 짭짤한 미제 슬라이스 치즈를 핸드백 속에 가득 넣고 다녔던 그녀의 엄마. 어디서든 누구의 앞에서든 오물오물 사탕이나 껌처럼 그것을 까먹던 그녀의 엄마. 과연 그녀의 엄마가 하루에 몇 장의 치즈를 먹었는지는 나도 그녀도 그녀의 엄마도 모를 일이었다. 연예계 관계자들이나 스포츠연예신문의 기자들은 그녀의 엄마를 '치즈부인' 이라고 불렀다. 비위가 상한다는 것이었다.

그녀의 엄마는 지난 겨울에 죽었다. 평범하고 어처구니없는 교통사고였다. 나는 그녀가 진정 충격을 받았음을 알고 있었다. 그 충격은 경이로운 것이었다. 그녀는 어떤 식으로든 엄마가 제 곁에서 사라져버릴 수 있다는 것이 놀라울 뿐이었다. 그녀는 엄마가 자기와 한날 한시에 죽을 것이라고 생각하고 있었다. 그녀는 흰 소복 속에 검정 그물 스타킹, 나를 신었다. 그건 엄마에 대한 애도와 경멸과 사랑과 반항의 표시였다. 슬픈 해방이었다.

그녀의 엄마는 내게 성격이나 기질이 만드는 운명을 생각하게끔 했다. 아침마다 잠이 덜 깬 그녀에게 조간신문이나 아침뉴스에서 다루어진 끔찍한 사고 소식이나, 개탄을 금치 못할 패륜사건의 전모 등을 상세하고 흥미진진하게 들려주던 그녀의 엄마. 타고난 불화의 기질. 은근히 세상과의 불화를 즐기던 전투적인 성격. 결국은 불화 그 자체가 되어버린 그녀의 엄마.

치즈부인, 그녀의 엄마. 그녀의 대리인이자 매니저이자 운전기사이자 코디네이터이자 이미지 메이커이자 홍보담당이자 재산관리자이자 연기지도자이자 가장 열렬한 팬이었던 그녀의 엄마. 그녀의 엄마이자 아빠이자 딸이자 선생이자 친구이자 간수였던 그녀의 엄마. 그녀의 모든 것이었던 그녀의 엄마.

그러나 그녀의 남자만은, 그녀의 애인이나 남편만은 될 수 없었던 그녀의 엄마. 그러므로 그녀의 엄마가 그녀의 모든 남자들에게 극히 적대적이었던 것은 일견 당연한 일이었다. 그녀는 어리석고 철없었던 자신의 행동을 진정으로 후회하고 있다. 엄마에게 처음부터 너무 극단적인 방법을 사용했던 것이다.

스무 살, 재수를 하며 하이틴 영화를 촬영중이던 그녀는 당시 인기몰이를 시작하던 스물두 살의 신인 남자가수와 혼인신고를 했다. 그러나 스무 살, 그들이 최적의 도피처라고 생각해낸 곳은 겨우 설악산 정도였다. 그녀의 엄마는 단숨에 그들을 찾아내었다. 그녀의 첫번째 이혼과 첫번째 인공유산이 순식간에 이루어졌다. 그녀의 첫번째 남편이었던 그는 이내 군대에 징집되었다. 그 기습적인 결혼과 기습적인 이혼은 두고두고 회자되는 당시 연예계 최대의 스캔들이었다.

그녀의 엄마는 적잖이 충격을 받은 듯했다. 결국 그녀를 대학에 보내지 않았다. 남들이 하는 것처럼 매니저를 두거나 기업형 소속사를 찾지도 않았다. 아무도 그녀의 엄마를 거치지 않고는 그녀에게 접근할 수 없었다. 상상력이 풍부하지 못한 자는 자신의 소유물을 지키기 위해 편협하고 극단적인 방법을 사용한다. 그녀는 길게 머리를 기르고 집 안에 틀어박혔다.

얼마의 시간이 흐르고 그녀는 티브이 멜로드라마의 주인공 역할을 맡았다. 삼중으로 얽힌 삼각관계에 관한 내용이었다. 비교적 성공적인 컴백이었고 광고 출연 제의가 잇달았다. 그녀는 엄마의 감시를 피해 다시 사랑에 빠졌다. 상대역을 맡은 남자 탤런트였다. 그녀는 다시 도망쳤다. 그러나 철없이 혼인신고를 하거나 하지는 않았다.

이번엔 태국의 한 휴양지였다. 그녀의 모든 남자에게 적대적이었던 그녀의 엄마. 그녀의 엄마는 아직 충분히 젊었고 무슨 일이 있더라도 딸과 수입품을 포기할 수 없는 여자였다. 아쉽게도 나는 그 장면을 목격하지 못했다. 치즈부인의 대활약—그녀의 엄마는 태국의 어느 호텔 방으로 들이닥쳤고, 그녀와 함께였던 남자 탤런트의 치아를 세 개나 부러뜨렸다고 한다.

엄마를 떠올리는 그녀는 어느새 방송국 로비의 커피숍에 앉아 있다. 느닷없이 혼자인 그녀. 슬픈 해방. 그녀는 아무것도 섞지 않은 커피를 연신 휘젓고 있다. 그녀를 힐끔거리는 주위의 뭇 시선들. 이 시선은 그녀가 만들어낸, 그녀에게 호의적일 수밖에 없는 예의 가공의 시선이 아니다. 연예인을 직접 보았다는 걸 일상의 큰 사건으로 여기는 일반인들의 시선도 아니다.

나의 그녀는 다소 의기소침하다. 또 불편하다. 사람이 많은 곳에 이렇게 부려지듯 놓인 경험이 그녀에겐 거의 없다. 엄마 없이. 약속 시간은 십 분쯤 지났다. 나는 그녀의 들쭉날쭉한 체온의 변화에 별 도움을 주지 못한다. 그녀의 피는 무릎께에 한동안 고여 있다 잊었다는 듯이 발목을 향해 흐른다. 그녀는 반대로 다리를 꼰다. 불편하게 일그러지는 나의 아가일 체크 무늬.

그녀와 나도 짐짓 무심한 듯 주변을 살핀다. 가수 탤런트 코미디언 따위의 연예인들, 혹은 그 연예인들이 하나 신기할 게 없다는 방송 관계자들, 연예인이 아니면서도 방송 출연이 잦은 각 분야의 명사들, 건너편 테이블에 앉아 있는 것은 통성명을 한 적이 없는 티브이 퀴즈 프로그램의 진행자다. 뒤 테이블에 앉아 있는 사람들은 목소리가 유명한 성우들이다. 이곳은 방송국—아름답고 잔인한 정글이다.

그녀는 창가 테이블에 앉아 있던 누군가와 우연히 눈이 마주친다. A다. A는 이 초쯤 나의 그녀를 바라보다 다시 고개를 돌려 치아가 많이 드러나 보이는 특유의 미소를 마주 앉은 남자에게 지어 보인다. A다. 그녀와 이십여 년을 알고 지낸 A다. 열한 살 때부터 그녀와 함께 라이벌이란 이름으로 사람들의 입에 오르내렸던 A다.

A는 인터뷰를 하고 있는 모양이다. 그녀와 내게 뒤통수를 보이며 A 앞에 마주 앉은 남자는 연신 무언가를 받아적고 있다. A는 정계 진출설이 나도는 이 방송국의 유명 앵커와 작년에 결혼했다. 한 중년의 여자가 조심스럽게 다가가 소녀처럼 웃으며 A에게 사인을 받는다. 나의 그녀는 최근 A 부부가 함께 출연한 가전제품 광고를 떠올리고 있다.

그녀는 한 제과회사가 주최한 '예쁜 어린이 선발대회'에서 열한 살 동갑내기였던 A를 처음 만났다. 색동저고리와 분홍 드레스, 수영복 심사까지 성인 미인대회를 그대로 본뜬 대회였다. 물론 일등 왕관을 차지한 건 나의 그녀. A는 이등이 아닌 삼등. 삼등의 머리엔 왕관이 아닌 화관이 씌워졌었다고 죽은 그녀의 엄마는 종종 필요 이상 흥분하며 말했다.

그 제과회사의 초콜릿을 선전하는 티브이 광고가 바로 그녀의, 또 A의 데뷔작이었다. '인형처럼' 예쁜 그녀가 요정의 날개옷을 입고 귀엽게 초콜릿을 오물거리는 그 흑백 광고를 나도 본 적이 있다.

숲속의 요정인 그녀 뒤로 참새 옷을 입고 똑같은 춤을 추던 예닐곱 명의 아이들. A는 그중 하나였다.

어린 시절 거의 모든 티브이 드라마의 아역을 양분했던 그녀와 A. 열여섯 열일곱 열여덟, 올림픽과 교복 자율화 세대였던 그녀와 A. 발목이 드러나는 짧은 길이의 청바지나 세일러 스타일의 원피스를 입고 나란히 학생 잡지의 모델이 되었던 그녀와 A. 경쟁관계에 있던 두 음료사의 전속모델로 각각 활동했던 그녀와 A. 고교생들을 주인공으로 한 학원 드라마에 출연해 선풍적인 인기를 누렸던 그녀와 A.

그녀의 엄마는 A를 무척 경계했다. 확인되진 않았지만 A를 폄하하는 모함의 스캔들이 그녀의 엄마로부터 비롯되었다는 소문이 있었다. 그러나, 언제나, 그녀는 A가 부러웠다. 그녀는 거의 모든 면에서 A가 자신과 다르다는 것을 알고 있었다. 스무 살 이후의 A는 눈부셨다. 그것은 그녀에게 부럽고 두렵고 슬픈 일이었다.

그녀와는 다른 A. 키가 크고 마른 체형의, 시원시원한 느낌을 주는 A. 철없는 스캔들 대신 높은 점수로 대학에 합격해 유명해진 A. 연극영화과 학생이 아닌 사범대학생이 된 A. 방송 출연을 일부러 자제하던 이십대 초반의 A. 자연스럽게 부모에게서 벗어난 A. 지리과 중등교사 자격증을 취득한 A. 한 중학교로 교생 실습을 나간 A의 모습이 연예가 화제로 방송되는 걸 숨죽여 지켜보던 나의 그녀.

그녀와는 다른 A. 지적인 커리어우먼 역할을 잘 소화해내는 A. 오 년 동안이나 한 화장품 회사의 전속모델을 맡고 있는 A. 이 년 동안 자신의 이름을 내건 토크쇼를 진행한 A. 결혼 직전 방송 관련 주제로 석사학위를 취득한 A. 영화에서는 특별한 성공을 거두지 못했지만 티브이 연기자상을 여러 차례 수상한 A. 그리고 최근 그런 A의 임신 소식을 전해들은 나의 그녀.

돌이켜보면 그녀와 A가 라이벌로 불린 것은 제법 오래 전의 일이다. 그러나, 그래서 어쨌단 말인가. 나는 좀 화가 나기 시작한다. 오늘 나의 그녀는 평소답지 않다. 어딘지 움츠러드는 듯한 느낌. 나는 그녀를 바짝 끌어안는다. 그러나 어딘지 기를 쓰는 듯한 느낌. 이것 역시 나와도, 나의 그녀와도 어울리지 않는 일이다.

A는 인터뷰를 마친 모양이다. 신혼생활과 임신 소식, 남편의 정계 진출설의 진위 등이 기사에서 다루어질 것이다. 자리에서 일어서며 A는 다시 나의 그녀를 이 초쯤 바라본다. 뜻 모를 눈빛을 거두어들이고 A는 돌아선다. 돌이킬 수 없다는 느낌이 든다. 솔직히 그녀는 어려서부터 A가 마음에 들었다. 둘은 좋은 친구가 될 수 있었을지도 모른다. 그러나 정작 그녀에게 다가오는 것은 A가 아닌 A를 취재한 기자다.

그녀도 나도 이 기자를 알고 있다. 그녀의 엄마의 장례식장에도 나타났던 모 스포츠연예신문의 기자 P. 흰 소복을 입은 그녀에게 의도한 대답이 나올 때까지 끈질기게 무언가를 물어오던 P. 며칠 후 '삼십 년 애증의 모녀관계, 그 급작스런 종결'이란 제목의 기사를 쓴 P. 오해라는 목적을 달성하기 위해 거짓 상냥함과 거짓 이해심을 남발하는 유의 인간 P.

너무도 쉽고 흔한 오해. 사람들은 대개 이해받기보다는 오해받는다. 또 스스로도 남을 이해하는 것보다는 오해하는 것에 더 적극적이다. 그러나 타인을 오해하는 자가 순간 생각하고 있는 것은 정작 세상 어떠한 오해로부터도 보호받고 싶은 나약한 자기 자신이다. 오해하는 것은 이해받고 싶다는 자기 모순이다. 그러므로 이해받지 못하는 자는 더욱 열심히 오해하고 경멸하고 혐오한다.

P는 과장된 반가움으로 형식적인 안부를 건네며 그녀에게 접근한다. 자기 우월을 확인하고자 하는 유치한 탐색의 시선. 너까짓 것, 하는 표정이다. 그녀도 간신히, 결코 진심이 아닌 미소를 지어 보인다. A씨와는 어려서부터 잘 아는 사이시죠? 네, 그런 셈이죠. 그러나 나의 그녀는 맞은편 자리에 결코 이 자를 앉히고 싶지 않다. 나도 물론이다.

그녀는 탁자 위의 휴대폰을 집어든다. 약속시간은 벌써 삼십 분이나 지났다. 죄송합니다. 약속이 있어서요. 그녀는 버튼도 누르지 않고 휴대폰을 귓가로 가져간다. P는 의외로 순순히 물러선다. 그러나 다시 한번 너까짓 것, 하는 표정으로 입술을 씰룩거린다. 나는 이자의 정강이를 걷어차주고 싶다.

그녀는 핸드백을 뒤져 자신을 기다리게 하고 있는 피디 G의 명함을 찾는다. 복잡한 핸드백 속에서 명함을 찾는 것에 무척이나 애를 먹는다. 그녀는 변온동물처럼 이내 춥고 이내 덥다. 화장이 번진다. 피디 G의 휴대폰은 꺼져 있다. 음성 메시지를 남긴 그녀는 자신의 목소리가 지나치게 작았던 게 아닐까 잠시 전전긍긍한다.

눈이 마주친 것은 아니었지만 그녀는 또 오랜만에 누군가를 본다. 그녀의 전 남편. 스무 살, 함께 설악산의 어느 산장으로 숨어들었던 그녀의 첫번째 남편. 그가 스물둘 나이답지 않게 어른스러웠던 점은 겨우 꼭 하나, 마흔둘 남자의 그것 같았던 온전한 느낌의 포옹. 그러나 그녀의 엄마에게 얻어맞은 뺨을 감싸쥐고 아이처럼 울먹이던 그.

제대 후 솔로가수로의 변신에 실패하고 떠들썩하지도 못했던 마약 스캔들로 몇 년간 자취를 감추었던 그. 최근 비슷한 연배의 비슷한 경력을 가진 몇몇과 연예기획사를 차려 십대 댄스 그룹을 키워내 그럭저럭 방송국 주변에 적을 두고 살아가는 그.

여전히 미소년 같은 외모와 모성애를 자극하는 순진한 표정. 그런 만큼 좀체 신뢰가 생기지 않는 엉성한 구석과, 치러야 할 흔한 실패를 쉽게 예상하게 하는 그. 이제는 두 아이의 아버지가 되었다는, 그녀의 첫번째 남편이었던 그가 머리칼을 샛노랗고 새파랗고 새빨갛게 염색한 십대 남자아이 셋을 데리고 그녀의 눈앞을 잰걸음으로 가로질러가는 것이다.

그녀는 화장실로 들어간다. 겨우, 간신히라는 느낌으로 제일 끝 칸의 문고리를 채운다. 그녀는 나와 속옷을 무릎께로 끌어내리고 좌변기에 걸터앉아 긴 소변을 본다. 나는 주름지고 일그러진 얼굴로 그녀를 올려다본다. 오늘 나는 그녀가 마음에 들지 않는다. 그녀는 그 자세로 핸드백을 뒤져 담배를 꺼내 문다.

불현듯 그녀와 함께 안개 속 어느 계단 위에 앉아 있던 기억이 떠오른다. 그게 언제였던가는 정확히 기억나지 않는다. 부옇게 밝아오던 거리를 꿈처럼 감싸안던 짙은 새벽 안개. 뜻밖에도 차렵이불 속처럼 안온하고 고요하던 새벽 안개. 술이 덜 깬 채 위태롭게 비틀거리던 그녀의 발걸음. 나는 그녀를 안개 속의 어느 계단으로 이끌었었다.

우리는 안개 속 어느 계단에 주저앉아 함께 담배를 피웠다. 낯선 새벽의 거리, 등대처럼 깜빡이던 담배 불꽃. 그때 나는 지난밤 애달픈 연정과는 무관했던 그녀의 성기와 휘둘리듯 함부로 버둥거렸던 그녀의 두 다리, 그 쓸쓸하고 피로한 시든 육체를 끌어안고 있었다.

나는 그녀를 비난하지 않았다. 우리는 언제나 서로에게 부드러운 사이였으므로. 내가 견딜 수 없는 건 그녀가 초라해지는 일뿐이었다. 그러나 헝클어진 모습으로 안개 속 계단에 주저앉아서도 나의 그녀는 여전히 아름다웠다. 그녀는 안개처럼 빨아들인 담배연기를 내 무릎 위로 내뿜었다. 길을 잃었을 땐 그냥 그 자리에 주저앉는 것이 종종 가장 좋은 방법이 될 수 있다고 나는 생각했다.

안녕하세요. 담배연기를 길게 내뿜으며 문득 그녀가 한숨처럼 말한다. 아주 청결하다는 느낌은 들지 않는 방송국의 어느 화장실, 그녀의 아랫도리 근처에 여전히 주름져 일그러져 있던 나는 조금 놀란다. 안녕하세요. 나직이 엷은 미소를 띠며 다시 그녀가 말한다.

나는 이 비현실적인 인사의 정체를 알 수가 없다. 그녀는 연기 연습중일까. 슬픈 해방 죽은 엄마, 이제는 라이벌이 될 수 없는 A, 이해보다는 오해에 적극적인 P, 씁쓸한 추억의 첫번째 남편, 그녀를 바라보고 있는 예의 가공의 시선들, 혹은 타인처럼 여겨지는 것에 익숙한 낯선 자신. 그 누구를 향한 것인지 알 수 없는 인사. 안녕하세요, 당신.

휴대폰 전화벨이 울린다. 그녀는 엉겁결에 가랑이를 벌리고 양변기 속으로 피우던 담배를 집어넣는다. 치이익 뜨거운 담배가 꺼지는 소리에 순간 그녀도 나도 섬뜩하다. 그녀는 핸드백 속에서 요란하게 울려대는 휴대폰을 꺼내는 데 또다시 애를 먹는다. 한 시간 가까이 그녀를 기다리게 한 피디 G. 군이 변명을 늘어놓거나 사과를 하는 것 같지도 않다. 로비의 커피숍이 아닌 방송국 안의 한 사무실로 그녀를 부르는 G.

그녀는 나와 속옷을 끌어올린다. 요란한 소리를 내며 좌변기의 물이 내려간다. 얼룩진 화장을 고치는 그녀는 한 시간 후의 세계에 있다. 안개 속처럼 모호한 한 시간 후의 세계에 있다. 안녕하세요. 다시 불길한 주문처럼 중얼거리는 나의 그녀.

피디 G는 그녀에게 새 명함을 건넨다. 얼굴의 근육을 있는 대로 씰룩거리며 웃는 G. 몰라보게 살집이 붙었다. 새 명함에는 프로듀서라는 명칭 대신 '교양오락 제작 2국장' 이란 직함이 새겨져 있다. 길게 웃자란 머리칼과 사파리 점퍼 차림의, 항상 피곤한 안색이었던

G. 지금 검은 회전의자 위에 말쑥한 양복 차림으로 앉아 있는 G의 모습이 그녀도 나도 무척이나 생경하다.

G는 어린 그녀와 그녀의 엄마가 방송국에서 처음 만난 사람이었다. 짧지 않은 세월, 그녀는 G가 연출한 드라마에 여덟 차례 출연했다. 아역 시절부터 모두 주인공이었다. 함께 콤비라고 불리기도 했었다. G는 죽은 그녀의 엄마와도 죽이 잘 맞던 몇 안 되는 사람 중의 하나였다.

그녀가 G를 만나는 것은 삼 년여 만의 일이다. 지난 삼 년 동안 그녀는 두번째 이혼을 했고, 전속모델 계약 파기 시비로 한 식품회사와 지루한 송사를 벌였으며, 다시 짧은 연애의 시작과 끝을 겪었고 엄마의 장례를 치렀다.

G는 장례식에 참석하지 못한 것에 대한 미안한 마음과 위로의 말을 전한다. 진심은 아닌 듯하다. 그때, 책상 위 전화벨이 울린다. 길고 사무적인 통화. G는 고압적인 말투로 상대방을 나무라고 확신에 찬 목소리로 무언가를 지시한다. 어딘지 닳고 닳은 거간꾼을 연상시키는 G. 처음부터 드라마 연출보다는 이런 정치적인 관리직이 제격이었던 게 아닐까 하는 생각이 든다.

그녀는 G의 승진 사실을 알지 못했다. 물론 교양오락 제작 2국장이란 직책이 새로 제작될 드라마의 배역 결정에 더 큰 영향력을 행사할 수 있으리라는 것은 그녀도 짐작할 수 있다. 그러나 지금 나의 그녀는 난감하다. 가슴에 달린 검정꽃 코르사주를 짐짓 바로잡아볼

뿐이다, 비뚤어지지도 않은.

G는 그녀를 바라보며 잠시 옛날 얘기를 꺼낸다. 그녀가 출연하고 자신이 연출했던 드라마를 거론하며 새삼 감회에 젖는 듯도 하다. 그러나 G의 목소리는 이내 비장해진다. 중책을 맡은 자로서의 고충과 급변하는 연예계의 상황, 최근 더욱 시청률 경쟁이 심해진 방송가의 실정을 길고 장황하게 성토한다. 실은 겁을 주고 있는 것이다.

나는 나의 그녀가 걱정스러워지기 시작한다. 그녀는 이십여 년을 연예인으로 살아왔다. 속된 말로 연예계에서 잔뼈가 굵은 것이다. 예쁜 어린이 선발대회에서 왕관을 차지하고부터는 '보통'으로 살아갈 수 없게 된 그녀. 그러나 뜻밖에도 그만큼이나 서툴고 허술한 그녀. 더구나 엄마 없이.

G의 표정에서 어딘지 교활한 계략의 냄새가 풍긴다. 옛정이나 의리는 허울뿐인지도 모른다. 어려서부터 그녀를 지켜봐온 G다. 누구보다도 그녀를 잘 알고 있는 G다. 최근 그녀의 처지 역시. G는 지금 그녀의 조바심과 초조함을 완벽하게 간파하고 있다. 그녀를 훑어내리는 간교한 시선. 아직 쓸 만한가, 하는 눈빛이다.

그녀도 알고 있다. 서른두 살의 그녀. 십대 후반이나 이십대 초반의 신인 여배우들을 내세우는 트렌디드라마가 유행하는 요즘, 더이상 주인공이 될 수 없는 그녀. 유행하는 성형수술 경향과 높아지는 평균 신장을 무시하고 '인형처럼' 예쁜 이목구비만을 내세울 수 없는 그녀. 그리고 두 번의 이혼과 끊이지 않은 구설수가 만들어낸 부정적인 이미지.

G는 뜬금없이 여가수 K를 거론한다. K는 흘러간 가수다. K 역시 어린 나이에 데뷔해 적잖은 인기를 누리다 비만과 우울증으로 인한 몇 년간의 슬럼프, 작곡가와의 간통 혐의로 고소되는 등의 굴곡을 겪었다. 그런 K가 이미지 변신을 외치며 최근 활발한 활동을 벌이고 있는 것이 연예계의 화제가 되고 있다.

G는 짐짓 노골적이다. K의 경우를 들어 뭔가 그녀에게 시사하려는 뻔한 의도. K가 최근 화제가 되고 있는 것은 침체된 성인 가요계를 활성화한다는 명분으로 내세우고 있는 심한 노출 때문이다. 가슴을 거의 다 드러내는 야한 의상과 퇴폐적인 안무, 낯간지러운 창법과 노골적인 가사까지. 방송 출연 자체에 시비가 일 정도다.

그러나 먹히지 않느냐, G는 과장된 제스처를 써가며 핏대를 세운다. 소위 '이 바닥'의 매정한 생리와 살아남기 위한 힘겨운 몸부림들, 연예인으로서 자기 변신의 당위성 등을 힘주어 역설한다. 그녀를 몰아세우듯 말한다. G의 의도는 성공적인 듯하다. 나의 그녀는 분명 주눅이 들었다.

G는 이제 짐짓 부드러운 말투로 새로 제작에 들어갈 사극의 시놉시스를 그녀에게 들려준다. 심드렁하게 곧 캐스팅 회의가 있을 거란 말도 잊지 않는다. 어려서부터 그녀에게 G는 엄마만큼이나 절대적인 존재였다. 엄마와 함께 그녀를 독려했고 많은 일들을 조언해주었다. 항상 든든하다는 느낌이었다.

그러나 지금 그녀가 느끼는 이 설명할 수 없는 굴욕감의 정체는 무엇인가. '보통'으로는 살 수 없게 되어버린 삶의 어느 순간. 어린 그녀의 선택은 아니었다. 그러나 이제 인기를 만회하려 가슴을 드러낸 채 춤을 추고 노래를 부르는 여가수를 본받아야 할 것 같은. 삶은 어떤 대가를 바라는가.

G는 자리에서 일어나 그녀에게 다가온다. 걱정 말라며 그녀의 등을 두드리던 G의 손은 오랜 인연이란 떳떳함을 빙자해 그녀의 어깨를 감싸안는다. 삶이 바라는 대가는 또 왜 이렇게 항상 통속적인가. 나의 그녀는 차고 딱딱하게 식어간다.

G는 테이블 아래에서 무언가를 꺼낸다. 홈쇼핑을 전문으로 방송하는 케이블 채널의 상품 팸플릿이다. 적자를 면치 못하고 있다는 홈쇼핑 업체, 자신도 꽤나 많은 돈을 투자해 억울한 손해를 보고 있다는 G의 푸념. 그러나 그렇게 절망적인 것만은 아니라는 거짓말이 이어진다.

G는 팸플릿을 뒤적이며 삼사십대 주부들이 가장 관심을 갖는다는 기능성 속옷과 다이어트 보조식품을 그녀에게 설명한다. 간단해, 그냥 옆에서 호들갑스럽게 맞장구나 쳐주면 되는 거야. 그 정도는 할 수 있겠지, 오랜만이니까 카메라 앞에 시험 삼아 서보는 것도 괜찮잖아. 판매량이 높으면 출연료도 높아진다구.

나는 나의 그녀가 팸플릿을 G의 면전을 향해 날려버리고 지금 당장 이 방을 뛰쳐나가길 간절히 바란다. 그러나 차고 딱딱하게 식어가는 나의 그녀. 그녀의 머릿속은 텅 비어 있다. 낡은 옷인 양 자신을 벗고 팔짱을 낀 채 타인처럼 제 옆에 앉아 있는 그녀. 무심한 듯 참혹한 영혼.

그녀의 어깨를 두르고 있던 G의 손이 그녀의 목덜미를 쓸어내리고 스커트 아래 내게로도 다가온다. 신인 여배우에게라면 이런 방법을 쓰진 않았을 것이다. 왠지 마음놓고 노골적인 추파를 보내도 될 것 같은, 숱한 불륜의 염문과 두 번의 이혼이라는 그녀의 경력. 어차피 너 걸레잖아, 선수끼리 말야. 실은 그렇게 말하고 싶은 것이다.

나는 참을 수 없어 있는 대로 몸을 곤두세운다. 그러나 그 까슬한 감촉이 G를 더욱 자극시킨 것 같다. 주머니 속에서 밍크털이 달린 열쇠고리 뭉치를 꺼낸 G는 고리에서 열쇠 하나를 떼어낸다. 그녀에게 열쇠를 쥐어주며 근처 한 오피스텔의 주소를 일러주는 G. 성가시다는 듯 지금 곧 사극의 제작회의에 참석해야 한다고 말하는 G.

오랜만에 만났으니 제대로 회포를 풀어야지. 두 시간쯤 뒤에 보자구, 먼저 한잔하고 있든지. G는 다시 한번 상세히 오피스텔의 위치를 일러준다. 교활한 흉정은 나의 그녀에게 철저히 불리하다. 그녀는 자리에서 일어선다. 차고 딱딱하게 식은 그녀는 발걸음을 휘청거리지 않기 위해 최선을 다할 뿐이다. 그녀의 왼쪽 가슴 검정꽃 코르사주는 나보다 더 무력하다.

문 앞에 선 그녀를 불러세우는 G. 빈 유리병처럼 돌아서는 나의 그녀. 역광을 받은 G의 검은 실루엣, 다리를 꼬고 손깍지를 낀 채 말없이 그녀를 바라보고 있다. 눈빛. 아직은 쓸 만한 거겠지, 하는 눈빛. 너 따위에게 거절은 월권이야, 하는 눈빛. 억울하다는 표정은 집어치워 오히려 내게 감사해야 해, 하는 눈빛. 어르고 뺨 치는, 모든 권력의 가장 권력적인 눈빛.

그러나 그 눈빛이 결코 읽어내지 못할 나의 그녀의 모든 것. 지금 그녀의 목덜미에서 솟아난 땀 한 방울이 그녀의 등, 오른쪽이 아닌 왼쪽 견갑골을 따라 흘러내리고 있다는 사실. G가 함부로 그녀의 어깨에 팔을 둘렀을 때 참을 수 없는 혐오로 떨어져내린 그녀의 세 가닥 질긴 머리칼. 그런 것.

몰이해의 권위가 결코 완전히 장악할 수 없는, 그런 것. 사소하고 유연하고 미세한, 그런 것. 그런 것들은 대세에, 삶이라는 거대한 틀에 아무런 영향도 미치지 못하는 하찮은 것이라고 매도하는 세상 모든 뻣뻣한 자들. 나는 지금 그 뻣뻣한 자들의 얼굴에 한가득 침을 뱉어주고 싶다.

그러나 지금 나와 나의 그녀가 할 수 있는 일은 그저 그 뻣뻣함에 잠시 등을 돌리는 일뿐이다. 무심한 척 돌아서 문을 닫는 일뿐이다. 열쇠가 쥐어진 그녀의 손아귀에 땀이 찬다. 이 아름답고 잔인한 정글, 완전히 길을 잃은 것까지는 아니지만 그녀는 어지럽게 주위를 두리번거린다.

아름답고 잔인한 정글을 빠져나오는 엘리베이터. 그녀는 선글라스를 꺼내 쓴다. 알이 커다란 고전적인 디자인의 붉은갈색 페레가모. 더이상 누구와도 눈을 맞추고 싶지 않은 그녀. 그러나 엘리베이터는 층층마다 멈추어 서고 분주하게 사람들이 타고 내린다. 선글라스집을 핸드백 속에 집어넣다 그녀는 그만 손아귀에 쥐고 있던 열쇠를 바닥에 떨어뜨리고 만다.

챙강, 열쇠가 떨어지는 소리에 엘리베이터 안의 사람들이 모두 그녀를 쳐다본다. 바닥에 떨어진 열쇠가 그대로 녹아 없어지길 그녀도 나도 간절히 바래본다. 그러나 사람들이 다시 고개를 돌릴 때, 누군가 허리를 굽혀 바닥의 열쇠를 집어든다. 그녀는 열쇠를 건네주려 고개를 쳐든 남자의 얼굴을 바라본다. 알아본다.

뜨겁게 얼어붙는 그녀. 놀라움과 당혹스러움이 뒤엉키는 선글라스 속의 눈동자. 그녀의 두 다리, 격렬한 속도로 움직이는 적혈구들. 한참이나 걸려 나도 그를 알아본다. 그다. 새와 부딪쳤던 남자, 그다. 결국 이름을 알지 못한, 그다. 그는 열쇠를 선뜻 받아들지 못하는 그녀에게 의아한 표정을 지어 보인다. 그의 얼굴이 그녀의 커다란 선글라스에 거울처럼 내비치고 있다.

그를 만난 것은 필리핀에서였다. 어느덧 육 년 전의 일이었다. 그때 그녀는 한 의류회사의 화보 촬영을 위해 필리핀의 어느 섬, 한적한 해변 호텔에 머물고 있었다. 물론 나도, 그녀의 엄마도 함께였다. 며칠 동안 그녀는 두터운 겨울옷을 입고 열대의 해변에서 포즈를 취했다. 여름 속의 겨울, 묘한 컨셉이었다.

그런데 그 호텔에는 이미 한 달 전부터 모 방송국의 다큐멘터리 제작진이 묵고 있었다. 그녀의 사진을 찍던 화보 촬영감독은 호텔 로비에서 다큐멘터리 제작진의 책임 프로듀서와 마주쳤다. 그들은 오랜만에 조우한 대학 동창이었다. 그 제작진은 열대우림의 생태계를 소개하는 자연 다큐멘터리를 촬영중이라고 했다.

화보 촬영이 종료되고 두 대학 동창의 주선으로 함께 저녁식사 자리가 마련되었다. 다큐멘터리 제작진들은 열대림의 지독한 습기와 모기에 시달리며 밤샘 촬영을 한 얘기 등을 화제로 삼았다. 물론 나의 그녀나 동행한 몇몇 여자 모델들의 환심을 사려는 식이었다.

식사와 술자리는 호텔 나이트클럽으로 이어졌다. 치즈부인, 그녀의 엄마는 자신이 잠깐 자리를 비운 새 그녀의 모습이 보이지 않자 냉큼 호텔 지하의 나이트클럽으로 향했다. 그러나 그녀는 그런 엄마의 모습을 확인하고 스카이라운지의 카페로 올라갔다. 저녁식사 내내 그녀의 맞은편에 앉아 그녀를 바라보지 않으려는 서툰 의지로 말없이 복잡한 표정을 짓던 누군가를 좇아.

우리가 미처 파악하지도, 제대로 통제하지도 못하는 우리 본능의 어떤 부분은 스스로의 가장 결핍된 부분을 정확히 인지하고 있으며, 그것의 충족을 위해 놀라울 정도로 집요하게 움직이고 있다. 그러나 우리는 여전히 그 대견한 움직임을 미처 파악하지도, 또 제대로 통제하지도 못한 채 살아간다.

창가를 향한 바 테이블에 맥주 한 병이 놓여 있었다. 그녀는 밤바다를 내려다보고 있던 그에게 다가가 살며시 옆자리에 앉았다. 놀라는 표정이 솔직한 남자였다. 그녀는 맥주를 주문했다. 그는 옆자리의 그녀에게 눈을 맞추지 못했다. 겨우겨우 그녀의 질문에만 대답했던 그. 그때 미처 이름을 묻지 못했다. 갓 방송국에 입사해 첫 해외 촬영을 나왔다고 했다.

두 병씩 필리핀 맥주를 마셨다. 그녀의 엄마는 정신없이 그녀를 찾고 있을 터였다. 이내 마땅한 질문이 떨어졌고 잠깐의 시간이 아주 길게 지나갔다. 문득 그가 그녀에게 '새' 이야기를 꺼냈다. 안 믿으시겠지만요, 라는 두서를 달았다. 그는 며칠 전 열대림 속에서 새와 부딪쳤다고 말했다. 새와.

혼자 촬영 장소를 물색하고 있었다는 그. 그러던 중 나무 위에 앉아 있던 새 한 마리를 발견했다는 그. 어떤 종류인지 알아볼 수 없었다는 작고 흰 새. 꼭 오랜만에 만난 사람처럼 그와 눈이 마주쳤다는 흰 새. 그런데 갑자기 곧장 그를 향해 날아왔다는 흰 새. 미처 피할 겨를도 없이 가슴 한복판에 가미카제처럼 날아와 부딪쳤다는 흰 새. 그러나 바닥에 떨어지지도 어디로 퉁겨져나가지도 않고 거짓말처럼 사라져버렸다는 흰 새. 분명 가슴이 얼얼했다는 그. 그러나 꿈을 꾼 것 같았다는 그.

왠지 믿어지지 않아 아무한테도 얘기할 수 없었다는 그. 그 새가 당신 가슴을 뚫고 그대로 날아간 게 아니었을까요. 그때 나의 그녀는 분명 그렇게 말했다. 그녀는 그의 흰 반팔 티셔츠 위, 새가 와 부딪쳤다는 그 자리에 조심스럽게 손바닥을 가져다 댔다. 새가 통과

한 가슴. 그러나 거기까지였다. 그의 어깨 너머 카페의 입구로 들어서는 엄마의 모습을 발견하고 그녀는 그만 튀어오르듯 자리에서 일어서고 말았다.

끝내 이름을 알지 못했다. 돌아오는 비행기 안에 다큐멘터리 제작진은 누구 한 사람 보이지 않았다. 그 다큐멘터리의 방영 날짜도 알지 못했다. 거짓말처럼 아무것도 알아낼 수 없었다. 육 년 전, 과거완료의 일이었다. 그러나 그녀는 잊지 않고 있었다. 열대의 숲속에서 흰 새와 부딪쳤던 남자를. 다시 마주치기까지 육 년의 세월이 흘러야 했던 이 남자를.

그녀는 종종 그를 생각했다. 아니 그녀는 결코 그를 잊은 적이 없었다. 그의 얼굴은 흐릿하게 바래어갔지만 흰 새가 뚫고 지나간 자리에 흰 새처럼 가 닿았던 그녀의 손, 그 따스함은 잊혀지지 않았다. 아무에게도 그와의 짧은 만남을 이야기하지 않았다. 그에 대한 기억만큼은 그녀의 다른 연애들처럼 가십이나 추문이 될 수 없었다.

왠지 성급하고 강요하는 것을 좋아하는 남자들에게 인기가 있었던 그녀. 오래도록 나쁜 습관처럼 항상 부주의하게 사랑에 빠졌던 그녀. 지옥처럼 되풀이되었던 연애의 상처와 환멸. 그때마다 어두운 방에 틀어박힌 그녀의 머릿속에 떠올랐던 것은 새와 부딪쳤던 남자, 바로 그였다.

마음속 깊은 비밀의 장소, 꼭꼭 감추어두었던 무언가를 몰래 꺼내어 보듯 그녀는 그를 생각했다. 아무에게도 말하지 않은 그의 존재가 위안이 되었다. 알 수 없었다. 가슴을 뚫고 날아가버린 흰 새처럼 다시는 만날 수 없다는 이유에서였는지 모른다. 어떤 의지나 소망이 아니었다. 그가 떠올랐다. 이해할 수 없는 섭리처럼 그와의 기억은 모든 사랑의 실패로부터 그녀를 견디게 했다. 종종 혹은 자주.

그런 그의 뒷모습이 지금 그녀의 선글라스에 가득 차 있다. 달처럼 둥글게 차오른 그의 뒷모습. 그가 깃을 고르는 흰 새처럼 등을 구부릴 때, 그녀는 그 등뒤로 다가가 살며시 옆얼굴을 얹고 싶은 것이다. 그의 등에 꽂히고 싶은 것이다. 케이크 위의 꽃처럼, 설탕꽃처럼.

엘리베이터가 일층에 도착한다. 문이 열리고 순식간에 그의 뒷모습이 멀어져간다. 그녀는 포옹을 좋아한다. 누군가에게 온전히 안기는 것이 아직도 그녀에게 눈물겨운 일임을 나는 잘 알고 있다. 그녀는 그를 향해 달려간다. 손아귀에 열쇠를 쥔 그녀, 선글라스를 벗진 못할 것이다. 그러면서도 그녀는 그를 불러세운다. 새와 부딪쳤던 남자, 그가 돌아선다. 안녕하세요. 안녕하세요, 당신.

방송국이 있는 섬의 끄트머리에 위치한 오피스텔. 십사층 아래로 넓고 깊은 강이 내려다보이는 오피스텔. 뜻밖의 용도로 사용되고 있는 오피스텔의 이 어느 방. 얇고 흰 커튼을 두른 커다란 침대, 양주병들로 가득 찬 장식장, 그녀와 나. G의 말대로 제대로 회포를 풀기 위해 필요한 최선의 것들.

나의 그녀는 배가 고프다. 하루 종일 식사를 하지 못한 그녀. 해피 버스데이. 아, 나는 아직 나의 그녀를 축하하지 못했다. 그녀는 장식장의 유리문을 열고 열매를 따듯 둥근 양주병을 집어든다. 그녀는 손을 사용하지 않고 구두를 벗는다. 멋진 팔동작으로 양주병의 마개를 연다. 그녀는 정말 천성이 배우인 여자다.

그녀는 활짝 창문을 열고 십사층 허공을 메우고 있던 거센 바람을 방 안으로 불러들인다. 침대를 에워싼 얇고 흰 커튼 자락이 깃발처럼 흩날린다. 걷잡을 수 없다는 느낌. 그녀는 입 안으로 둥근 양주병을 기울인다. 그녀를 채우는 뜨거운 식사. 그리고 이내 가로등처럼 켜지는 수많은 눈동자들, 언제나 그녀에게 멋진 연기를 기대하는 가공의 뭇 시선들. 지금 혼자인 그녀는 다시 혼자가 아니다.

그녀는 의외로 이곳이 마음에 든다. 커다란 침대 위에 비스듬히 눕는 그녀. 바람을 가르며 날아가는 양탄자 같은 침대. 그녀도 나도 출렁인다. 그녀는 바람 속, 문득 뜨겁고 깊은 잠에 빠져들고 싶다. 그녀가 잠에 빠져 있는 동안, 예의 뭇 시선들이 잠든 그녀의 아름다운 모습을 지켜봐줄 것이다. 차가운 바람이 요란스럽게 커튼을 들추며 무대 효과처럼 빈 방을 휘젓고 있다.

그녀는 옷을 벗는다. 아랫배며 가슴을 옥죄고 있던, 검정꽃 코르사주가 달린 보랏빛 투피스를 벗는다, 그러나 열매처럼 움켜쥔 술병. G의 말대로 먼저 한잔하고 있는 것이다. 나는 오늘 아침과 비슷한 포즈로 그녀와 함께 침대 위에 눕는다. 그녀의 술기운이 내게도 전해진다. 나도 의외로 이곳이 마음에 든다.

무슨 생각에서인지 그녀는 나를 벗는다. 마저 속옷도 벗는다. 서두르지도 주저하지도 않는 동작. 그녀의 몸으로부터 내가 마지막으로 감지한 것은 쓸쓸하고 거대한 허기와 졸음이다. 해피 버스데이 투 유. 나는 허물처럼 일그러지며 그녀로부터 벗어난다. 그녀 없이 바람을 맞는다.

그녀가 출렁이며 몸을 일으킨다. 그녀가 올려다보고 있는 것은 얇고 흰 커튼을 매단 은빛 스테인리스 봉이다. 그녀로부터 벗어나 온전한 나를 잃은 나는 무엇 하나 제대로 감지할 수가 없다. 그러나 그녀의 손아귀에서 느껴지는 수상한 결심의 가능성. 순간 나는 소스라치게 놀란다. 나는 무력하게 휘둘리며 그녀에 의해 스테인리스 봉에 묶인다.

아니다. 이건 아니다. 나는 세상 가장 까다롭고 섬세하고 민감한 의류, 정교한 아가일 체크 무늬로 직조된 값비싼 검정 그물 스타킹이다. 아니다. 뭔가 잘못되었다. 나의 용도는 이런 것이 아니다. 이건 내가 감당할 수 있는 일이 아니다. 나는 참을 수가 없다. 지금 내가 감싸안고 있는 것은 한 번도 만져본 적 없는 그녀의 희고 가는 목덜미다.

믿을 수가 없다. 오늘 나의 그녀는 도무지 내 맘에 들지 않는다. 아니다. 이건 내가 할 수 있는 일이 아니다. 그녀와 나는 언제나 서로에게 더없이 부드러운 사이였다. 이렇듯 그녀의 목을 모질게 휘감을 수는 없는 노릇이다. 나는 다급하게 그녀를 부른다. 그러나 온전하지 않은 내 부름은 소리로 터져나오지 못한다. 그녀가 발을 구른다. 더이상은 안 된다.

나는, 찢어진다.

정신을 잃을 것만 같다. 고통이 온몸을 짓누른다. 돌이킬 수 없이 훼손된 육체, 나는 찢어진 것이다. 아무것도 보이지도 들리지도 않는다. 나는 나의 그녀를 살필 수가 없다. 아니, 괜찮다. 그녀는 애초부터 내가 제 몸무게를 감당할 수 있을 거라 생각하지 않았을 것이다. 괜찮다, 그래. 그녀의 옷장 서랍 속에는 아름답고 매끄러운 나의 새로운 육체가 가득 들어 있다. 괜찮다.

괜찮다. 그러나 정신을 잃지 않기 위해 무얼 해야 하는 걸까. 내겐 이런 경험이 없다. 아무것도 알 수가 없다. 그녀가, 나의 아름다운 그녀가 어디에 있는지 어떤 표정을 짓고 어떤 생각에 잠겨 있는지 알 수가 없다. 그녀에게서 떨어져나온, 무참히 찢겨진 나는 알 수가 없다.

겨우, 간신히 그녀의 발걸음을 느낀다. 회오리처럼 빈 방을 휘젓는 거세고 차가운 바람도 느낀다. 그녀의 발걸음, 바람 부는 창가 쪽을 향하는 발걸음. 나는 그녀를 멈추게 하고 싶다. 기다려, 조금만, 아직은 아닐 수도 있어. 그러나 돌이켜보면 그녀의 발걸음은 항상 바람 부는 쪽을 향해 있었다. 나 역시 그랬다.

결심하는 자는 약한 자다. 그 결심을 실천하는 자는 정말로 나약한 자다. 그러나 지금 너무나도 무력한 나는 예의 결심하는 자를 한껏 증오해줄 수도 없다. 육체의 고통에 일그러지는 내 숨찬 영혼. 쓸쓸하고 거대한 허기와 졸음, 나도 많이 지쳤다.

알 수가 없다. 끊어진 육체마저 뒤흔드는 이 요란한 울림은 문 밖 초인종 소리 같기도 하다. 바람 부는 쪽을 향해 걸어가고 있는 그녀의 표정을 나는 알 수가 없다. 이 방을 폭파시켜버릴 듯이 울려대는 초인종 소리. 나는 그녀를 느끼기 위해 있는 힘을 다한다. 우뚝 멈추어 선 그녀의 발걸음. 어쩔 수 없었어.

아, 알 수 있다. 바람의 난간에 올라선 나의 그녀. 지금 그녀가 생각하고 있는 것은 누군가의 가슴을 뚫고 날아가버린 흰 새다. 바람을 닮은 흰 새. 그녀와 나. 언제나 서로를 온전한 영혼으로 만들었던 그녀와 나. 서로의 영혼을 항상 바람에게 이끌었던 그녀와 나.

어떤 모반을 꿈꾸며 손톱에 매니큐어를 칠해보지 않은 자라면 이해할 수 없는, 그런 것. 어느 모멸에 맞서기 앞서 서둘러 화장을 고쳐야 했던 자의 떨리던 입술선, 그런 것. 언제나 잠시도 같지 않은 바람 속에 서 있는, 그런 것. 내가 말하려는 것은 그런 것들이다.

나는 그녀의 아름다운 검정 그물 스타킹이다. 그래, 언제나처럼 대답해주고 싶다. 내 걱정은 마. 난 괜찮아. 알아, 넌 바람의 운명을 타고난 거야. 괜찮아, 흰 새를 생각하렴. 괜찮아, 정말 괜찮아. 가볍게 뚫고 날아가버리는 거야. 괜찮아. 정말, 정말 괜찮아.

정류장에서 너무 먼 집

나는 좀 억울하다. 집을 뛰쳐나가고 싶었던 것은 저만이 아니다.

나는 진심으로 혼자이길 바랐다.

커튼을 두른 것까진 아니었지만 내 방문은 그림자가 내비치는 미닫이 유리문이었다.

모든 급조된 것들의 서글픔. 이 방아쇠는, 이 총알은, 이 죽음은 전부 가짜다.

가차없이 달려드는 좀비들, 좀비들. 이미 죽은 좀비들.

나는 그들의 심장을 겨누지 못하고.

새벽 4시 01분. 남동생은 돌아오지 않고

나는 자꾸 죽는다.

1

새벽 1시 10분. 남동생은 아직 돌아오지 않고 있다. 문득 어두운 방 안을 탐조등처럼 어지럽게 훑어내리는 헤드라이트 불빛. 유리창 가까이로 트럭이 지나가고 있다. 뒷바퀴를 따라 소용돌이치는 크고 느린 소음. 길가의 집. 기차처럼 덜컹인다.

새벽 2시 25분. 남동생은 결국 돌아오지 않을 모양이다. 방금 전 요란한 소리를 내며 창 밖으로 쏟아지던 누군가의 긴 오줌발. 담이 없는 집. 오줌이 쏟아져내린 곳은 누워 있는 내 얼굴 높이쯤이었을 것이다. 어쨌든 지금 나는 혼자다. 바랐던 대로. 진정 바랐던 대로. 트럭도 취객도 이제 창 밖으론 아무것도 지나가지 않는다. 나는 참으로 고요해지길 바랐다. 남동생이 사라져주길 바랐다. 남동생은 돌아오지 않을 모양이다. 그러나 영원히 돌아오지 않는 것은 아닐 것이다.

새벽 3시 05분. 혹시 돌아올지도 모르는 남동생을 다시 기다리기 시작한다. 이 믿을 수 없는 고요함. 잠을 자거나 기다리거나, 지금 내가 할 수 있는 일은 그뿐이다. 기다린다, 잠들 수 없으므로. 남동생 역시 나처럼 선택의 여지가 많지 않을 것이다. 잠들 수 없다면 돌아올지도 모른다.

나는 자리에서 일어나 덮고 있던 이불을 망토처럼 두르고 방문을 연다. 불은 켜지 않는다. 선득하고 무거운 공기에 휩싸인 집 안을 가로질러 남동생 방으로 간다. 좁은 보폭에도 불구하고 내 방에서 남동생 방까지는 꼭 세 걸음이다. 아니 남동생 방이란 말은 옳지 않다. 거실 천장에 철삿줄을 매달고 커튼을 둘러 만든 방 아닌 방. 방이고자 하는 방. 아니 부엌과 복도와 마루와 다용도실을 겸한 너덧 평 남짓한 이 공간을 거실이라고 부르는 것도 옳지 않다. 부엌도 복도도 마루도 다용도실도 아닌, 그렇다고 거실도 아닌. 정체불명의 방, 정체불명의 집. 이 좁은 집 안에 촘촘히 깃들인 고요.

나는 커튼을 젖힌다. 비어 있는 방. 남동생은 집을 나간 것이다. 슬픈 노력, 이곳이 방이고자 했던.

젖힌 커튼을 여미다 나는 망토처럼 길게 늘어뜨린 이불 끝자락을 발로 밟고 그만 기우뚱 중심을 잃는다. 어두운 바닥에 함부로 놓여 있던 딱딱한 무언가에 아프게 무릎을 짓찧는다. 남동생은 집을 나간 것이다. 나는 아픈 무릎을 움켜쥐고 더듬더듬 티브이를 켠다. 치글치글 기름 끓는 소리를 내며 브라운관이 어두운 방을 희부옇게 밝힌다. 정규 방송이 끝난 티브이의 화면은 희고 검은 개미떼가 서로 얽혀 맹렬하게 싸우는 심란한 모습을 하고 있다. 나는 아프게 무릎에 닿았던 그것을 집어든다. 총. 총이다.

매일 밤 남동생이 쏘아대던 검은 총.

그 게임의 이름은 '하우스 오브 더 데드(House Of The Dead)'였다. 죽음의 집. 총을 쏘는 남동생의 표정은 사뭇 진지했다. 나는 총을 쏘는 남동생 옆에 앉아 나선형의 껍질이 끊어지지 않도록 주의를 기울이며 사과를 깎고 있었다.

—누나, 이거 진짜 웃겨. 이 좀비들이 흘리는 피, 원래 전부 빨간색이거든.

남동생은 게임기를 연결한 티브이 화면에 쉬지 않고 총질을 해대며 말했다. 검은 플라스틱 권총은 제법 진짜 같았다. 반쯤 해골의 형상을 한 시체들이 동자 없는 흰 눈을 희번덕거리며 화면을 향해 달려들고 있었다. 게임용 총의 원리는 티브이 리모콘 같은 거였다.

—좀비? 좀비가 뭐야?

—좀비 몰라? 시체 말이야, 시체. 살이 반쯤 썩다 만 유령들…… 왜 영화에 많이 나오잖아…… 달밤에 무덤에서 기어나오는.

순간순간 게임의 상황에 따라 남동생의 목소리는 높게 낮게 오르내렸다. 죽음의 집. 흉측한 시체들이 득시글거리는 집이었다. 남동생이 쏜 총에 맞고 뭐라 일본말을 신음처럼 지껄이며 쓰러지는 좀비들. 시체들. 티브이 화면 하단, 남동생의 점수가 주유소의 계량기처럼 올라가고 있었다.

—그런데 정말 피가 초록색이네.

—그러니깐 웃긴다는 거지. 일제 원본 게임이 너무 잔인하다고 심의에 걸려서 우리나라에서 덧칠을 한 거야. 빨간색 피를 전부 초록색으로…….

좀비들은 긴 손톱을 세우고 남동생에게 달려들다 총을 맞고 형광 초록색 피를 뿜으며 고꾸라졌다. 남동생은 유능한 저격수였다. 총알이 좀비를 관통할 때마다 부패한 살점들이 솜씨없게 뜬 수제비처럼 떨어져나갔고, 빠진 눈알과 끊어진 손가락들이 바닥을 굴렀다. 그런데 좀비들이 왜 네게 달려드는 거지. 물론 그냥. 이건 게임이야, 이유가 어딨어. 문득 사과 껍질이 끊어져버렸다. 알 수 없는 낭패감. 남동생은 쉬지 않고 방아쇠를 당겼다. 피. 분수처럼 쏟아지는 형광 초록색의 피.

남동생은 서부의 건맨처럼 총구를 입으로 불며 야비한 웃음을 지어 보였다. 그러나 방심을 틈탄 좀비의 날렵한 반격. 목이 긴 낫이 화면을 찍었다. 다급하게 번쩍이는 DANGER, DANGER! 이것들이, 씨발 다 죽어. 남동생은 긴장된 눈빛으로 다시 재게 방아쇠를 당겼다. 나는 위아래 앞니를 자근거려 마르고 갈라진 아랫입술의 표피를 뜯었다. 전자 센서로 작동하는 총알은 얼마든지 있었다. 버튼만 누르면 가득가득 장전이 되었다. 나도 남동생도 사과를 먹지 않았다. 둥근 등을 세우고 희게 엎드린 벌레 같은 사과는 조금씩 바래고 있었다. 칼이 닿았던 부분만을 골라. 깎아놓은 사과가 조금 전까지 원의 일부였다는 사실, 새삼 믿을 수 없었다.

나는 끊어진 사과 껍질을 버리기 위해 커튼을 젖히고 밖으로 나왔다. 텔레비전 화면의 빛을 받아 커튼에 남동생의 옆모습이 내비쳤다. 남동생의 검은 실루엣이 FBI 요원처럼 멋진 폼으로 화면을 향해 커다란 권총을 맹렬히 쏘아대고 있었다. 비명, 비명, 시체들의 비명.

좀비. 왜 하필. 이미 죽은 시체를 다시 쏘아 죽이는 게임. 하우스 오브 더 데드.

전자 게임기. 이사를 오며 침대와 책상과 오디오를 잃은 남동생은 제 가방 속에 속옷이나 양말보다 게임기를 먼저 챙겨넣었다. 그 결연하고 비장했던 표정. 쫓기듯 서둘러 이삿짐을 꾸리던 기억. 그때 우리가 버리고 온 것들, 빼앗기고 온 것들. 침대와 소파와 식탁과 장롱과 컴퓨터는 차치하더라도, 삼 년 만에 꽃을 피운 군자란 화분, 로마자로 시간을 가리키던 앤티크 풍 팔각 벽걸이시계, 가습기를 대신하던 도자기 분수, 오리 주둥이에서 팝콘을 쏟아내던 전기 팝콘기. 그때 우리가 버리고 온 것들, 빼앗기고 온 것들. 남동생이 게임기를 지켜낸 것처럼, 내가 여든네 권의 시집을 고스란히 이삿짐 트럭에 실을 수 있었던 건 그나마 다행이었다.

길가의 집. 집은 좁고 더럽고 시끄러웠다. 남동생은 전자오락에 골몰했다. 남동생이 게임용 총을 사온 건 이사를 온 지 열흘 뒤, 밤 열한시쯤 들이닥친 두 명의 채무자가 새벽 두시쯤 돌아간 다음날이었다. 나는 이가 빠진 잔을 골라 커피를 탔었다. 쏟아버린 커피가 천천히 소용돌이치던 수챗구멍. 남동생과 나는 억지에 가까운 낮잠을 오래도록 잤다. 서해 북쪽 바다에서 교전이 있었다고 했다. 남동생은 어린애처럼 날뛰며 뉴스 화면을 향해 총을 쏘아댔다. 그날 이후, 남동생은 매일 밤 천 번쯤 총을 쏘았고 삼백 명쯤 좀비를 죽였다. 밤마다 초록색 피, 나쁜 피가 비닐 장판 위로 흘러내렸다. 하우스 오브 더 데드.

새벽 3시 45분. 남동생은 결국 돌아오지 않는다. 나는 남동생의 게임기를 꺼낸다. 작은 상자에 하나 가득한 불법복제 게임 CD들. 나는 따뜻하게 데운 우유에 코코아 가루를 타며 물었었다.

—요즘은 스타크래프트가 유행이라는데, 넌 그런 거 안 해?

일본 가라테의 명수인 남동생은 근육질의 멕시칸에게 최후의 일격을 가하고 있었다. 장풍처럼 날리는 필살기. 멕시칸은 하늘 높이 솟아올랐다 맥없이 곤두박질쳤다. YOU WIN!

—난 전략 게임 싫어. 골치 아파.

남동생은 게임 화면에서 눈을 떼지 않았다. 그저 쏘고 죽이고 패대기치는. 매일 밤 좁은 집, 커튼 속의 좁은 방엔 유혈이 낭자했다. 코코아 가루를 탄 우유는 표면에 비닐 랩 같은 막을 띄우며 금세 식어버리곤 했다.

나는 어깨너머로 배운 대로 게임기를 티브이에 연결하고, CD를 집어넣어 '하우스 오브 더 데드'를 작동시킨다. 음산한 중세의 성, 하늘을 뒤덮은 검은 박쥐떼, 해골의 형상을 한 좀비가 목이 긴 서양식 낫을 위협적으로 휘두른다.

총. FBI처럼, 서부의 건맨처럼. 나는 검은 총을 화면에 겨눈다. 아랫입술을 지그시 깨무는 이 긴장감은 좀 어이가 없다. 나는 보이지 않는 총알을 화면으로 쏘아댄다. 그러나 나의 총질은 너무 서투르다. 이내 형광 초록색 피를 흘리는 것은 좀비들이 아닌 나다. 다급하게 번쩍이는 DANGER, DANGER!

—좀비들을 다 죽이면 어떻게 되는 거야?

—성 탑에 갇힌 인질들을 구하는 거지.

—그러면?

—게임 오버! ……시시하지? 난 사실 인질들도 다 쏴 죽이고 싶은데…….

나는 좀 억울하다. 집을 뛰쳐나가고 싶었던 것은 저만이 아니다. 나는 진심으로 혼자이길 바랐다. 커튼을 두른 것까진 아니었지만 내 방문은 그림자가 내비치는 미닫이 유리문이었다. 모든 급조된 것들의 서글픔. 이 방아쇠는, 이 총알은, 이 죽음은 전부 가짜다. 가

차없이 달려드는 좀비들, 좀비들. 이미 죽은 좀비들. 나는 그들의 심장을 겨누지 못하고.

새벽 4시 01분. 남동생은 돌아오지 않고 나는 자꾸 죽는다.

2

나를 깨운 건 누나가 아니다.

어젯밤 잠든 곳이 집이 아니었다는 사실을 나는 조금 새삼스럽게, 조금 당혹스럽게 깨닫는다. 잠은 일순 달아난다. 내 또래로 보이는 비디오방 점원 녀석이 대걸레를 들고 내 앞에 서 있다. 나는 짐짓 잠이 덜 깬 듯한 표정을 지어 보이며 뻣뻣한 목덜미를 좌우로 돌려댄다.

아직 내가 자리를 비운 것도 아닌데 점원 녀석은 능숙한 동작으로 쓰레기 종량제 봉투 속으로 플라스틱 재떨이를 탁탁 털어넣고 있다. 빨리 꺼지란 소리다. 점원 녀석의 옆얼굴은 단호하다. 나는 가방을 어깨에 둘러메고 엉거주춤 일어서다 어젯밤 내가 마시고 아무렇게나 바닥으로 굴려버린 빈 콜라캔을 와지직 밟는다. 어젯밤 내가 잠든 곳은 집이 아니다. 나는 순간 기우뚱 발을 헛디디고 다시 함부로 내버렸던 빈 과자봉지를 부스럭 밟는다. 바닥에 노란 과자 부스러기가 동그랗게 으깨어진다.

나는 서둘러 비디오방을 빠져나와 지상으로 향한 계단을 두 칸씩 밟아 올라간다. 지하 비디오방으로 이어지는 계단 양 벽면엔 영화 포스터가 덕지덕지 붙어 있다. 최후의 액션 대반격, 상상하지 못했던 공포가 당신을 엄습한다, 숨막히는 두뇌 게임, 지금까지는 예고

편에 불과했다. 심야영업을 하는 이 비디오방에서 나는 어젯밤 세 편의 영화를 보았다. 아니 두 편을 채 보지 못하고 잠이 들었던 것 같다. 나는 집을 나온 것이다.

아침 10시 30분, 빛의 거리.

이 느닷없는 빛의 등장. 나는 햇빛이 눈발처럼 흩날리는 믿을 수 없는 화창함 한가운데 서 있다. 구름 한 점 없는 파란 봄하늘. 끝없이 펼쳐진 스카이 블루의 현기증. 하늘엔 원근법도 소실점도 없다. 나는 조금 어지럽다.

4월의 거리. 빛은 세상의 모든 틈과 틈 사이, 결과 결 사이를 잊지 않고 기억해내 제 몸을 가득가득 채워넣고 있다. 빛은 단단해지고 솟구쳐 흘러내리고 스며들고 피어올라 알을 낳는다. 왠지 이 거리를 딛고 서 있음을 실감할 수 없다. 자신의 의지와는 상관없이 함부로 버려진 갓난아이처럼 나는 무방비로 이 거리에 내몰린 것 같다. 빛에 대한 무방비, 빛에 대한 몸둘 바를 모를 난처함. 봄빛이 소나기처럼 쏟아지는 이 비현실적인 거리를 걷기 시작한다. 나는 집을 나온 것이다.

빛의 풍경. 한 중년 여자가 꼼꼼한 팔동작으로 호스로 물을 뿌린 상점의 유리창을 윈도 브러시로 닦아내고 있다. 나는 걷는다. 상점의 유리창— 순간순간 말갛게 빛나며 드러나는 생의 속절없는 바람들. 거대한 솜사탕처럼 가로변에 늘어선 벚꽃나무들. 바람이 없음에도 생크림빛 꽃잎 몇 개 흩날리고 스냅 사진처럼 공중에 삼 초쯤 멈추었다 떨어져내린다. 나는 걷는다. 제과점— 빵을 굽는 천국의 냄새, 갓 나온 빵을 포장하는 얇고 투명한 비닐 봉투 소리가 환청처럼 귓전을 메운다. 따뜻하고 먹음직스럽게 구워져 얇고 투명한 비닐 봉투에 담겨 나도 어디론가 팔려가고 싶다. 나는 계속 빛 속을 걷는다. 열대과일 무늬의 양산을 쓴 유모차가 멈추어 서고 왁스 코팅을 한 듯 빛나는 하얀 자동차가 미끄러지듯 그 앞을 스쳐간다.

거리는 죽어버리고 싶을 만큼 아름답다.

나는 이 빛을, 이 화창함을 감당할 수가 없다. 무심히 열린 길다란 지퍼의 안쪽, 그 속으로 엉겁결에 발을 내딛은 나. 여긴 피안일지도 모른다. 일순 나의 모든 것을 정지시키는 눈물겨운 세상의 저 너머. 그러나 찬란한 4월의 햇빛 아래 나라는 불경스러움. 빛의 거리가 내게 말한다. 꺼져, 넌 아냐. 네가 여기 어울린다고 생각해?

순간, 참을 수 없는 허기가 밀려온다. 회오리바람이 한바탕 뱃속을 휘젓는 듯한 공복감. 미쳐버릴 만큼 배가 고프다. 머리꼭지로 치밀어오른 허기의 현기증이 수면의 동심원처럼 몸 속으로 퍼져나간다. 배가 고프다. 어제 저녁 편의점에서 먹었던 사발면, 비디오방에서 먹었던 과자와 콜라. 그따위 것들을 음식이라 부를 순 없다. 음식다운 음식! 나는 지금 눈물겹도록 맛있고 따뜻하고 푸짐한 음식을 먹고 싶다. 그것뿐이다. 참을 수 없이 배가 고프다. 음식들, 오 아름다운 음식들. 주름진 은박지 위에 부채꼴 모양으로 썰린 호두파이, 뜨거운 완두콩 밥과 참기름과 다진 파와 통깨를 얹은 명란젓, 오이 피클과 봉골레 스파게티, 새우와 꽃게와 조개가 들어간 해물뚝배기, 붉은 고추와 채 썬 호박을 넣고 지진 부침개, 흰 설탕을 눈처럼 뿌린 꽈배기 도넛, 잣을 띄운 나박김치, 노란 치즈와 분홍 햄을 끼운 샌드위치. 아아, 배가 고프다. 배가 부르도록 배가 고프다.

나는 불현듯 뒷주머니로 손을 가져간다. 지갑이 있다. 행여 불편하게 잠을 청했던 비디오방에서 잃어버리지는 않았을까 잠시 아찔했던 것이다. 나는 버스 정류장의 더러운 쓰레기통 옆에서 지갑을 열어본다. 사만삼천원. 그리고 주머니 속의 동전 몇 개. 씁쓸한 안도감. 사만삼천원, 스물둘 내 전 재산이다. 통장 같은 것은 없다. 그래 어디로든 꺼져주마. 퉤, 침을 뱉으며 호기 있게 지껄이기엔 애당초 글러먹은 돈이다. 그러나 난 지금 버스 정류장 표지판이나 더러운 쓰레기통이라도 집어삼키고 싶을 만큼 배가 고프다. 눈물겹도록 맛있고 따뜻하고 푸짐한 음식을 먹어야겠다. 나는 다시 빛의 거리를 걷기 시작한다.

오전 11시 15분, 나는 막 영업 준비를 마친 어느 횟집의 첫 손님이다. 나는 광어 한 마리를 주문한다. 점심 메뉴인 대구탕이나 회덮밥이 아닌 삼만원짜리 광어를 주문한 나를 종업원 여자는 힐끔힐끔 돌아다본다. 파도 무늬의 일본식 주방복을 입은 요리사도 고개를 빼고 호기심 어린 눈으로 나를 잠시 바라본다. 종업원 여자가 사인용 식탁 위에 각기 모양이 다른 접시에 담긴 서비스 메뉴를 하나둘 날라온다. 나는 종지에 간장을 붓고 연두색 일본 겨자를 녹인다.

이윽고 희고 푸른빛이 도는 자기 접시에 광어회가 담겨 나온다. 식탁 위엔 물수건도 수저받침도 물컵도 하나뿐이다. 회. 싱싱한 회. 나는 커다란 통유리에 붉고 큰 고딕체로 씌어진 '회' 라는 글씨를 바라본다. 글씨는 좌우가 바뀌어 있다.

마지막으로 회를 먹었던 것은 지난 겨울의 일이었다. 누군가는 기름진 음식을 좋아하지 않았다. 또 누군가는 패밀리 레스토랑이 실속없이 비싸기만 하다며 손을 내저었다. 누나는 회를 좋아했다. 누나의 부모도 마찬가지였다. 누나의 부모의 딸의 하나뿐인 남동생이라고 해서 유전된 식성에서 자유로울 순 없었다.

누나는 새우를 얹은 초밥을 먹고 엄지손톱만한 락교를 꼭 세 알씩 집어 먹었다. 누나의 부모 중 중년의 여자는 얇게 튀김옷을 입히고 높은 온도에서 빠르게 튀겨낸 일본식 튀김을 좋아했다. 누나의 부모 중 중년의 남자는 얼었다 살짝 녹은 붉은 참치회를 초장에 찍어 먹었다. 싱싱한 멍게와 고추장 소스를 곁들인 병어구이, 버터를 발라 구운 옥수수와 비리지 않게 삶은 홍게와 분홍색 초절임 생강이 모두 맛있었던 그 횟집은 누나와 누나의 부모와 누나의 부모의 딸의 하나뿐인 남동생인 나의 단골이었다.

식탁은 내가 바랐던 대로 맛있고 푸짐한 음식들로 가득하다. 나는 이것들을 모두 먹을 수 있다. 모든 접시를 비우고 살을 발라낸 광어로 끓인 매운탕도 남김없이 먹어야 한다. 나는 미쳐버릴 만큼 배가 고팠던 것이다. 채 정오도 되지 않은 이른 시간의 횟집은 바닷속처럼 고요하다. 나는 집을 나온 것이다. 누나는 시금치를 알맞게 데치는 요령을 터득해가고 있었지만. 나는 광어의 살점을 들춰내고 실뭉치처럼 수북이 접시에 깔린 무채 몇 가닥을 집어 오래도록 우물거린다. 무채는 아무 맛도 없다. 무(無)맛. 마지막으로 회를 먹었던 것은 지난 겨울의 일이었다. 나는 소주를 주문한다.

3

남동생은 피를 뽑았던 모양이다.

명함만한 헌혈증에 보라색 고무인으로 찍힌 날짜는 불과 이 주일 전의 것이다. 대한적십자사혈액원, 사백 밀리리터, O형. ……형광 초록색의 피. 나쁜 피.

나는 우두망찰 헌혈증을 바라보다 놀라 잠에서 깨어난 사람처럼 정신을 차리고 손목시계를 들여다본다. 머릿속에선 근육질이 아님에도 유난히 힘줄이 돋은 팔뚝에 주사바늘을 꽂고 누워 주먹을 쥐었다 폈다 하는 남동생의 모습이 떠올랐지만, 나는 헌혈증을 겉옷 주머니에 집어넣고 마저 서랍 속을 뒤적인다. 몇 가지 서류와 의료보험증을 꺼내 가방 속에 챙겨넣는다. 나는 서둘러 열쇠를 집어들고 자리에서 일어선다. 새벽까지 남동생의 전자총을 쏘아댔던 나는 그만 늦잠을 잔 것이다. 일찍 문을 닫는 관공서의 오후 시간은 혼잡하게 마련이다.

나는 현관 앞에 쭈그려 앉아 바지를 걷어올리고 길이가 무릎까지 오는 판탈롱 스타킹을 신는다. 순간 끝이 조금 갈라져 있던 왼손 검지손톱에 스타킹이 걸리면서 그만 주르르 올이 풀려버린다. 조바심을 치며 전전긍긍 쌓아올렸던 무언가가 와르르 무너져내리는 기분. 나는 짐짓 무심한 동작으로 어제 아침 오이를 썰다 살짝 칼끝에 찍힌 검지손톱을 물어뜯는다. 서툰 칼질을 할 때나 나물을 양념에 버무릴 때 길게 기른 손톱은 늘 거추장스러웠다. 곧잘 흠집이 나거나 손톱 밑에 붉은 물이 배었다. 이사를 온 후 한 번도 제대로 손톱 소제를 하거나 매니큐어를 바르지 못했다. 그러나 나는 기른 손톱을 자르지 않았다.

나는 올이 풀려버린 스타킹을 벗지 않고 그대로 구두를 신고 걷어올린 바지를 내린다. 조금 아슬아슬했지만 올이 풀린 부분이 구두를 신은 발등까진 보이지 않는다. 임시방편. 김치에 쪽파 대신 대파를, 토스트에 버터 대신 마가린을, 화장실 앞에 푹신한 러그 대신 커다란 수건을. 간신히일망정 삶은 굴러가고 있다. 어쨌든.

나는 서둘러 집을 나선다. 남동생은 어젯밤 돌아오지 않았다.

버스 정류장까지는 종종걸음을 치며 뛰듯이 걸어도 꼬박 십오 분이 걸린다. 세상을 향해 나가는 것을 일단은 적당히 지치게 만드는 가난한 동네의 가난한 동네다운 지리적 여건. 지금 내가 걷고 있는 반대편으로 삼 분쯤 걸어가면 마을버스 정류장이 있다. 그러나 이사 온 직후 몇 차례 마을버스를 탔던 나는, 될 수 있는 한 십오 분을 걷더라도 일반 시내버스를 이용하려 하고 있다. 물론 마을버스의 긴 배차 간격과 돌고도는 버스 노선이 십오 분을 걸어나가 시내버스를 타는 것과 별반 다를 게 없기 때문이기도 했지만, 무엇보다 삼백원짜리 마을버스의 풍경에 나를 익숙하게 만들고 싶지 않았던 것이다.

비린내가 풍겨나오는 노파들의 검은 비닐 봉투, 교복의 바지폭을 최대한 좁게 줄여 길고 흰 다리를 적나라하게 드러낸 사내아이들, 그 아이들이 구두코가 뾰족한 싸구려 신발을 들썩거리며 침 뱉듯 내뱉는 '좆나……' 로 시작하는 대화들, 남색 작업복 어깨 위에 얼룩처럼 내려앉은 비듬들과 베개에 눌린 채로인 누군가의 부스스한 뒤통수, 낮은 버스 천장과 납작하게 꺼진 좌석 쿠션, 신디사이저 반주가 끊임없이 이어지는 트롯 메들리. 그 후줄근하고 초라한 권태의 풍경. 그 마을버스 안에서 하릴없이 칠공공 운세 정보나 간호보조사 모집 광고를 자세히 읽게 되는 것이 나는 싫었다. 나는 마을버스를 타지 않는다. 그것은 정성 들여 매니큐어를 바를 여유가 없으면서도 길게 기른 손톱을 굳이 자르지 않는 이유와 비슷한 것이었다.

나는 버스 정류장을 향해 뛰듯이 걷는다. 그래도 에어컨 냉방이 되고, 에프엠 라디오를 들려주고, 전자 버스카드를 사용할 수 있는 번듯한 시내버스를 타기 위해.

의료보험관리공단은 예상했던 것보다 훨씬 더 혼잡하다.

그런데 이 혼잡스러움은 왠지 수상쩍다. 민원실은 복잡한 시장통처럼 사람들로 가득하고 원성이 담긴 고성이 오가고 있다. 일방적인 의료보험료 인상, 허울 좋은 고통 분담, 서민들은 분개한다. 공단측 노동조합에서 써붙인 대자보 앞에 모여 있는 사람들. 나도 그 사이로 고개를 들이민다. 갑작스런 의료보험료 인상과 공단측의 방만한 운영실태를 성토하는 붉고 검은 매직펜 글씨가 흰 종이 가득 적혀 있다. 보험료 고지서를 흔들어대며 직원들에게 고래고래 악을 쓰는 노인들. 여기저기서 울려대는 휴대폰 소리, 숨가쁘게 움직이며 종이를 토해내는 도트 프린터. 민원실 가득 짜증과 단조로움뿐이다.

상담 직원들의 자리마다 극장 매표소처럼 줄이 늘어서 있다. 나도 그 긴 줄 끝에 선다. 희고 푸른 형광등 아래 희고 푸르뎅뎅한 얼굴들. 아무도 즐겁지 않은 게 분명하다. 나는 민원상담 절차를 일러주는 안내문을 천천히 두 번쯤 읽는다. 줄은 좀체 줄어들지 않는다. 안내문 옆에 걸린 홍보 포스터—국민의료보험, 건강하고 행복한 미래를 보장합니다. 엄마와 아빠와 계집아이와 사내아이가 손에 손을 잡고 뛰어가는 푸른 언덕, 흰 구름과 무지개와 비둘기, 방긋 입을 벌린 가족의 미소는 너무도 완벽하다. 동화책의 한 페이지처럼 그려진 완벽한 가족. 물론 세상에 존재하지 않으므로 완벽한 가족. 푸른 언덕 너머로 아무나 갈 수 있는 건 아니다.

씨발 내 드러워서 안 아프고 말지, 한 중년 남자가 내 옆을 지나가며 험악하게 중얼거린다. 아이구 아저씨, 팔리지도 않는 손바닥만한 시골 땅뙈기가 무슨 재산이라구, 노인네들이 한 달에 만칠천원씩 어떻게 더 내요, 그럼 아저씨가 그 땅 좀 팔아줘봐, 팔아서 보험료 내게. 늙은 여자가 작은 손가방으로 상담 직원의 책상을 두들

겨대고 있다.

오랜 기다림 끝에 내 순서가 된다. 여기 신경질적으로 미간을 찌푸린 대부분의 사람들과는 달리 나는 마땅히 의료보험료를 인하받을 것이다. 마땅히.

나는 상담 직원 옆에 놓인 등받이 없는 의자에 앉는다. 의료보험관리공단 민원상담 직원. 결코 즐거운 직업은 아닐 것이다. 상담 직원은 주머니가 많이 달린 노동조합의 녹색 조끼를 입고 있다. 조끼 왼쪽 가슴에 노란 색실로 새겨진 그의 궁서체 이름, 자랑스러운 의보노조원 이길수. 하루 종일 고성과 짜증과 단조로움을 견디었을 이길수씨의 옆모습을 나는 찬찬히 살핀다. 눈썹 속에 숨은 작은 사마귀와 대머리의 징조가 보이기 시작하는 넓은 이마, 입고 있는 셔츠는 색이 조금 바랬지만 무난한 체크 무늬 탓에 그럭저럭 삼 년은 입었을 것이다. 그리고 요즘은 그리 흔하지 않은 스포츠 브랜드가 찍힌 흰 면양말.

내가 가져간 서류의 공란을 빠르고 익숙하게 메우는 이길수씨의 유려한 글씨체. 컴퓨터 단축키를 적어놓은 노란색 포스트잇, 손바닥만한 탁상달력엔 가위표를 여러 번 해서 검게 지운 날짜들, 달력의 사진은 만년설이 덮인 북구 대륙의 어느 설산(雪山)이다. 그저 요즘 같은 땐 공무원이 안정 있고 제일인 거라. 그나저나 올해는 혼사를 치러야 할 텐데. 그의 노모가 말했을 것이다. 어머니 전 어려서부터 등반가가 되고 싶었어요. 그는 물론 말하지 못했을 것이다.

삼십대 초반을 넘긴, 등반가도 탐험가도 아닌 공기업 민원상담 직원인 이길수씨가 나를 쳐다본다. 조금 난처한 표정으로, 조금 미안한 표정으로.

—어떡하죠? 한 번 더 오셔야겠네.

고성과 짜증과 단조로움 한가운데 앉아 있던 이길수씨가 뜻밖에도 내게 난처하고 미안한 표정을 지어 보이는 것이다.

—세대주 퇴직증명서는 잘 가져오셨는데…… 등기부등본도 한 통 필요하거든요.

날짜를 지워가는 달력의 검은 가위표들, 빨간 연휴 밑에 써놓은 '산악회 등반' 이라는 볼펜 글씨. 나는 까닭 없이 목이 멘다. 컴퓨터 마우스 위에 얌전히 놓인 손가락, 그 짧고 가지런한 손톱 끝. 길수란 이름의 소박함과 무고함. 나는 자꾸 목이 멘다. 어머니 전 직각으로 햇빛을 받으며 험준한 설산을 오르는 탐험가가 되고 싶었어요.

그가 모나미 153 볼펜으로 쓴 내 이름. 내 가족의 이름. 재산 상실, 부동산 매각, 경매 처분. 그의 손에 들린 서류들. 결딴난 한 가족, 그 파국의 궤적들. 네가 성가시겠지만 서류 정리 같은 건 미리미리 해둬라. 의료보험도 국민연금도 죄 보험료가 깎일 거야, 동사무소 가서 확정일자도 받아놓고. 순간 이길수씨가 나를 좀 안쓰럽다는 듯이 쳐다본 걸까. 한껏 값싼 동정이라도. 나는 내 뒤에 늘어선 긴 줄을 무시하고 그에게 주저리주저리 긴 얘기를 들려주고 싶었다. 난 정말 복권을 다 샀던 거 있죠. 수도꼭지를 틀고 오 분은 기다려야 더운물이 나오는 집이에요. 이길수씨가 나를 바라본다. 어떤 식으로든 제 선량함을 들켜버리는 사람. 달력 속 깎아지른 대륙의 설산으로 하루에 열 번쯤 아득한 시선을 던질 의료보험관리공단 민원상담 직원, 이길수씨에게 나는 간신히 묻는다.

—보험료…… 얼마나 깎일 수 있는 거죠?

4

광어회에 소주를 마신 나는 취해 잠이 들었던 모양이다. 마치 행려자처럼. 비단 술에 취한 것이 아니었는지 모른다. 아무렇게나 공원 벤치 위에 드러누워버린 오후. 미친 듯이 쏟아져내리던 햇빛이 술기운으로 뜨끈거리는 눈두덩에 유리 파편처럼 날아와 박혔다. 나는 더이상 황홀한 빛의 거리를 감당할 수 없었다.

저물녘, 빛의 거리는 스러지고 간판의 네온사인과 주홍빛 가로등이 하나둘 불을 밝히고 있다. 바람처럼, 롤러블레이드를 신은 갈래머리 계집아이가 입술을 굳게 다물고 내 앞을 스쳐 지나간다. 롤러블레이드의 작은 바퀴들이 평평한 보도 블록 위를 야무지게 굴러가는 소리. 계집아이의 뒷모습을 바라보다 나는 문득 뱃속에서 꿈틀거리는 무언가를 느낀다. 어떤 수신호처럼 가느다란 두 팔을 절도있게 앞뒤로 내저으며 멀어지는, 작고 단단한 골프공처럼 굴러가는 계집아이의 뒷모습. 그리고 이 불온하고 되바라진 뱃속의 꿈틀거림.

지금 내 뱃속에서 꿈틀거리고 있는 것은 한 마리의 '온전한' 광어다. 머리부터 꼬리까지 제 모든 몸뚱어리가 담긴 이 뱃속에서, 놈은 회칼에 발리고 내게 짓씹혀진 살점들을 차례차례 고스란히 꿰어차고 되살아난 것이다. 제 뼈를 우린 국물까지 받아마셔 놈은 싱싱하게 독이 올라 펄떡거리고 있다. 나는 가만히 뱃속 광어의 움직임을 느껴본다. 놈은 납작한 몸뚱어리로 내 위벽을 훑어내리며 헤엄쳐 나아간다. 꿈틀꿈틀꿈틀. 나는 자리에서 일어선다. 떨어진 살점을 악착같이 잇댄 광어는 물살을 거슬러오른다. 연어처럼, 은어처럼.

집. 언제부터인가 내가 살고 있던 집. 꽤 오랫동안 살았던 집. 내가 알았던 유일한 집. 그러나 거짓말처럼 모두 사라져버린 집. 그 어처구니없음을 용납할 수 없던 집.

나는 이 집을 떠나며 누나에게 내주지 않았던 여분의 열쇠 한 벌을 꺼내든다. 무단침입. 오래된 대문의 아귀가 잘 맞지 않는 자물통은 열쇠를 밖으로 잡아당기듯 돌려야만 쉽게 열 수가 있다. 부드럽게 들어맞는 열쇠와 자물통의 익숙한 감촉. 그러나 쉽게 열린 대문 안으로 들어서며 나는 짐짓 주위를 두리번거린다.

마당. 나는 마당 한가운데 마당을 위협하듯 부려놓은 거대한 모래 더미를 본다. 사막. 빈 마당이 오히려 가득 차 있다. 좁고 단단한 잎사귀를 가진 사철나무와 넓고 부드러운 잎사귀를 손짓처럼 흔들던 목련나무는 어둠 속에 잠겨 있다. 꽃도 이파리도 깊고 짙은 색을 띠었던 샐비어와 옹종거리며 솟아올랐던 키 작은 채송화들, 파란 플라스틱 물뿌리개와 붉은 꽃삽, 오래된 자전거와 거친 털의 흰 개는 없다. 모두 사라져버렸다. 나는 모래 더미 위에 꾹 발자국을 찍는다.

시멘트 포대와 찌그러진 음료수 캔, 나무 톱밥 따위가 발끝에 챈다. 나는 다섯 개의 돌층계를 올라 잠긴 현관문을 연다. 돌층계에 하나씩 놓여 있던 고무나무, 행운목, 군자란 화분도 모두 사라져버렸음은 물론이다.

집수리에 고용된 인부처럼 신발을 신은 채 집 안으로 들어선다. 골목길의 가로등 빛이 희미하게 거실로 비쳐들고 있었지만 나는 불을 켜지 못한다. 모두 사라져버린 빈집. 사라져버린 거실. 나는 길게 소파에 누워 딱딱하게 식은 피자를 우물거리며 삼 분에 한 번쯤 리모컨을 눌러대던 어느 토요일 저녁의 나를 떠올려본다. 그 토요일 저녁의 나는, 누군가의 어지러운 발자국과 길다란 벌레의 주검 같은 전선 도막과 희게 부서진 스티로폼과 둥글게 비닐 포장을 한 새 벽지들과 조명기구를 담았던 상자와 노끈 자투리와 손바닥에 빨간 고무를 덧댄 더러운 면 장갑 한 짝을 내려다보고 있는 지금의 나와 같은 인물인가. 그때 누군가를 속여 골탕을 먹이는 코미디 프로그램을 보며 낄낄거렸던 나는 지금의 나를 감히 상상할 수 있었던가.

나는 이층으로 향하는 계단에 올라선다. 좍좍 찢겨져나간 벽지의 흔적은 어느 험준한 산맥을 닮았다. 그리고 그 벽지 사이로 드러난 잿빛 시멘트 벽. 나는 그 거친 표면을 손바닥으로 쓸며 계단을 올라간다. 이 음산한 잿빛 시멘트 벽을 시치미 떼듯 곱게 가리고 있던 베이지색 벽지. 그 벽지의 두께는 얼마나 될까. 시멘트 벽의 표면처럼 거친 생으로부터 나를, 누나를 보호해주고 있었던 벽지. 그 영점 몇 밀리미터의 허술함. 그것이 과연 보호였던가. 그토록 허술한 보호막을 우리는 얼마나 굳게 믿었던가.

다시 광어가 꿈틀거리기 시작한다. 회칼 자국을 흉하게 잇댄 등판을 벌름거리며 용을 쓴다. 나는 놈을 막을 수 없다. 놈은 누나 방을 향해 기를 쓰고 헤엄쳐간다.

영원히 열린 빈방. 떨어져나간 나무 문짝이 방문 옆에 비스듬하게 세워져 있다. 싸우고 토라지면 제 분에 못 이겨 요란한 소리를 내며 닫히던 누나의 방. 어느 늦은 밤 전화 통화에 이어 소리 죽인 흐느낌이 새어나오던 누나의 방, 딸깍 문 잠그던 소리가 늘 비밀스러웠던 누나의 방, 노크를 하지 않고 문을 열었다간 여지없이 베개가 날아오던 누나의 방. 놈은 날카롭게 지느러미를 곤두세우고 미친 듯이 꿈틀거린다.

빌어먹을 이 미친 광어놈을 나는 내 몸 밖으로 쫓아내야겠다. 나는 바지춤을 내리고 빳빳이 고개를 쳐든 광어 대가리를 꽉 움켜쥔다.

누나. 내 누나. 좁고 더러운 집에서도 꼭 커피는 머그잔에 주스는 유리잔에 따라 마시던 누나, 깎은 사과를 손으로 집어먹으면 포크를 가리키며 신경질을 부리던 누나, 그러면서도 밤마다 가계부를 쓰기 시작한 누나, 티브이를 보지 않을 땐 꼭 코드까지 뽑아놓던 누나, 부모라는 그들에게 부러 밝고 명랑한 목소리로 전화를 걸던 누나, 잘 자 커튼 너머에서 낮게 중얼거리고도 깊은 밤 몇 번이나 커튼을 들추고 눈 감은 내 얼굴을 확인하던 누나, 그 커튼 너머에서 조심스럽게 부스럭거리며 생리대를 갈아 끼우던 누나.

집을 나온 어제 아침, 다 쓴 치약의 튜브를 가위로 잘라 그 속을 내 칫솔로 후벼 파내 지저분하게 치약을 묻혀 건네주던 누나를 나는 견딜 수 없었다.

광어, 광어. 깊은 바닷속에 엎드려 누워 맘껏 수음을 하고 지쳐 잠들고 싶었던 한 마리 광어. 손아귀 가득 벌겋게 달아오른 놈의 몸뚱어리. 놈은 발악하며 요동치며 비뚤어진 대가리를 부르르 떤다.

손을 짚은 벽면, 나는 왼쪽으로 십오도쯤 기운 누나의 글씨를 알아본다. 꼭 침대에 옆으로 누워 썼을 법한 연필 글씨. 그보다 십오도쯤 더 기울여 씌어진 날짜. 쫓기듯 이 집을 떠나던 바로 전날의.

> 이곳에서 너희가 완전히 불행해질 수 없는 이유는 신이 우리에게 괴로워할 권리를 스스로 사들이는 법을 아름다움이라 가르쳤기 때문이다.*

나는 힘겹게, 누나의 벽을 향해 희고 끈끈한 광어 한 마리를 쏟아

* 기형도, 「포도밭 묘지 2」 중에서.

놓는다. 놈은 뚝뚝 눈물처럼 흘러내린다. 힘겹게.

5

알고 있다. 임시방편이란 결국 어떤 식으로든 들켜버리게 마련이라는 것을. 들키는 것, 적어도 요즘의 내가 가장 두려워하는 것. 그 실패의 느낌. 이 대신 잇몸으로 씹어 삼킨 음식은 설령 식도를 무사히 넘어갔다 하더라도 기어이 뱃속을 불편하게 만들고 만다. 나는 돌아오는 버스 안에서 유심히 내 발목을 바라보는 남자의 시선을 알아차리고 자리에서 일어선다. 그럭저럭 바지로 흠집이 난 부분을 가리고 있던 스타킹이 바짓단 아래 발목을 지나 발등까지 흉하게 올이 나가 있었던 것이다. 들키는 것, 두려운 것, 그리고 실패의 느낌.

나는 문을 닫으려는 자전거포의 마지막 손님이다.

내가 완전히 불행해질 수 없는 이유. 나는 사라졌던 자전거를 다시 만났다.

버스에서 내린 나는 집을 나섰을 때와는 달리 뛰듯이 걸을 수가 없다. 어둠 속에선 올이 나간 스타킹을 쉽게 들켜버리지 않을 것임에도 불구하고. 정류장에서 집까지는 너무 멀다. 나약한 엄살이랄 수도 있겠다. 그러나 집은 멀고 멀다. 옛날 옛적 산 넘고 물 건너 십 리 길을 통학했다는 그때만큼이나 멀다고 말하고 싶다. 나는 구두를 끌며 오래도록 걸어 집으로 돌아간다. 어두운 골목길, 찬 땀이 배고 흉하게 올이 나간 스타킹을 벗어던지고 싶은 욕구를 문득 딸꾹질처럼 느끼며.

남동생은 돌아와 있지 않다. 주머니 속에 들어 있는 남동생의 헌혈증.

마당의 구석, 목련나무 아래 붉은 녹을 덮어쓰고 누워 있던 자전거. 중년의 자전거포 주인이 바퀴살의 녹을 긁어내고 기름을 치고 체인을 조인다. 그리고 바람 빠진 바퀴에 탄탄히 공기를 채우는 펌프질. 화살표를 닮았다.

나는 쌀을 씻어 밥을 안친다. 쌀자루에는 잔뜩 쌀벌레가 꾀었다. 드문드문 박아넣은 마늘도 소용없었다. 나는 쌀뜨물 위로 떠오른 흰 애벌레를 대충 건져내고 나머지는 못 본 척 쌀과 함께 짓이겨버린다. 콩나물국을 끓인다. 구멍가게 한구석, 갈색 고무 양동이에 담긴 키 큰 콩나물. 포르말린이나 중금속, 농약 따위가 걱정되지 않는 것은 아니었지만, 아직까지 콩나물은 참으로 저렴한 식품이다. 나는 일일이 콩나물 뿌리를 다듬지 않는다. 높은 온도에서 조금 오래 끓여내면 괜찮을 것이다.

자석처럼 나를 끌어당기는 화살표. 롤러블레이드를 탔던 계집아이처럼 야무지게 앞장서 달려간다. 나는 힘껏 자전거 페달을 밟는다. 촤르르르 자전거 바퀴 소리. 화살표를 쫓아. 원운동을 하며 굴러가는 화살표를 쫓아. 지갑 속엔 이제 사천삼백원뿐.

파를 썰다 나는 손을 벤다. 기른 손톱에 흠집을 내지 않도록 주의를 기울이다 손가락을 베고 만다. 모두가 O형인 가족. O형의 피.

ABO 혈액형 계산법을 굳이 따져볼 필요도 없는 피. A형도 B형도 AB형도 될 수 없는, 어떤 가능성도 없는 피. 나쁜 피. 남동생은 몸 속 제 모든 피를 뽑아내고 좀비들처럼 형광 초록색 피로 다시 몸 속을 채우고 싶었는지 모른다. 나는 베인 손가락을 입술로 빨고 마저 싱싱하고 단단한 파를 썬다. 고통 없이 베이는 초록색 육체. 파는 피가 없다. 파에겐 다행스러운 일임에 틀림없다. 모든 피 있는 것들의 굴레로부터 파는 자유롭다. 바람에 비에 씨를 퍼뜨릴 수 있는 자유. 내겐 없는, 우리에겐 없는. 생의 마지막, 그저 뜨거운 콩나물국 속에서 비명처럼 독한 휘발성 향을 뿜어내면 그뿐인.

흔적 없이 쌀벌레가 짓이겨진 밥과 뿌리를 다듬지 않은 콩나물국으로 저녁상을 차린다. 남동생은 돌아오지 않는다.

물처럼 흐르는 바람의 냄새, 봄밤의 나뭇잎 냄새, 구름 속의 비 냄새, 나는 달리고 있다.

어둡고 외진 골목. 나는 다시 집을 나선다. 제법 두터운 남동생의 점퍼를 걸쳐입었다. 그리고 그 점퍼 깊숙이 질러넣은 검은 플라스틱 총. 그리고 남동생의 냄새. 역시 O형인, 역시 바람에 씨를 퍼뜨릴 수 없는 남동생의 냄새. 나는 집에서 너무 먼 정류장을 향해 뛰듯이 걸어간다. 어둡고 외진 골목, 목이 긴 낫을 휘두르며 좀비들이 튀어나올 것만 같다. 나는 품속의 총을 움켜쥔다. 뛰듯이 걷는다.

혹시 문이 잠긴 게 아닐까, 영원히? 집을 나서는 이유였다. 혹시 집이 남아 있을까, 아직도? 다시 돌아오는 이유였다. 딱딱한 식빵에 크림치즈 대신 딸기잼을 바르던 누나. 떠나서는 돌아오지 못할까,

돌아와서는 떠나지 못할까. 그러므로 어디에도 우리가 없는 건 당연했다.

밤의 동네. 오래된 오뎅 국물의 냄새, 백열등 아래에서 왜곡되어 빛나는 과일들, 감자 양파 오이 한 보따리 천원, 분필 글씨 빼곡한 작은 칠판을 내건 복덕방, 이곳에 들어오는 모든 이에게 평화를, 안녕하세요 잠깐만요 아이들을 부르는 두더지 게임, 약국의 이름은 영생약국…… 정류장을 향해 길게 이어지는, 지루하고 구차한 가장 행렬처럼 이어지는 풍경들. 가난한 동네, 오래 전 통째로 함정에 빠져버린 동네. 끝없이 밑이 꺼지는 생의 허방. 헤어나오려는 발돋움에 지쳐버린 이 구질구질한 함정의 풍경들…….

누나는 학교를 그만두었다. 내겐 직업이 없다. 촤르르르 자전거 바퀴 소리. 사실 화살표가 어디를 가리키고 있는지는 알 수가 없다. 정말 알 수가 없다. 그저 그 뾰족한 끄트머리를 동그랗게 말아가며 부지런히 내달리는 화살표. 내달리는 자전거. 정말 집을 나온 건 아닐지도 모른다. 다만 돌아가지 않았을 뿐.

우먼 미용실, 아름 머리방, 박숙희 헤어뉴스, 뉴 모드 미용실, 가위손 헤어숍, 윤정 헤어타운. 작고 허름한 미장원에 딸린 작고 허름한 살림방. 보라색 커튼을 젖히고 밝은 갈색으로 머리를 물들인 여자가 엉거주춤 밥상을 들어내고 있다. 팔이 더 아픈 건지 다리가 더 아픈 건지 구분할 수 없었을 하루. 여자의 맹장에 고인 검은 머리칼 가루들. 국그릇에선 역한 파마 중화제 냄새가 피어올랐을 것이다. 나는 미장원 여자의 정수리로 총을 겨눈다. 그러나 가난한 동네. 이토록 미장원이 많은 이유, 아무도 설명할 수 없다. 요구르트에 빨대를 꽂아 칭얼거리는 사내아이에게 물리는 미장원 여자.

내가 완전히 불행해질 수 없는 이유. 그럼에도 불구하고, 내가 완전히 불행해질 수 없는 이유. 좌르르르, 문득 참을 수 없이 배가 고프다.

정류장이 가깝다. 남동생을 기다릴 정류장. 식은 저녁상. 다시 높은 온도로 데울 콩나물국. 그리고 내게 남은, 내가 지켜낸 여든네 권의 시집. 나는 결국 정류장에서 너무 먼 집으로 다시 돌아가고 말 것이다. 혼자이든, 함께이든. 모든 피 있는 것들의 오랜 습성. 정류장에서 너무 먼 집으로 돌아가기 위해, 나는 집에서 너무 먼 정류장을 향해 뛰듯이 걸어온 것이다.

좌르르르 커튼을 젖히는 소리, 커튼을 여미는 소리, 바람이 꿈결처럼 생의 책장을 넘기는 소리. 그러나 눈앞, 불안하게 땅을 울리며 다가오는 거대한 트럭, 어둠 속을 뒤흔드는 경적 경적 경적 소리.

$9\frac{1}{2}$F

그곳이 612호였는지 613호였는지는 확실히 기억나지 않는다.
다만 그 냄새. 그 냄새의 정체를 어떻게 설명하면 좋을지.
그 방에 가득 차 있던 냄새. 아릿하고 몽롱한 냄새.
여러 사람들에 의해서 잠깐씩 그러나 끊임없이,
그리하여 결국은 길들여지고 만 것들의 결정적인 결핍과 쓸쓸함.
그리고 거기에 섞여 부유하듯 흐르고 있던 묘한 흥분과 열망의 냄새.
그녀와 그는 그 방에 가득 차 있던, 오래도록 고여 있어 한껏 밀도를 높인 공기가
막 부패를 시작할 것만 같은 조바심의 냄새를 들이마시며
한동안 아무 말 없이 서 있었다.

나무에서 나오는 방법은 나무를 통하는 길뿐이다.
— 프랑시스 퐁주

2003년 4월 1일

한 연인들. 여자와 남자. 스물여섯 살의 그녀, 스물여덟 살의 그. 그녀와 그. 횡단보도 앞에 멈추어 선 연인들. 신호등의 완고한 빨간불. 마천루에 내걸린 대형 3D 전광판은 오늘의 날씨 대체로 흐림에서 코스닥 지수 145.73로 바뀌고 있다.

그의 오른편에 선 그녀는 아스팔트 위의 흰 차선들을 바라보고 있다. 똑같은 길이로 끊어진 두루말이 휴지를 닮은, 길의 시작부터 끝까지 이어지는 흰 선의 행렬. 그러나 그중 네 귀가 반듯하고 상처 없이 선명한 것은 하나도 없으니. 급정거를 했던 스키드 마크, 알 수 없는 무늬의 검은 얼룩, 시나브로 흰 칠이 닳아 없어진 자국. 그녀는 흰 차선을 스러지게 만들며 그 위를 굴러간 삼만팔천오백십구 개쯤의 타이어를 생각한다. 완고한 빨간불.

그녀의 왼편에 선 그가 시선을 고정시키고 있는 곳은 길 건너의 높다란 가로등 위다. 한껏 깃을 부풀린 비만한 비둘기의 수상한 실루엣. 가로등 위의 비둘기는 적을 살피는 척후병처럼 두리번거리며 거리를 내려다보고 있다. 문득 여남은 마리의 비둘기떼가 가로등 위를 비껴 날아간다. 의심할 여지 없이 모두 이 도시 어디에선가 품어져 알을 깨고 날아오른 것들이다. 거리의 사람들만큼이나 많은 비둘기들이 살고 있는 이 도시에서 그는 단 한 번도 비둘기의 알이나 둥지를 본 적이 없음을 새삼 깨닫는다. 비둘기의 알과 둥지라니. 오히려 떠오르는 것은 노랑부리저어새나 팔색조 같은 천연기념물의 알과 둥지다. 특수 망원렌즈 카메라로 촬영한 자연 다큐멘터리 프로그램. 삼십삼인치 티브이 화면에 풀 샷으로 잡힌 그의 주먹만한 둥지. 그 속에선 채 눈도 뜨지 못한 새끼 새들이 젖은 날개를 파닥거리며 먹이가 물린 어미의 부리를 향해 아귀다툼을 하고 있었다. 숲은 태연했다. 물론 품속 깊이 천연기념물의 알과 둥지를 숨긴 숲의 태연함은 정당했다. 물안개가 걷혀가던 아침 노랑부리저어새의 알 다섯 개가 차례로 깨어졌고, 지친 어미 새가 건너편 나뭇가지에 앉아 깃털을 고르고 있을 때 팔색조 새끼들은 첫 비행에 성공했다. 그러나 비둘기, 다시 비둘기, 이토록 흔하고 많은. 비둘기의 알과 둥지. 그러나 여전히 떠오르는 것은 연한 껍질을 가진 노랑부리저어새의 알 혹은 비바람을 견디는 팔색조의 연약한 둥지뿐이다. 태연히 비둘기의 알과 둥지를 숨긴 이 도시. 이토록 흔하고 많은 난생(卵生)은 과연 정당한가.

"혹시 비둘기 알 본 적 있니?"

어떤 계시처럼 가로등 위의 비둘기 날아오르고 신호등의 녹색불이 켜진다. 아니, 그녀는 물론 아니라고 말한다. 그보다 조금 먼저 횡단보도로 발을 내딛은 그녀가 그를 돌아다본다. 할로겐 조명을 받으며 진열대 위에 반듯하게 놓여진, 아무도 신어보지 않은 검정색 에나멜 구두를 닮은 그녀의 무표정. 날렵한 구두코에 발등이 적당히 드러나 보이는 디자인의 딱딱한 새 구두. 그리고 그녀가 구두처럼 무표정할 때 그녀의 얼굴에 떠오르는 이유 없는 냉담함. 함부로 날 신어볼 생각 하지 마. 그것은 그가 그녀를 처음 만났던 1999년 4월 1일 정오쯤에 그녀가 짓고 있던 표정이기도 했다. 진열대 위의 새 구두를 닮은 그녀가 되묻는다.

"비둘기 알, 그거 흰색이야?"

그에게서 한 발짝쯤 떨어져 있는 그녀. 이내 녹색불이 깜빡이기 시작한다.

"흰색? 아닐걸, 아마……."

갑자기 누군가 무례하고 거침없는 동작으로 한 발짝쯤 떨어져 있던 그녀와 그 사이를 뚫고 지나간다. 깜빡이는 녹색불. 그녀와 그가 멈추어 선 곳은 도심의 횡단보도 한가운데다. 잰걸음으로 그녀와 그의 곁을 스쳐 길을 건너는 삼만팔천오백십구 명쯤의 사람들도 흰 차선을 지우는 일에 일조하고 있다. 모두 어딘가 비둘기를 닮았다. 하릴없이 그녀와 그도 뛰듯이 걷기 시작한다. 발걸음에 맞춰 불편한 호흡으로 그녀가 말한다.

"페인트칠, 다시 해야 돼, 흰색, 아주 독한 걸로."

그녀와 그가 처음 만났던 것은 1999년 4월 1일 정오쯤이었다. 돌아보면 다시 완고한 빨간불.

오래된 호텔

한 연인들. 여자와 남자. 스물두 살이었던 그녀, 스물네 살이었던 그. 1999년 12월 말의 그녀와 그. 구시가지 중심의 오래된 호텔을 찾은 연인들. 그녀와 그도 1999년 12월 말의 다른 사람들처럼 어디로든 떠나길 바랐지만, 그게 정말 어디인가는 — 산이든 바다든 섬이든 스키장이든 테크노바든 상관없다고 생각했다. 밀레니엄맞이 일출이든 일몰이든 가면파티든 거리축제든 아무래도 좋았다. 스물두 살의 그녀는 스물네 살의 그에게 산이며 바다이며 섬이며 스키장이며 동시에 테크노바였고, 스물네 살의 그 역시 스물두 살의 그녀의 일출이며 일몰이며 가면파티이며 거리축제였으므로. 구시가지 중심의 무궁화 네 개짜리 오래된 호텔에 도착한 그녀와 그는 멀리 떠나온 사람들처럼 들떠 있었다.

그곳이 612호였는지 613호였는지는 확실히 기억나지 않는다. 다만 그 냄새. 그 냄새의 정체를 어떻게 설명하면 좋을지. 그 방에 가득 차 있던 냄새. 아릿하고 몽롱한 냄새. 여러 사람들에 의해서 잠깐씩 그러나 끊임없이, 그리하여 결국은 길들여지고 만 것들의 결정적인 결핍과 쓸쓸함. 그리고 거기에 섞여 부유하듯 흐르고 있던 묘한 흥분과 열망의 냄새. 그녀와 그는 그 방에 가득 차 있던, 오래도록 고여 있어 한껏 밀도를 높인 공기가 막 부패를 시작할 것만 같은 조바심의 냄새를 들이마시며 한동안 아무 말 없이 서 있었다. 밀레니엄 해돋이 관광객처럼 들떠 있던 기분은 슬며시 스러지고 있었다. 더블침대와 화장대와 옷장과 서랍장과 텔레비전과 미니냉장고와 나이트데스크와 두 개의 등나무 의자와 전기포트. 그곳에 어느 것 하나 새것이란 없었다. 오래된 새삼스러움. 작은 마름모가 사방

연속무늬로 찍힌 불투명한 샤워 부스가 있는 욕실 바닥엔 단 한 방울의 물기도 남아 있지 않았다. 변기에서 아주 엷은 락스 냄새가 풍겼을 뿐이다. 보푸라기가 많이 일어난 침대 시트며 크고 투박한 검정 전화기, 무거운 유리 재떨이와 두꺼운 가죽커버의 이용안내서까지. 정말 어느 것 하나 새것은 없었다. 그렇다고 그것들이 남루했다거나 불결했다는 것은 결코 아니다. 그곳은 익숙한 이름을 가진, 도심의 구시가지 한복판에 자리잡은 유서 깊은 호텔이었다. 안내서에 적힌 대로 외국인을 위한 공항행 셔틀버스를 운행하는, 엄연한 무궁화 네 개짜리의 오래된 호텔. 오히려 그 모든 오래된 것들은 대체로 정갈하고 청결했다. 다만 아릿하고 몽롱한, 알 수 없는 냄새를 풍겼을 뿐이다.

"……여기서 마지막으로 자고 간 사람이 누굴까? 아니 아니, 그게 언제였을까?"

그게 언제였을까. 전에 없이, 그녀와 그의 섹스는 아주 천천히 진행되었다. 그토록 느리고 오랜 섹스. 결코 그런 '느림'이 가능할 것이라 믿지 않았었다. 홀린 듯. 오래된 호텔에서의 오래된 섹스. 너무나 느렸기 때문에, 그만 멈추어버릴지도 모른다는 두려움에, 끊임없이 끊임없이 움직여야 했던, 두려움만큼 철저했던 섹스. 웅덩이 속에 담겨진 곤충의 알처럼 느리게 느리게. 오래된 호텔의 오래된 침대 위에서 그의 혀가 가 닿아야 할 그녀의 어금니는 너무나 멀었다. 통째로 집어삼킨 먹이를 소화시키는 보아뱀처럼 천천히 천천히. 땀에 젖었다 말랐다 다시 젖어 그의 이마에 엉긴 머리칼을 그녀는 다시 말랐다 젖을 때를 기다려 떼어주었다. 삼엽충의 고생대처럼 오래오래.

오래된 호텔. 느린 섹스. 물 속 짐승들은 어떻게 냄새를 맡나. 아릿하고 몽롱한 냄새가 향처럼 피어올라 그들의 치밀한 모공 속에, 가는 혈관 속에 스며들고 있었다. 그들은 문득 그 방의 시간이 고이고 쌓이고 있음을 알았다. 흐르지 않는 시간의 냄새. 산도 바다도 섬도 아니었지만 오래된 호텔, 그녀와 그. 가득했으므로 아무것도 없었다. 일출에서 일몰까지. 산에서 바다에서 섬까지. 천천히 천천히. 그토록 느리고 오랜 섹스.

시간은 흐르지 않고 고이고 쌓였다.

그토록 느리고 오랜 섹스가 끝나고, 그토록 느리고 오랜 잠에서 깨어났을 때 밖은 이미 어두워져 있었다. 잠에서 깨어났을 때도 여전히 아릿하고 몽롱한 냄새가 코끝에 감겼다. 아릿하고 몽롱한 냄새에 취해 마치 오래된 호텔의 오래된 가구나 물건의 하나가 되어버린 기분. 싫지 않았다. 찬바람이 부는 거리로 나와서도 마찬가지였다. 이미 오래된 호텔의 아릿하고 몽롱한 냄새에 사로잡힌 그녀와 그에게 세밑 흥성거리는 거리의 풍경은 별다른 감흥을 주지 못했다. 그녀와 그는 이내 다섯 개의 비닐 봉투와 세 개의 쇼핑백을 채워 다시 오래된 호텔로 돌아왔다. 그녀와 그는 늦은 저녁으로 초밥과 피자와 콜라와 포장 김치와 수입 쿠키와 스티로폼 용기에 그램 수를 재어 담아온 샐러드를 먹었다. 샐러드 안의 청포도를 그녀는 아쉬워했다. 식사 후 빈 비닐 봉투 속에 그것들의 포장지를 버렸다.

그녀와 그는 비닐 봉투와 쇼핑백을 끌러 내용물을 침대 위로 쏟아냈다. 밤식빵과 크루아상과 오렌지 마멀레이드, 생수와 쌀음료, 해물맛 버섯전골맛 우동맛 김치맛의 사발면, 투명한 플라스틱 용기에 담긴 절임류의 밑반찬, 전자레인지 대신 전기포트를 이용할 참인 포장밥과 티백에 담긴 차류, 복숭아맛 샴페인과 독일산 훈제햄도 있었다. 그녀의 팬티와 식염수, 그의 양말과 일회용 면도기. 수

입 구제품을 파는 보세 옷가게에서 보라색 가발과 카우보이 모자와 안경테에 반짝이 스팽글이 박힌 펑크 스타일의 커다란 선글라스도 샀다. 그는 지하도 입구 노인의 좌판에서 조악한 윷놀이 세트와 귀이개, 나무망치 모양의 안마기를 샀다. 그녀는 완구점에 들러 야광별 스티커와 크리스마스 트리용 장식 술을 사고 화장품 할인매장에서 일본 관광객들에게 파는 연두색 때밀이 수건과 은색의 긴 인조손톱과 레드블랙 염색약을 샀다. 마지막으로 그녀와 그는 약국에 들러 콘돔과 액체 소화제와 관장약과 과립형 비타민을 샀다.

그녀는 화장대 위로 올라가 발돋움을 하고 천장에 야광별 스티커를 붙였다. 전등갓에 크리스마스 장식 술도 늘어뜨렸다. 그는 다섯 종류의 양담배와 세 종류의 국산 담배를 나이트데스크에 하나하나 반듯하게 올려놓았다.

쇼핑백에서 마지막으로 꺼낸 것은 천 피스짜리 일본제 조각 퍼즐이었다. 19세기 명화나 영화 포스터가 凹凸 모양의 조각들로 나누어져 한데 섞여 있는 것으로 그것들을 원래의 모습대로 맞추는 퍼즐이었다. 그녀의 퍼즐은 소풍을 나온 두 쌍의 남녀가 풀밭 위에 앉아 있는 그림이었다. 두 남자는 프록 코트의 정장차림으로, 두 여자는 누드로 앉아 있었다. 두 쌍의 남녀가 연인들로 보이지는 않았다. 그녀는 두 여자가 두 남자에게 한나절 고용되었으리라 생각했다. 어쨌든 그녀는 그 그림을 마음에 들어했다. 그가 선택한 것은 천 개의 조각으로 이루어진 테이블, 접시, 잔, 과일 등을 그린 정물화였다. 그녀와 그는 상자 속에 들어 있던 조립식 액자 틀을 바닥에 놓았다. 비닐 포장지 안에 스낵 조각을 닮은 천 개의 퍼즐 조각이 들어 있었다. 그는 골똘히 그림을 들여다보다 신중한 표정으로 퍼즐 조각을 하나하나 틀 안에 옮겨놓기 시작했다. 그녀는 이내 일어서 욕실 안으로 들어갔다. 그가 다시 원본의 그림을 자못 심각한 표정으로 들여다보고 있을 때 속옷과 입욕제와 때밀이 수건을 가지러 욕실 밖으로 나온 그녀는 알몸이었다.

시간은 흐르지 않고 고이고 쌓일 뿐이었다. 그녀가 잠에서 깨어났을 때 그는 우동맛 사발면을 후루룩거리고 있었다. 시큼한 김치 냄새가 났다. 바닥엔 삼분의 일쯤 자리를 찾은 퍼즐이 놓여 있었다. 그녀는 다시 잠이 들었다.

그녀는 염색약 튜브를 중화제 속에 짜넣었다. 암모니아 냄새가 났다. 쓰레기를 담은 봉투는 두 개로 늘어났다. 그녀는 엎드려 잠이 든 그의 머리칼에 비닐 장갑을 낀 손으로 레드블랙 염색약을 발랐다. 남은 염색약을 드문드문 제 머리칼에 바르기도 했다. 그는 잠에서 깨어나지 않았다. 그녀는 나무망치 모양의 안마기로 그의 엉덩이를 두들겼다. 바닥엔 반쯤 제자리를 찾은 그의 정물화 퍼즐이 놓여 있었다. 그는 깨어나지 않았다. 그녀는 쓰레기 봉투 속에서 구겨진 김치 포장지를 꺼냈다. 조심스레 포장지의 주둥이를 벌려 그 속에 정물화 퍼즐 다섯 조각을 집어넣었다. 레드블랙 피처럼 얼룩진 비닐 장갑도 집어넣어버렸다. 다시 쓰레기 봉투를 묶었다.

고이고 쌓인 시간으로 방이 점점 비좁아지고 있었다. 음악은 듣지 않았다. 전화도 걸려오지 않았다. 프론트에서 걸려온 전화에 그녀는 룸서비스를 원하지 않는다고 말하고는 잊었다는 듯이 새 수건과 시트를 주문했다. 침대 밑까지 뒤졌지만 이가 빠진 퍼즐 조각을 찾아내지 못한 그는 차가운 복숭아맛 샴페인에 독일햄을 먹으며 맥주가 마시고 싶다고 말했다. 그녀는 펑크 스타일의 커다란 선글라스를 쓰고 히죽 웃어 보였다.

가끔 혹은 자주 섹스를 했다. 섹스는 처음보다 조금씩 빨라지고 있었다. 다섯 개의 비닐 봉투를 모두 쓰레기가 채웠지만 쓰레기는 아직 더 남아 있었다. 육개장과 만두와 볶음밥을 배달시켜 먹기도 했다. 그는 골고루 염색이 되지 않은 레드블랙 머리칼을 신경질적으로 쓸어넘기다 꼭 다섯 조각이 빈 채로 완성된 퍼즐판을 침대가 놓인 벽면을 향해 날려버렸다. 아주 가벼운 것들이 부딪쳐 쏟아져 내리는 소리가 났다. 천장에 붙인 별은 아주 잠깐 형광이었다 이내 스러졌다. 그녀는 포장만 뜯은 자신의 새 퍼즐을 그에게 주겠다고 말했다. 그는 따뜻한 물에 면도기를 담갔다가 수염을 깎았다. 그녀는 액체 소화제와 함께 남은 쿠키를 먹었다. 어느 밤 그녀와 그는 때아닌 모기에 시달렸다. 오래된 호텔방의 한구석을 관통하는 중앙 난방식 배수 파이프는 간헐적으로 윙윙거렸다. 분사형 모기약을 빌리기 위해 그가 별수 없이 방문을 열고 프론트로 내려갔다. 그녀는 보라색 가발을 쓰고 은색 인조 손톱을 붙이고 박하향이 나는 양담배를 피우며 그를 기다렸다. 이유 없이 밑이 뜨거운 빵처럼 부풀어 올랐다. 가연성의 살충제 냄새를 맡으며 그녀와 그는 침대 위로 누웠다. 윙윙윙윙 모기처럼. 그토록 빠르고 짧은 섹스.

이제 흐르지 않고 고이고 쌓인 시간은 처치 곤란이었다. 방 안을 걸어다닐 때마다 끝없이 무언가 발끝에 채였다. 비스듬히 카우보이 모자를 눌러쓴 그는 침대에 누워 빛나지 않는 천장의 별을 올려다보며 손톱을 물어뜯고 있었다. 오래된 장롱 안에서 탈출용 로프를 찾아낸 것은 그녀였다. 이유 없이 무료한 동작으로 방 안을 뒤적거리고 있던 그녀는 마치 처음부터 그 로프를 찾을 목적이었던 것처럼 기뻐했다. 장롱 한구석 탈출용 로프는 붉은 아크릴 상자에 담겨 있었다. 그녀는 왜곡된 아나운서 톤으로 화재시 대피 요령과 로프 사용법을 읽었다. 로프 사용법은 어처구니없이 복잡하고 장황했다.

그러나 오래된 호텔의 오래된 창문엔 감옥처럼 방범용 쇠창살이 둘려 있었다. 한 뼘 정도의 쇠창살 사이로 탈출용 로프는 탈출할 수 있을지언정 그녀와 그는 아니었다. 갑작스럽게 화재가 발생한다면 이 오래된 호텔에겐 치명적인 일이 될 것이다.

"옛날에 이런 오래된 호텔에서 불이 났던 적이 있지."

"알아, 티브이에서 봤어. 소방시설 하나 없이, 다 떨어져 죽고…… 고가 사다리가 터무니없이 짧아서 궁여지책으로 궁사들까지 동원했었대."

"궁사들?"

"활에다 이런 로프를 매달아서 쏘았다는 거야."

그녀는 활 쏘는 시늉을 하며 그에게 희고 긴 탈출 로프를 던졌다.

"그래서? 살았대?"

"몰라. 그냥 웃겼다는 거지 뭐. 동아줄은 썩은 거라도 하늘에서 내려와야 되는 거잖아."

카우보이 모자를 쓴 그는 받아든 로프를 만지작거리다 이리저리 매듭을 묶었다. 그는 카우보이처럼 웃으며 둥글게 묶은 로프 올가미를 카우보이처럼 머리 위로 빙글빙글 돌렸다.

"소야. 이리 와, 착하지. 널 길들여야 돼. 안장도 없고 코뚜레도 꿰고."

그녀는 그가 카우보이처럼 던진 둥근 로프를 날렵하게 움켜쥐었다. 짐짓 호전적이었다.

"어림없을걸. 네가 로데오처럼 내 등에 올라탄다면 난 널 꼭 바닥으로 내동댕이쳐버릴 거야."

시간은 흐르지 않았다. 고이고 쌓인 시간에게 탈출용 로프를 쥐어줄 필요가 있었다. 역시 오래된 호텔의 오래된 화장대 서랍 속의 오래된 '기록'을 발견한 것도 그녀였다. 그녀는 빈 서랍 속을 한참이나 들여다보다 그의 이름을 불렀다.

화장대 서랍 속, 나무판 중간쯤에 씌어진 작은 글자들. 그건 필기구가 볼펜이었는지 무엇이었는지도 확인할 수 없을 정도로 오래된 흔적이었다.

1975. 12. 24~1976. 1. 8
1977. 6. 09~1977. 7. 03
1980. 5. 25~1980. 6. 2

분명 같은 필적은 아니었다. 2, 8, 9를 쓰는 방식이나 숫자의 생김새가 모두 달랐다. 1975년의 것이 가장 심이 굵은 펜을 사용한 것 같았다. 1980년의 것은 파란색으로 씌어 있었다. 누군가 그녀처럼 이유없이 화장대 서랍을 열어보았을 것이다. 또 누군가, 또 누군가. 그리고 이후 이십 년 동안 이 서랍은 한 번도 이유없이 열린 적이 없는 것이다. 이곳은 시간이 흐르지 않는 오래된 호텔이었으므로. 서랍 안에서 예의 아릿하고 몽롱한 냄새가 강렬하게 피어올랐다. 고이고 쌓인 시간의 냄새. 모든 것이 권태의 징후를 보일 때 그것들은 초조의 냄새를 피우기 시작한다. 급증하는 엔트로피. 막 부패가 시작되기 직전의 조바심, 흡사 다시 단단히 태엽을 조이는 듯한 긴장감을 닮은. 그러나 모든 착각이 그러하듯이 그 긴장감은 최후의 그것이 되곤 한다.

그는 프론트로 전화를 걸었다.

"저, 오늘이 몇 월 며칠이죠?"

그들이 오래된 호텔의 오래된 호텔방에서 마지막으로 한 일은 서로의 귓속을 소제해준 일이다. 그런데 그것은 조금 위험했다고 할 수 있다. 차례로 서로의 허벅지를 베고 누워 귀를 내주었다. 서걱서걱 귓속에서 가느다란 대나무 귀이개 움직이는 소리가 났다. 짐짓 고막을 위협하는 귀이개. 어떤 종류의 불신이 그녀와 그로 하여금 서로의 무릎뼈를 깜짝깜짝 움켜쥐게 했는지 알지 못한다. 불길한 불안. 귓구멍을 서걱거리는 소리가 머릿속 전체에 이명처럼 울려퍼졌다. 피를 흘리며 비명을 지르며 펄쩍펄쩍 뛰어오르며 고막에 꽂힌 귀이개를 잡아 뽑진 않았지만, 확실히 그것은 조금 위험했다고 할 수 있다. 문득 살의에 가까운.

1999. 12. 29~2000. 1. 4

바이바이 파라다이스

그녀는 그의 가방을 열고 길쭉하게 접힌 스포츠 일간지를 꺼낸다. 만나자마자 그가 그녀에게 펼쳐 보인 맨 뒷면의 전면광고 ― 2003년 4월 1일 쇼핑의 지상낙원을 만난다. "Buy-Buy Paradise" 오픈 기념 사상 최대 경품 대축제.

낙원을 파는 쇼핑센터. 가장 먼저 눈에 띄는 것은 거대한 대리석 야자수들이다. 한 그루가 족히 십 미터는 될 것 같은 대형 야자수 조각이 군락을 이루고 있다. 흰 대리석 표면에 작은 금빛 전구가 크리스마스트리에서처럼 친친 감겨 빛나고 있다. 낙원을 파는 쇼핑센터. 그리고 그 대리석 앞에서 옆이 길게 트인 치마를 입고 가리비 브래지어를 두른 인어 분장의 홍보도우미들이 사람들에게 경품 응모권을 나누어주고 있다. 대리석 야자수 주변으로 드라이아이스가 피어오른다. 인어 분장의 도우미들이 나긋나긋 긴 속눈썹을 치켜든다. 파라다이스는 발 디딜 틈이 없다. 그녀와 그는 사람들 사이에서 서로를 놓치지 않기 위해 끼었던 팔짱을 풀고 인어들의 경품권을 향해 손을 내민다. 다시 경품 응모함을 향해 도미노처럼 늘어서는 행렬들. 그녀와 그도 다시 팔짱을 끼고 긴 줄의 끝을 찾아 한참을 헤맨다. 그녀와 그의 뒤로 금세 사람들이 줄지어 선다.

응모 행렬 한가운데서 그는 경품 용지에 자신의 주민등록번호를 적어넣는다. 그녀는 응모권을 손에 쥔 채 다시 신문광고를 들여다보다가 호들갑스럽게 말한다.

"이게 좋겠다. GM산(産) 1961년형 캐딜락. 이거 진짜 갱영화에 나오는 세단이야."

그는 잠시 고개를 끄덕인 후 쥐고 있던 펜 끝으로 신문광고의 한 편을 가리킨다.

"그린란드 에스키모 체험 패키지도 있어. 케냐 나이로비 패키지도 있고. 둘 다 보름씩이나."

그뿐이 아니다. 파라다이스의 경품은 다양하고 매력적이다. 나스닥에 상장한 국내 기업의 주식을 비롯, 파라다이스 식품매장의 스낵코너 분양권, 즉석복권 100매, 월북 화가의 30호짜리 유화 한 점도 있다. 제일 낮은 등수의 경품은 화상전화 50대. 일등 경품인 자동차도 클래식한 캐딜락 구형 세단에서 도요타의 최신 경차까지 세 종류나 된다.

어찌 됐든 그녀도 다른 사람들처럼 진지한 표정으로 응모권의 공란을 메운다.

대리석 야자수 아래 인어들은 끊임없이 사람들에게 파라다이스의 홍보전단과 경품 응모권을 나누어주고 있다. 드라이아이스 속에서 꿈결같이 반짝이는 금빛 전구들. 긴 줄은 좀체 줄어들지 않는다. 여러 줄이 어지럽게 얽혀들어 우왕좌왕 밀려다니고 있는 형국이다. 그녀는 신문지를 동그랗고 단단하게 말아 쥔다. GM산 1961년형 캐딜락. 경품 응모쯤이야 총 한 자루만 있다면 간단할 것이다. 총. 그녀는 이 많은 사람들을 위협하여 쫓아버리고 싶다는 허무맹랑한 생각을 한다. 줄을 서 기다리는 것은 남루하고 한심하고 구차한 일이다. 권총 한 자루와 GM산 1961년형 캐딜락을 가진 마피아 갱스터라면 아주 간단할 것이다. 그들에게는 줄을 설 필요가 없는 특권이 있다. 갱스터는 결코 순서를 기다리지 않는다. 영화처럼.

그녀가 수차례 보면서 열광해 마지않은, 티브이 복사본 테이프로 소장한 한 갱스터 무비. 도시의 뒷골목 갱단의 생활을 동경하는 호기심 많은 한 어린 소년. 그는 자라서 자연스레 갱단에 들어간다. 잔심부름을 하며 얼굴을 익히고 재판에서 동료의 이름을 말하지 않음으로써 인정을 받기 시작한다. 어느 날 이 야심만만한 젊은 갱은 마음에 드는 여자를 만난다. 여자는 남자가 갱단의 일원이라는 사실을 어렴풋이 눈치채지만 그로 인한 특권이 싫지만은 않다. 여자는 남자의 말대로 잘나가는 비즈니스맨으로 부모에게 그를 소개시킨다. 길게 늘어선 줄을 무시하고 여자는 애인과 함께 극장식 카바레의 VIP석으로 안내된다. 무대에서 노래를 부르던 최고의 가수는 그들의 테이블로 샴페인을 선사한다. 웨이터는 그녀에게 비굴할 정도로 허리를 굽힌다. 여자의 눈이 휘둥그레진다. 남자는 어깨를 으쓱해 보이며 폼나게 시가에 불을 붙인다. 꽃과 옷과 보석이 끊이지 않고 여자의 집으로 배달된다. 여자는 어디까지나 평범한 이십대 초반의 여자에 지나지 않는다. 뜻밖의 낭비와 특권은 더없이 즐겁고 벅차다. 그러던 어느 날 여자는 이웃집 남자에게 짓궂은 희롱을

당한다. 여자는 분에 겨워 울며 애인에게 전화를 건다. 필요 이상 흥분한 갱은 벨트에 찔러넣은 권총을 뽑아들고 이웃집 남자에게 다가간다. 그는 다짜고짜 권총 손잡이로 이웃집 남자의 머리통을 열다섯 번쯤 내리친다. 그는 잔인무도한 갱스터의 일원이었으므로. 이 장면을 여자는 집 안에 숨어 지켜본다. 써너버 비치 한 번만 더 그랬다간 머리통을 날려버릴 줄 알아. 갱은 갱답게 의기양양 그녀의 집 문을 두드린다. 이제 모든 것은 확연해졌다. 남자는 협박과 공갈, 폭력을 일삼는 야비하고 잔인한 갱단의 일원이었던 것이다. 이거 숨겨놔. 남자는 여자에게 이웃집 남자의 머리통을 내리쳤던 권총을 건넨다. 총자루엔 끈끈한 피와 금빛 머리칼이 잔뜩 엉겨 있다. 여자는 벌벌 떨면서도 총을 받아든다. 이제 돌이킬 수 없게 되었다. 남자는 돌아선다. 피와 머리칼이 엉긴 손아귀의 권총을 들여다보는 여자의 떨림은 멈추지 않지만, 이내 여자는 그 멈출 수 없는 떨림이 쾌감에 가깝다는 것을 깨닫는다. 여자는 이제 공범자다. 깊숙한 곳에 피 묻은 총을 감춘. 여자는 낭비와 특권과 거짓과 폭력의 굴레를 벗어날 수 없게 되었다. 여자는 이탈리안이 아님에도 마피아 식 결혼파티를 열고 갱의 아내가 된다. 남편의 보스와 동료와 부하들에게, 그의 가족들에게 소개된다. 역시 품속에 피묻은 총을 숨긴 갱의 아내들과 어울린다. 여자도 '패밀리'의 일원이 된 것이다. 여자는 돈의 힘을 알게 되고 오만해지고 문란해진다. 남편의 마약 밀매를 돕고 경찰에게 기세 좋게 거짓말을 하고 남편의 정부에게 잔인하게 폭력을 행사한다. 그리고 결국 아무도 믿지 않게 된다. 약과 술 없이는 잠시도 견딜 수 없게 된다. 몰락 몰락 끝없는 몰락. 그러나 여자는 처음부터 알고 있었던 게 틀림없다. 피가 엉긴 총을 거절하지 못하고 받아든 순간 시작된 자신의 파멸을. 그럼에도 불구하고 여자는 갱스터의 여자이길 바랐다. 전에는 결코 느껴보지 못했던, 생의 남루함을 일순 휩쓸어버릴 듯한 전율의 정체. 여자는 꼼짝없이 압도당한 것이다. 무엇과도 바꾸고 싶지 않게 되어버린 생의 짐승스러움. 그 이해할 수 없는 압도에의 열망. 권총으로 머리통을 박살내는 자의 권위. 선악과가 얼마나 달콤했었는지는 아무도 가르쳐주지 않았다. 압도를 선택한 대가로 여자는 몰락했다. 그러나 분명 여자는 자신의 몰락을 처음부터 직감하고 있었다. 돈과 폭력과 거짓에의 숨막힐 듯한 압도를 여자는 몰락의 불길함과 바꾸지 못했던 것이다.

그녀, 다시 그녀. 권태의 2003년 4월 1일 스물여섯의 그녀 역시 압도를 꿈꾼다. 그녀는 한낱 갱스터 무비에 열광할 뿐이다. 짐승처럼, 악몽처럼 머리 위로 폭풍이 지나가길 바란다. 간절함에의 간절함. 돌이켜보면 어리석음은 대체로 미덕이었다 기억된다.

GM산 1961년형 캐딜락은 더할 나위 없이 멋지다. 그녀도 갱스터의 여자가 되고 싶다. 하지만 건달, 깡패, 조직폭력배 따위는 사양한다. 발음이 마음에 들지 않는다. 갱, 오직 갱스터여야 한다. 갱스터를 발음할 때의 그 불온함이라니. 맹목적으로 생을 뒤흔드는 눈물겨운 압도. 그녀는 절절해지고 싶은 것이다. 갱스터의 여자. 그러므로 그녀는 GM산 1961년형 캐딜락이 자신의 것이어야 한다고 생각한다. 그러나.

"뭐 할래?"

"글쎄, 아무거나."

GM산 1961년형 캐딜락의 그녀는 자신의 옆에 오래도록 서 있는 그가 높고 차가운 구름이 흘러가는 그린란드나 바닷가 팔색조의 작은 둥지를 떠올리고 있음을 안다. 그러나 결코 알은체하고 싶지 않으니. 그녀는 이미 우울하다.

파라다이스는 만원이다. 인어들은 손놀림을 멈추지 않는다. 지느러미를 닮은 인어들의 치마가 비늘처럼 번쩍인다. 그녀와 그는 파라다이스의 에스컬레이터에 오른다. 에스컬레이터를 타기 위해서도 한참이나 순서를 기다려야 했을 정도다. 경품 추첨은 십층의 이벤트 특설 행사장에서 세 시간 뒤부터 시작된다. 그녀와 그는 파라다이스의 지하에서 최근 유행하고 있는 시뮬레이션 체험관을 발견한다. 물론 파라다이스답게 초대형 최신시설을 구비해놓고 있다. 편을 갈라 모의 전투를 하는 서바이벌 게임이나 가상 화재진압을 체험하는 '출동 119', 원하는 캐릭터로 분장을 하고 기념촬영을 할 수 있는 '캐릭터 X', 주어진 시간만큼 옷을 선택해 갈아입어보며 컴퓨터 코디네이션을 받을 수 있는 '패션 익스체인지', 흔히 연인들끼리 함께 요리를 만들어 식사까지 할 수 있는 '러브러브 쿠킹' 등 최근 등장한 다양한 체험 프로그램으로 구색을 갖추어놓고 있었지만 역시 가장 인기가 있는 것은 '리얼 드라이브' 였다. 그녀와 그는 또한 차례 줄을 서서 이용료를 내고 '리얼 드라이브' 의 예약권을 끊는다. 예약 시간까지는 한 시간가량 남아 있다.

한 시간 동안 그녀와 그는 넓고 다양하고 복잡한 파라다이스를 돌아다녔다. 파라다이스는 너무나 넓고 너무나 다양하고 너무나 복잡했으므로 그들이 시뮬레이션 체험관이 있는 지하층을 출발해 다시 시간에 맞춰 그곳으로 돌아오는 데는 적잖이 어려움이 있었다. 특이할 만한 것은 한 시간 동안 그녀와 그가 아무것도 사지 않았다는 점이다. 에스컬레이터 하나가 오작동을 일으킨 모양이었다. 그녀와 그는 한참이나 층층마다 서는 엘리베이터를 기다리다 다른 사람들처럼 짜증을 내며 비상계단을 찾아나선다. 마우스 패드를 하나

사긴 사야 하는데. 백만 분의 일 초까지 기록되는 디지털 스톱워치야. 보습 에센스 얼마예요. 사진기 삼각대 바꾼다며. 그러나 그녀와 그는 아무것도 사지 않았다. 네온 아크릴 판으로 만들어진 파라다이스의 내부 구조도에는 다섯 대의 엘리베이터와 세 대의 에스컬레이터와 여섯 곳의 비상 계단이 표시되어 있었다.

리얼 드라이브. 그녀는 운전석에 앉는다. 그가 조수석에 설치된 시스템 화면을 작동시킨다.

"……재작년 오늘, 생각나니? 늦잠 자서 일출은 보지 못했지만 바닷가 그 절 참 좋았지?"

"……."

"십칠번 국도 어때? 너 그때 이제 동해보다 남해를 더 좋아할 것 같다고 그랬잖아."

"그냥 고속도로 탈래."

"그때 처음으로 백팔 배 했던 거 기억나니? 절하는 방법도 모르고 둘이 땀만 뻘뻘……."

"글쎄 싫다니깐. 국도는 팔십밖에 못 밟잖아. 빨리 해. 벌써 이 분 지났어."

"고속도로는 볼 거 없잖아. 지난번에도……."

"이거 어차피 가짜인 거 몰라? 보긴 뭘 봐? 그렇게 싫으면 너도 면허 따서 하면 될 거 아냐!"

속도계의 바늘이 쉽게 백까지 올라간다. 지명안내 표지판과 이름 모를 산등성이와 대형 광고탑, 4월과는 어울리지 않는 추수철의 누런 논들을 드문드문 가로막은 방음벽이 360도 멀티 스크린을 스쳐 지나간다. 그는 그녀의 옆얼굴을 바라본다. 딱딱한 새 구두를 닮은 그녀. 언제나 새 구두인 채로 편안하게 발을 기억해주는 것에 너무

나도 인색한 그녀. 문득 위협적인 사이렌 소리가 들린다. 경고음은 제한속도나 교통법규를 위반했을 때 울리게끔 되어 있다. 경고음이 세 번 울리게 되면 시스템은 자동으로 정지된다.

"빌어먹을, 러닝 머신 주제에."

그녀는 별수 없이 속도를 조금 줄인다. 멀티 스크린에도 두루말이 휴지를 닮은 흰 차선들이 보인다. 그러나 너무 빨리 지나치므로 흰 차선이 상처 없이 반듯한지 어쩐지는 확인할 수가 없다. 분명한 것은 러닝 머신 위를 달리는 자동차는 차선을 스러지게 만들 수 없다는 것이다. 그녀가 기운없이 묻는다.

"뭘 했으면 좋겠어?"

"알잖아. 멀리 가서…… 사람이 나오지 않는 다큐멘터리를 찍을 거야."

"아니, 지금 말이야. 지금!"

경고음이 울린다. 그녀는 멈추지 않는다. 신경질적으로 클랙슨을 울리는 동작은 어처구니없이 과장되어 있다. 속도계의 바늘이 백삼십을 넘고 있다. 다시 경고음이 울리고 이내 시스템이 꺼진다. 차가 멈추어 서고 스크린 속의 산도 들판도 표지판도 흰 차선도 모두 사라져버린다.

"어쩜 좋지? 아직도 시간이 이렇게 많이 남았으니. 이제 너와는 세 시간도 함께 보내기가 지겨워."

구층과 십층 사이

치명적인 것은 영화에서처럼 순식간에 일어나지 않는다. 더군다

나 이처럼 아주 평범한 연애의 경우라면.

그는 그 모든 지루했던 싸움을 기억한다. 그가 집어던진 커다란 성냥통. 어둠 속에서 시위하듯 자꾸만 성냥불을 그어대던 그녀. 그러나 그 불꽃나비들 이내 스러지고. 그거 알아 넌 따귀를 때릴 때도 나를 배려하고 있어 지독하게. 치즈 냄새가 나던 너의 깊은 배꼽. 아무도 없는 남의 사무실에 들어가, 엉덩이에 닿았던 유리는 너무 차가웠어. 날이 너무 덥다고 날이 너무 춥다고 너무 조용하다고 또 너무 시끄럽다고 기분 나빠하던 너. 붉은 보라색으로 어른거리던 해변의 나무들. 재래 시장의 젖은 길. 까만 마스카라 눈물. 그 간단한 걸 그렇게 많은 시간이 지났는데도 전혀 고치지 못하는구나 넌. 사랑니 앓이를 하던 그. 네 시간 동안 버스 정류장에 서 있던 그녀. 핥아줘 핥아줘. 그때 그 어느 말, 죽어서도 상처일. 무릎 나온 청바지와 떨어진 단추와 살이 부러진 우산. 너의 고르지 않은 치열을 그렇게 오래 보아왔는데도 왜 난 그걸 용납하지 못하는 걸까. 소모적인 고집들. 널 입에 넣었을 때 힘껏 물어뜯어 피를 보고 싶다는 생각. 미안해 사랑해. 죽어버려 죽어버려.

지루하고 사소하고 우습고 구태의연한 그러므로 치명적인.

그녀와 그는 파라다이스의 미로 속을 헤맨다. 드라이아이스 안개 속에 파묻힌 파라다이스. 지느러미를 날개처럼 펄럭이며 날아다니는 조가비 브래지어의 인어들. 한 연인이 지하에서 십층까지 오르는 삼만팔천오백십구 가지의 방법들. 십층에는 GM산 1961년형 캐딜락과 차갑고 높고 평화로운 그린란드가 나를 기다려. 고장난 에스컬레이터를 타고 미어지는 엘리베이터에서 퉁겨나오고 어지러운 비상계단에서 길을 잃은 그녀와 그. 파라다이스에서의 이 한 시간을 보내기 전엔 캐딜락도 그린란드도 어림없는 일이다. 채 마르지 않은 파라다이스의 핑크색 페인트 냄새. 오래된 호텔방의 아릿하고 몽롱한 냄새를 닮은. 비상계단의 문과 문과 문. 문 속의 또다른 문을 열고 들어가 끝없이 이어진 좁은 계단을 오르는 그녀와 그. 지하에서 십층까지. 그토록 흔하고 많은 비둘기의 알과 둥지를 도대체 어디에 숨길 수 있는 걸까.

$9\frac{1}{2}$F. 가까스로 구층과 십층 사이 여섯 군데 비상계단의 그 어디쯤. 그녀와 그는 아름답게 빛나는 커다란 은빛 문 앞에 당도했다.

한때 그들이라 부를 수 있었던 한 연인. 비상용 소화전을 열고 그 안으로 들어간 그녀와 그. 그러나 그들이 함께 그 문을 나온 것을 본 사람은 아무도 없다.

파라다이스 파라다이스 Bye-Bye 파라다이스.

거울 여자

어린 나타샤는 부서진 껍질과 젖은 깃털과
납작하게 짓눌려버린 검은 눈을 내려다보았다.
결코 태어난 적 없으므로 죽었다 말할 수 없는, 호밀밭 한가운데에서였다.
우뚝 멈추어 서버린 어린 나타샤의 뜨거운 손바닥 아래에서
작은 새처럼 미친 듯이 파닥거리고 있던 것은 분명
오른쪽 가슴, 오른쪽 심장이었다.

나타샤는 문득 잠에서 깨어난다. 꿈의 마지막 언저리가 어지럽게 어른거렸지만 이내 눈앞이 말갛게 씻긴 유리창처럼 환해진다. 어제와는 다른 오늘이 될 것이라는 어떠한 기척도 징후도 변화도 없다. 오늘로 일 주일째다. 나타샤는 밤새 방 안에 얌전히 고여 있던 공기를 깊이 들이마신다. 안도감이라거나 평온함이랄 수는 없다. 나타샤는 누운 채로 천장을 올려다본다. 눈동자로 커다란 사각형을 그리며 천장의 네 모서리를 차례로 둘러본다. 왠지 어젯밤보다 반 뼘쯤 천장이 높아진 게 아닐까 하는 알 수 없는 의구심이 든다. 그러나 나타샤는 아침에 눈을 뜨자마자 오랜 습관처럼 그런 의구심을 일 주일째 반복하고 있는 자신이 조금도 놀랍지 않다.

나타샤는 커튼을 젖히고 창문을 연다. 분사된 방향제의 미립자처럼 훅 젖은 땅냄새가 풍겨온다. 비가 내리고 있다. 그러나 내린다는 표현이 어색할 정도로 빗줄기는 희미하고 가늘다. 짙은 안개처럼 가득한 습기가 그대로 비가 되고 있다. 누군가 저 강 너머에서 거대한 분무기를 뿜어대고 있는 것 같다. 나타샤는 이런 비를 가리키는 한국말이 무엇인지 알지 못한다. 마당과 숲의 짙은 초록 잎사귀들은 한 겹 얇고 흰 망사를 두른 듯하다. 가는 빗줄기를 향해 창 밖으로 손을 내민 나타샤의 소맷자락이 희미하게 젖어들고 있다. 빗소리일 수는 없다. 그러나 빗소리. 얇은 습기의 망사를 두른 잎사귀들이 낮게 수런거리는 소리. 나타샤는 태어나 어린 시절을 보냈고 떠난 후 오래도록 가보지 못했던, 그러다 결국 다시 떠나기 위해 잠시 돌아갔던 추운 항구도시를 떠올린다. 초록색 잎사귀 대신 출렁거리는 잿빛 바다뿐이었지만, 나타샤가 떠나던 새벽 부둣가엔 이런 비가 내리고 있었다. 다소 매몰차고 냉정한 느낌을 주던 물결 소리, 그런 빗소리, 희미한 눈발과 섞여.

나타샤는 늙은 의사의 서재로 들어선다. 늙은 의사가 얼마나 이른 시간에 집을 나섰는지 나타샤는 알지 못한다. 늙은 의사가 집을 나서고 들어오는 시간은 일정치 않았다.

나타샤는 마당과 숲이 한눈에 내려다보이는 넓은 창가로 다가간다. 어떤 이름을 가졌는지 알 수 없는 비가 계속 내리고 있다. 나타샤는 길다란 창턱에 일렬로 놓인 난초 화분들에 눈길을 준다. 일률적인 크기와 모양새를 가진 비취색 도자기 화분들. 어제까지 창턱엔 열세 개의 화분이 놓여 있었다. 그렇지만 오늘은 열두 개뿐이다. 역시 가장 시들어 있던 맨 오른쪽의 난초가 보이지 않는다. 열두 개의 화분은 창턱의 오른쪽에서 왼쪽을 향해 싱싱한 순서로 놓여 있다. 바꿔 말해 늙은 의사의 난초들은 왼쪽에서 오른쪽을 향해 시들어가고 있는 것이다. 난초를 가꾸고 기르며 정성 들여 돌보는 것이 평범한 노년의 한 취미라면, 난초를 그대로 방치하고 말라 시들게 하고 그저 그 죽음을 지켜보는 것도 취미라면 일종의 취미일 수 있겠다. 아니 그것은 어쩌면 시들도록 가꾸는 것, 죽어가도록 돌보는, 또다른 재배법일지 몰랐다. 일반적인 난초 재배에 대해 아는 것이 없는 나타샤였지만 늙은 의사가 화분에 물을 주거나 노란 영양제를 꽂아주거나, 흰 천으로 가는 난초 이파리를 조심스레 닦아주는 모습은 한 번도 본 적이 없었다. 가는 빗줄기지만 창 밖엔 습기가 가득하다. 그러나 열두번째 화분, 작은 돌조각들 사이를 비집고 나온 누런 뿌리는 채 썬 건어물처럼 바싹 말라 있다. 난초는 왼쪽에서 오른쪽으로 서서히 죽어가고 있다. 한창 썩어들어가고 있는 일곱번째와 여덟번째 것에서 가장 지독한 냄새가 풍긴다. 두번째와 세번째 화분은 죽음으로의 순서를 아직 믿지 못하겠다는 듯 녹색 이파리가 신경질적으로 짙다. 다섯번째와 여섯번째는 너무 목이 마르다. 유리창을 깨고 빗속으로 뛰어들고 싶을 뿐이다. 그러나 아직 멀었다.

죽어가는 난초들이 놓인 창가를 등지고 육중한 느낌의 검은 책상이 놓여 있다. 나타샤는 책상 앞 역시 검은 가죽을 입힌 커다란 회전 의자에 앉는다. 의자에서 늙은 의사의 냄새가 난다. 의자는 늙은 의사의 마른 엉덩이와 굽은 어깨뼈와 평평한 뒤통수의 모양새를 기억하고 있다. 나타샤는 의자와 아귀가 맞지 않는 제 엉덩이와 어깨뼈와 뒤통수를 조금 불편한 듯 움직거려본다. 나타샤가 서재로 들어서면, 죽어가는 난초들을 향해 등을 돌리고 있던 의자가 삐그덕 나타샤를 향해 회전했다. 그러나 역광을 받은 검은 실루엣뿐, 검은 의자와 구별이 가지 않는 늙은 의사의 표정을 나타샤는 좀처럼 읽을 수 없었다.

투명한 유리가 덮인 책상 위에 나타샤의 호기심을 자극할 만한 물건은 없다. 천천히 말라 죽어가는 난초들과 마주치는 것이 달가운 일은 아니었지만, 나타샤는 며칠째 늙은 의사의 부재를 틈타 이유없이 이 의자에 앉아 시간을 보냈었다. 나타샤는 이미 이 커다란 책상의 커다란 서랍들이 거의 비어 있다는 사실을 알고 있다. 책상 위에 놓인 두꺼운 의학서적들과 메모지 철, 자개로 만든 담뱃갑과 한 세트인 라이터와 재떨이, 펜꽂이와 잉크병은 잘 정돈되어 있다. 메모지를 메운 달필인 늙은 의사의 필적은 한국어를 읽고 쓸 줄 모르는 나타샤에게 아무런 의미가 되지 못한다. 나타샤는 책상 한구석 꼭 제 머리통 크기만한 장식 지구의로 손을 뻗는다. 지구의에 그려진 바다는 엷은 커피색을 띠고 있다. 나타샤는 더듬거리는 손가락으로 제가 떠나온 추운 항구도시를 찾아본다. 그러나 나타샤는 지구의에 찍힌 이탤릭 영문자 역시 읽지 못한다. 넓은 대륙을 단 두 번의 손가락 걸음으로 가로질러, 불과 지난 계절까지도 인조 밍크털로 만든 커다란 방한모를 쓰고 거리를 종종걸음쳤던 도시에 닿는다. 나타샤는 간신히 영문을 읽어낸다. 그 도시의 옛 이름, 제 이름을 되찾기 전까지의 이름, 레닌그라드. 다시 손가락 걸음으로 동쪽으로, 추운 항구도시로. 그리고 바다를 따라 남쪽으로 내려온 작은 나라, 손가락 걸음조차 걸을 수 없는 너무 작은 나라. 이 작은 나라의 남쪽 항구도시, 그리고 그 도시와 그리 멀리 않은 게 분명한 이 강가의 마을. 그러나 나타샤는 지금 제가 있는 곳이 어디쯤인지 짚어낼 수 없다. 이 나라는 길게 자란 나타샤의 손톱에 꼭 맞게 가려질 정도로 작다. 지구의의 용도는 장식일 뿐이다. 나타샤는 지구의를 팽그르르 돌려버린다. 어지러운 해안선과 커피색 바다와 이탤릭 영문자가 한데 섞여 돌아간다. 마술사의 접시처럼 빠르게 돌아간다. 커다란 나라도 추운 항구도시도 작은 나라의 작은 남쪽도 작은 북쪽도 빈혈처럼 어지러울 것이다. 나타샤는 팽글팽글 지구의를 돌린다. 육지와 바다와 영문자가 사라져버린다. 회전 의자는 창가의 난초들을 향해 회전한다.

나타샤는 인기가 없었다. 이제는 레닌그라드라는 이름을 사용하지 않는 그 도시에서와는 달리. 한국 남자들은 불콰하게 달아오른 얼굴에 어울리지 않는 낭패한 표정을 지으며 말했다.

"이런 빌어먹을. 이봐, 저년은 왠지 불편하지 않아? 갈보도 양년 갈보라 위세 떠는 거야, 뭐야? 젠장……."

나타샤는 처음부터 한국말을 전혀 알아듣지 못하는 척했다. 애당초 말솜씨로 덕을 볼 수 있는 일이 아니었다. 물론 한국말을 완벽하게 알아듣는 것도 아니었는데, 그나마 이 남쪽 도시에서 듣게 되는 한국말은 아버지가 들려주던 조선말과는 억양도 느낌도 무척 달랐다. 이내 나타샤는 '김' 이란 성도 쓰지 않게 되었다. 나타샤의 여권을 들춰보던 마담 최는 아주 못마땅하다는 얼굴로 나타샤를 노려보았다. 나타샤는 더듬더듬 '블라노비치' 라는 죽은 엄마의 처녓적 성을 댔다. 마담 최는 나타샤에게 금발의 염색약을 내밀었다. 죽은 엄마를 닮아 나타샤의 머리칼은 붉은빛이 도는 갈색이었다. 나타샤는 붉은 갈색 머리칼에 꼼꼼히 금발의 염색약을 발랐다. 외려 러시아에선 붉은 갈색 머리칼을 자주 새카만 흑발로 염색하곤 했었다. 새카만 흑발의 나타샤는 러시아 남자들에게 인기가 높았다. 잦은 염색 탓에 나타샤의 머릿결은 푸석푸석했다. 금발의 나타샤는 성의 없이 손가락 빗질을 하며 거울을 들여다보았다. 마담 최가 건네준 염색약은 아주 밝은 빛깔이었다.

그러나 나타샤는 여전히 인기가 없었다. 금세 나타샤의 역할이 정해졌다. 마담 최는 굳이 러시아 여자를 아쉬워하는 주머니 가벼운 사내들의 옷자락을 끌며, "아유, 잠깐만요. 좀 싼 것도 있다구요"라고 말했다. 추운 항구도시를 떠나 함께 이 작은 나라의 남쪽 도시로 온 카타리나는 아주 인기가 좋았다. 카타리나는 전형적인 북구 미인의 얼굴을 하고 있었다. 빛나는 금발과 흰 피부, 높은 콧대와 깊은 눈매, 그리고 파란 눈동자. 그러나 왈가닥에 의기양양하던 카타리나는 점점 말수가 줄었다. 아무도 한국말을 알아듣지 못한다 생각했으므로 마담 최나 남자들은 마음대로 지껄였다. 남자들이 러시아 여자를 찾는 이유는 별난 호기심이나 이색 취미가 전부는 아니라고. 양갈보년들 한껏 호되게 욕을 보이고 싶다고, 밑구멍을 너덜너덜하게 아주 박살을 내고 싶다고, 그러면 국위 선양하는 기분이라고. 나타샤는 그 전부를 알아듣지 못함이 다행이라고 생각했다. 카타리나는 멀건 위액을 힘겹게 게워내다 눈물이 그렁그렁한 푸른 눈으로 제 등을 두들겨주는 나타샤를 쳐다보며 말했다.

"여기 남자들, 너무 지독해…… 아주 고약하다구."

나타샤를 손가락질하며 내뱉는 사내들의 말도 언제나 비슷비슷했다. 저 계집은 불편하다고, 이상하게 기분이 안 난다고, 함부로 대할 수가 없어 짜증이 난다고. 나타샤는 그 전부를 알아듣지 못함이 다행이라고 생각했다. 나타샤는 국위 선양이라도 한 듯 예의 자랑스러운 기분을 남자들에게 선사하지 못했다. 그 점이 러시아 매춘부로서는 적잖이 치명적이란 사실을 나타샤는 잘 이해할 수 없었다. 나타샤는 손톱만큼씩 붉은 갈색 머리칼이 자라날 때마다 애써 푸석푸석한 머리칼에 물을 들였다. 못마땅한 표정의 마담 최가 신경질을 부리며 사다준 푸른색 콘택트렌즈도 착용했다. 그러나 나타샤는 여전히 인기가 없었다.

〈카바레 '붉은 공'의 무희 아니타 양〉, 로베르 드와노(Robert Doisneau), 1951, 파리

늙은 의사의 침실은 북향이다. 협소한 내부와 작은 창. 이름을 알 수 없는 비가 내리는 이른 오후, 방 안엔 이미 어둑한 기운이 스미고 있다. 나타샤는 이 침실이 하루 종일 햇빛이 드는 서재와 용도가 바뀌었어야 하지 않을까 생각한다. 그러나 늙은 의사의 침실을 가득 채우고 있는 것은 작은 창의 옹색한 햇빛도 이내 스며드는 어둑한 기운도 혹은 꿉꿉한 습기도 아니다.

늙은 의사의 침대 머리가 놓인 벽면, 커다란 액자에 담긴 사진 속의 여자는 확실히 이 방을 압도하고 있다. 나타샤는 이 방의 주인이 늙은 의사가 아닌 바로 저 사진 속의 여자라고 생각한다. 협소한 방 안의 옹색한 햇빛도 어둑한 기운도 엷은 곰팡내도 여자로부터 비롯되고 있다. 모두 여자의 표정 탓이다. 나타샤는 사진 속의 여자를 바라본다. 무겁고 피로한 검은 드레스, 희고 둥근 어깨 위에 가득한 퇴폐, 민물고기의 지느러미를 닮은, 비밀을 말한 후 영원히 다물어 버린 것만 같은 여자의 윗입술. 그리고 눈빛.

지난 일 주일, 늙은 의사가 이 방으로 나타샤를 데려온 적은 없다. 그러나 이 빈 별장의 침실은 처음부터 잠겨 있지 않았다. 아니 다른 방문들과는 달리, 어떤 유인의 손짓처럼 담배 한 개비만큼 열려 있던 늙은 의사의 침실. 늙은 의사는 나타샤를 액자 속의 여자와 마주하도록 의도했던 것일까. 자석처럼 이 액자 앞으로 나타샤를 끌어당긴 것은 사진 속의 여자인가 늙은 의사인가. 나타샤의 머리칼은 다시 원래의 붉은 갈색이다. 그러나 머리칼은 더욱 푸석푸석해져 빗질마저 쉽지 않다. 그러나 그뿐이 아니다. 푸석푸석 엉긴 머리칼뿐이 아니다. 방 한구석에 등신대 거울이 놓여 있다. 억지를 부릴 이유는 없다. 자신의 모습이 분명 사진 속의 여자와 닮아 있음을 나타샤는 인정한다. 그것이 늙은 의사가 곤란함을 감수하면서까지 나타샤를 제 집으로 데려온 이유일 수 있다. 나타샤가 사진 속의 여자와 닮아 있다는 우연을 늙은 의사는 어떤 결정적인 필연으로 생각하고 있는지도 모른다. 그러나 나타샤는 굳이 거울 앞으로 다가가 거울 속의 자신과 사진 속의 여자를 번갈아 바라보고 싶진 않다. 그 닮음을 애써 확인하고 싶진 않다. 나타샤는 여자의 표정으로부터 자유롭지 못하다. 여자의 표정 앞에서 나타샤는 이해할 수 없는 당혹스러움과 불편함을 느낀다. 이내 무력해진다. 아득해진다. 자신을 불편해하던, 함부로 할 수 없어 짜증을 내던 남자들 앞에서 제가 짓고 있던 표정이 바로 저런 표정은 아니었는지. 그러나 그러면서도 사진 속 여자의 표정에 대해 한편으로 느껴지는 어떤 기꺼운 동의.

사진 속의 여자 역시 누군가를 닮았을 것이다. 늙은 의사의 누군가를 닮았을 것이다. 그것이 이 어둡고 협소한 방의 한 벽면을 차지하고 있는 이유일 것이다. 남을 불편하게 만드는 표정을 짓고.

늙은 의사의 침실을 나오려다 나타샤는 우연히 또다른 사진들을 본다. 나이트데스크 위에 올려진 흰 봉투에서 비어져나온 사진들. 필름 한 통 분량쯤 됨직한 여러 장의 사진들. 액자 속의 사진과는 달리 여러 사람들이 어지럽게 찍힌, 손바닥만한 크기의 평범한 컬러 사진들이다. 나타샤는 사진 속 사람들 틈에 섞인 늙은 의사를 쉽게 찾아낸다. 그러나 옥색 두루마기 한복을 입고 가슴에 카네이션을 단 늙은 의사의 모습이 무척이나 생경하게 느껴진다. 카메라 렌즈의 초점은 늙은 의사에게 맞추어져 있다. 팔다리나 옆얼굴 등이 함부로 잘린 사람들과는 달리 늙은 의사는 모든 사진의 한가운데에 위치하고 있다. 축 고희연(古稀宴), 의학박사 한필주, 재부산 이북오도회, 실향민협의회, 동경대학의학부 동문회, 경상남도 종합병원장협회, 만수무강을 기원합니다. 커다란 축하 화환의 늘어진 분홍 리본 위에, 사진의 뒷배경을 이룬 플래카드 등에 씌어진 한자를 나타샤는 전혀 읽지 못한다. 그러나 커다란 플래카드 아래 작은 숫자로 박힌 날짜 —지난 주말, 늙은 의사는 집으로 돌아오지 않았었다.

나타샤는 사진 속 늙은 의사의 가족들을 살펴본다. 늙은 의사를 가운데 두고 한가득 음식이 차려진 테이블 뒤에 열을 지어 늘어선 사람들. 어리거나 젊거나 적당히 나이가 들거나 늙은 의사만큼이나 늙은 사람들. 늙은 의사를 중심으로 가까운 촌수별로, 가부장적 서열로 자리를 차지하고 상식적인 포즈를 취한 사람들. 키가 크거나 머리숱이 많거나 입이 짧거나 기관지가 약하거나 건성피부인, 유전의 법칙에 나름의 충실한 증거를 가진 사람들. 모두 말쑥하게 차려입고 가슴에 둥그런 명찰을 달고 있다. 나타샤는 차례차례 사진을 넘긴다. 마이크를 두 손으로 감싸쥐고 노래를 부르는 삼십대의 남자는 늙은 의사와 전혀 닮지 않았다. 아마 사위쯤 될 것이다. 똑같은 한복을 맞춰입고 늙은 의사에게 고개를 조아리는 며느리들도 첫째 둘째 셋째, 열을 맞추었다. 카메라 렌즈에 함부로 V자 손가락이나 뒤통수를 들이민 어린 손자들 손녀들, 음식 먹는 모습을 찍혀버려 어색하게 웃고 마는 친척들 지인들. 그러나 사진 속의 누구도 벽면에 걸린 액자 속의 여자와는 닮아 있지 않다. 나타샤는 늙은 의사가 무릎 위에 앉힌 어린 손녀에게 무언가 먹을 걸 들이미는 사진을 오래도록 바라본다. 늙은 의사의 옆얼굴은 평화롭게 웃고 있다. 그러나 머리채를 땋아내린 어린 계집아이, 고집스럽게 인상을 찡그리는.

어린 나타샤의 옷섶을 헤치고 오른쪽 가슴팍을 선득선득한 찬 손으로 더듬어대던 할아버지. 이내 놀라움에 씰룩거리던 할아버지의 마른 뺨. 누군가의 선창으로 불리던 커다란 노래 소리는 차츰차츰 잦아들고 말았다. 할아버지는 경악과 슬픔과 분노와 연민이 뒤섞인 표정으로 붉은 갈색 머리칼의 어린 나타샤와 나타샤의 젊은 어머니를 바라보았다. 술에 취한 채 혼자서만 여전히 노래를 흥얼거리고 있던 아버지에게로 난감한 눈길을 돌리던 어머니.

나타샤의 심장이 왼쪽이 아닌 오른쪽에서 뛰고 있다는 사실이 밝혀진 건 나타샤가 아버지의 가족들을 처음 만난 할아버지의 생일 잔치에서였다. 아홉 살의 나타샤. 그 자리에 모인 여러 아이들 중 유일하게 흰 피부와 붉은 갈색 머리칼을 가지고 있던 나타샤는 그 날 할아버지의 집 앞에 펼쳐져 있던 넓은 호밀밭을 기억한다. 출렁이며 파도치던 호밀밭. 풀어진 앞섶의 단추를 채우며 바라보았던 호밀밭. 그 넓은 호밀밭의 바다를 어부처럼 일구었을 할아버지의 아홉 개의 손가락. 근친상간이나 혼혈이나 재수 없는 종자, 매한가지 아니겠소. 누구의 입에서 흘러나온 건지 알 수 없는 익숙한 조선말. 그러나 아버지는 그토록 익숙한 조선말을 듣고도 벽을 향해 힘껏 술잔을 던져버렸다. 참, 거 멀쩡한 기형아구먼. 또다시 혼잣말처럼 들려온 누군가의 말을 나타샤는 알아듣지 못했다. 그 알아듣지 못함을 그때도 역시 다행이라 생각했다. 어린 나타샤는 물결처럼 출렁이는 호밀밭으로 빨려들어갔다. 있는 힘껏, 있는 힘껏 뛰었다. 까슬하게 종아리를 스쳐가던 마른 이파리들, 멀리서 제 이름을 부르던 누군가의 목소리, 현기증처럼 콧속을 파고드는 평원의 찬 흙냄새, 작은 키를 훌쩍 넘던 밀대들의 수런거림, 터질 것같이 차오르던 숨결, 머리꼭대기에서 빗줄기처럼 갈라지던 햇빛, 달아오른 뺨에 닿을 듯 닿을 듯 쫓아오던 할아버지의 아홉 개의 손가락…… 그러나 어린 나타샤는 우뚝 달음박질을 멈추고 말았다. 작은 구둣발 아래 와직 으깨어진 것은 호밀밭 한가운데 놓여 있음을 이해할 수 없는 작은 둥지였다. 피범벅인 채 누런 점액질에 싸여 너무 일찍 알 밖으로 쏟아져나온 새 새끼들은 반쯤 부화된 상태였다. 어린 나타샤는 부서진 껍질과 젖은 깃털과 납작하게 짓눌려버린 검은 눈을 내려다보았다. 결코 태어난 적 없으므로 죽었다 말할 수 없는, 호밀밭 한가운데에서였다. 우뚝 멈추어 서버린 어린 나타샤의 뜨거운 손바닥 아래에서 작은 새처럼 미친 듯이 파닥거리고 있던 것은 분명 오른쪽 가슴, 오른쪽 심장이었다.

독한 러시아 술을 너무 많이 마셨던 아버지는 할아버지보다 먼저 죽었다. 아버지는 항구도시의 협소한 공동묘지에 묻혔다. 한겨울의 언 땅을 파던 곡괭이 날에서 파란 불꽃이 튀었다. 날씨는 눈물을 흘릴 수 없을 만큼 추웠다. 이미 소녀가 된 나타샤는 어머니와 함께 기차를 타고 대륙을 가로질러 어머니의 고향으로 향했다. 그후의 삶은 언제나 따뜻한 우유가 절실했던 그런 것이었다. 어머니는 기다렸다는 듯이 서둘러 늙기 시작했고, 누가 보아도 곧 병들 사람처럼 안색이 나빠져 있었다. 내내 과일을 한 번도 먹을 수 없었던 겨울이 지나고 할아버지가 죽었다는 소식이 전해졌다. 나타샤는 할아버지의 호밀밭을 생각했다. 무참히 짓이겨진 새알들을 떠올렸다. 그날의 호밀밭을 생각하면 숨이 차오르고 가슴이 뛰었다. 나타샤는 제 오른쪽 젖가슴을 감싸쥐었다. 차가운 땅속에서 썩지 않고 누워 있을 아버지를 생각했다. 아버지를 그 호밀밭에 묻을 수 있다면 좋겠다고 생각했다.

늙은 의사가 돌아왔다. 분무기를 뿜는 듯, 날이 어둑해지고도 창밖엔 여전히 이름을 알 수 없는 비가 내리고 있다. 나타샤는 현관에 들어서는 늙은 의사의 오른팔에 감싸안긴 새 난초 화분을 바라본다. 늙은 의사는 잠시 옷소매며 성긴 머리칼에 맺힌 빗방울을 떨어낸다. 물론 나타샤가 늙은 의사를 맞이하며 인사를 하거나 실내용 슬리퍼를 챙겨주는 것은 아니다. 나타샤는 다시 거실의 소파에 앉아 작은 소리로 지껄이고 있는 티브이 화면을 바라본다. 그러나 나타샤는 침실로 향하던 늙은 의사가 잠시 자신에게로 아득한 시선을 던졌음을 안다. 싱싱한 새 난초 이파리에도 빗물이 맺혀 있을 것이다. 머지않아 영원히 말라버릴.

홈드라마의 한 장면, 티브이 속에 일곱 명의 한 가족이 식탁에 둘러앉아 있다. 일곱 개의 수저와 밥그릇과 국그릇과 찬을 담은 크고 작은 접시들이, 그 속에 담긴 음식들이 모두 그럴듯해 보인다. 앞치마를 두른 중년 여자가 맨 마지막으로 자리를 차지하고 앉자 모두 수저를 든다. 적당한 차례로 대화를 주고받기 시작한다. 전부를 이해할 수 없는 한국말로 나타샤는 그들이 편을 갈라 언쟁중이란 것을 안다. 그러나 분위기가 냉랭한 것까진 아니다. 서로서로 적당히 편을 들고 서로서로 적당히 배려하는 것을 잊지 않는다. 그 와중에도 수저질은 자연스럽게 이어진다. 누구도 소리나게 수저를 식탁 위에 내려놓거나 벽을 향해 물잔을 집어던지지 않는다. 언쟁은 철저하게 사소하다. 그들이 한 가족이 아닌 남남의 배우란 사실을 나타샤는 결코 믿을 수 없다. 사소한 논쟁은 머리칼이 희끗희끗한 가장의 중재로 일단락지어진다. 누군가 중년 여자에게 국을 더 달라고 한다. 누군가 새로운 화제를 재치 있게 끌어들인다. 간간 웃음이

터져나온다. 수저질은 계속된다. 아주 절묘한 단란함이다. 완벽한 평범함이다. 한 번도, 결코 한 번도 가져본 적 없는.

곧이어 조금 전까지 식탁 한편에 나란히 앉아 있던 젊은 부부가 등장한다. 젊은 부부는 같은 무늬의 잠옷을 입고 침대에 비스듬히 누워 있다. 젊은 부부의 침실을 꾸민 벽지와 커튼, 침구와 가구 등은 노랑 분홍 연두 모두 파스텔톤이다. 젊은 아내는 입술을 삐죽거리며 젊은 남편에게 무어라 투덜거린다. 남편은 웃으며 아내를 쥐어박는 시늉을 한다. 아내는 토라진 척 돌아눕는다. 남편은 장난기 섞인 웃음을 흘리며 두 사람의 머리 위로 휙 이불을 뒤집어쓴다. 이불 속에서 들려오는 젊은 아내의 싫지 않은 비명 소리. 그리고 단추가 떨어진다.

작은 단추는 아주 작은 회전음을 내며 바퀴처럼 거실 바닥을 굴러가 티브이 앞에서 중심을 잃고 쓰러진다. 나타샤는 니트 카디건의 단추가 떨어져나간 자리를 들여다본다. 잡아뜯은 것은 물론 아니다. 이불 속에서 엎치락뒤치락한 것은 제가 아니건만. 나타샤는 두어 걸음 다가가 바닥에 떨어진 단추를 줍는다. 딴은 수십 바퀴를 굴렀겠지만 멀리 달아나지 못한 것이다. 천천히 또 아주 조금씩, 카디건으로부터 단추를 떼어낸 집요한 힘을 생각하고 나타샤는 문득 돌연한 공포를 느낀다. 카디건에 달린 나머지 세 개의 단추 모두 헐겁게 덜렁거리고 있음을 발견한다. 코믹하고 명랑한 주제곡과 함께 드라마가 끝난다. 단란한 식사는 내일도 계속될 것이다.

나타샤는 늙은 의사의 침실 문을 두들긴다. 한참이나 조용하다. 나타샤는 단호하게 문을 두들긴다. 천천히 방문이 열린다. 나타샤는 늙은 의사에게 처음으로 묻는다.

"여기…… 실과 바늘이 있습네까?"

익숙한 조선말은 너무 오랜만이다. 늙은 의사의 표정은 자신을 불편해하던 남자들과도 침실에 걸린 사진 속의 여자와도 닮아 있지 않다. 아니 그 모두를 닮은 듯도 하다.

함께 경찰서로 끌려온 마담 최는 수갑이 너무 꼭 조인다며 새된 소리를 내질렀다. 화장을 하지 않은 마담 최의 낯선 맨 얼굴에 눈썹 문신이 도드라져 보였다. 조서를 작성하던 형사들은 통역으로 애를 먹었다. 잠시 방송국 취재 카메라가 등장하자 모두 무릎에 얼굴을 묻었다. 마담 최도 입을 다물었다. 나타샤의 여권을 들여다보던 형사도 예의 불편한 표정을 지어 보였다. 그러나 국적은 분명했다. 익숙한 조선말은 쓰지 않았다. 나타샤와 카타리나를 포함한 일곱 명의 러시아 매춘부들은 모두 보건소로, 다시 종합병원으로 보내졌다. 그곳에서 복잡한 방법으로 마약 투여와 성병, 에이즈 바이러스 보균 여부를 검사받았다. 검사를 받는 문 밖엔 두 명의 형사가 께름칙한 표정으로 지루한 듯 서 있었다. 그리고 나타샤만이 남게 되었다. 나타샤는 자신을 불편해하던 남자들이 국위 선양 차원에서 에이즈를 옮겼을지도 모를 일이라 생각했다.

나타샤만이 남았다. 함께 형사 한 명도 남았다. 나타샤는 수십 개의 접이식 의자가 놓인 병원의 어느 방 안으로 들여보내졌다. 오래지 않아 수십 개의 의자는 흰 가운을 입은 의사들로 모두 채워졌다. 수련의로 보이는 몇몇 젊은이들은 자리가 모자라는지 뒤편에 늘어섰다. 모두 흰 가운을 입지 않은 나타샤와 형사를 힐끔거렸다. 그중에는 반쯤 갈색으로 변한 금발의 나타샤를 동료에게 턱짓으로 가리키는 의사도 있었다. 문이 열리고 몇몇 의사들과 함께 은퇴한 병원장인 늙은 의사가 들어왔다. 우두머리 장수를 수행하는 참모들을 연상시켰다. 자리에 앉아 있던 모든 의사들이 일어섰다. 늙은 의사는 흰 가운 대신 양복 차림이었다. 한 중년 의사가 늙은 의사를 검은 쿠션의 가죽의자로 안내하고 다른 의사에게 무언가를 지시했다. 나타샤의 옆자리에 앉은 형사는 심드렁한 표정으로 일관했다. 불이 꺼졌다. 정면에 놓인 흰 판에 불이 들어왔다. 한 의사가 엑스레이 필름을 들고 흰 판 앞으로 다가섰다. 나타샤는 그 푸르스름한 필름이 제 몸 속을 찍은 사진이란 것을 금세 알아차릴 수 있었다. 수십 명의 의사들과 마찬가지로 나타샤 역시 제 몸 속을 본 것은 그때가 처음이었다. 와직 알 껍질이 깨지는 소리가 났다. 할아버지의 호밀밭을 생각하면 숨이 차올랐다. 나타샤는 손바닥으로 오른쪽 가슴팍을 지그시 눌렀다. 흰 판 앞에 선 의사는 손에 쥔 무언가를 작동시켜 작고 빨간 점으로 나타샤의 몸 속 사진을 가리켰다.

"Situs Inverse, 즉 내장 위역증입니다. 국내 의료계에서 이미 여러 차례 보고된 바 있지만 우리 병원에선 처음 발견된 일입니다. 이는 알다시피 몸 속 장기가 정상인과 좌우대칭으로 뒤바뀐 증세입니다. 내장 위역은 흉부만 바뀐 경우, 즉 장기 중 심장만이 오른쪽에 위치하는 흉부 위역과 흉부 복부가 모두 바뀐 경우, 즉 심장은 물론 오른쪽에 있어야 할 간은 왼쪽에, 왼쪽에 있어야 할 위장 비장 역시 반대로 오른쪽에 위치하는 흉복부 위역으로 나뉩니다. 이 여성의 경우 보시는 바와 같이 흉부 복부가 모두 바뀐 경우에 속합니다. 마치 정상인의 엑스레이 필름을 거울에 비춰보았을 때와 같은 모습을 하고 있습니다. 이같은 현상은 임신 삼사 주 무렵 매우 이른 태아기에 발생하는데 그 원인은 아직 밝혀지지 않고 있습니다. 미국 의료계의 보고에 따르면 흉복부 위역증은 만 명에 한 명, 흉부 위역증은 삼만 명에 한 명꼴로 발견된다고 합니다. 이들은 종종 선천적인 질환을 가지고 있는 경우도 있으나, 그렇지 않은 경우 '또다른 정상'이라는 게 지금까지 학계의 결론입니다. 주의해야 할 점은 이런 환자들을 진료할 경우 맹장염이나 담낭염 등을 오진할 가능성이 있다는 것입니다. 이는……."

나타샤는 부러 늙은 의사의 침대 끝에 걸터앉아 바늘귀에 실을 뀐다. 단추가 떨어져나간 자리에 깊이 바늘을 꽂는다. 푸르스름한 형광등 불빛에 눈앞이 침침하다. 여기저기 서랍을 한참이나 뒤적여 반짇고리를 내준 늙은 의사는 방문을 등지고 그 자리에 굳은 듯 서 있다. 나타샤는 네 개의 동그란 단춧구멍에 빡빡하게 실을 박아 넣는다. 고개를 돌려 벽에 걸린 사진 속의 여자를 바라보거나, 나이트데스크 위에 올려진 새 난초 화분에 눈길을 주거나 하지 않는다. 단단하게, 견고하게, 나무를 심듯 단추를 단다. 촘촘히 매듭을 짓고 이어 이를 갈 듯 치아를 드러내고 앞니로 실을 끊는 제 과장된 포즈를 나타샤는 별로 이해하고 싶지 않다. 무엇 때문인가. 하루 종일 내린 비의 이름을 결코 알 수 없기 때문인가. 홈드라마의 가족들 중 누구도 숟가락을 내동댕이치지 않았기 때문인가. 젊은 부부의 잔꽃무늬 잠옷이 너무 반듯하게 다려져 있었기 때문인가. 혹 말라비틀어진 화분에 저라도 흠뻑 물을 부어주지 못했기 때문인가. 나타샤는 반짇고리 속에서 작은 가위를 꺼내 헐겁게 덜렁거리고 있던 나머지 단추들을 떼어낸다. 바늘귀에 길게 실을 꿰고 다시 차례로 단추를 달기 시작한다. 어떤 힘도 함부로 단추를 떼어낼 수 없을 만큼 바짝 실을 당긴다. 늙은 의사는 굳은 듯 그 자리에 서 있다.

나타샤는 늙은 의사가 자신을 이 외딴 별장으로 데려오기 위해 어떤 대가를 지불했는지 알지 못한다. 늙은 의사는 경찰로부터 넘겨받은 나타샤의 여권을 나타샤에게 돌려주지 않았다. 그렇다고 그것을 아주 깊은 곳에 감춰둔 것도 아니다. 나타샤는 손쉽게 늙은 의사의 책상 서랍에서 제 여권을 찾아냈다. 그렇지만 나타샤 역시 그걸 도로 제 가방 깊숙한 곳에 집어넣진 못했다.

그날 수십 명의 사람들과 함께 어두운 실내에서 제 몸 속 사진을 보았던 나타샤는 불이 켜지고도 침침한 눈을 한참이나 깜빡거리고 있었다. 나타샤를 지나쳐 문 밖으로 나가던 의사들은 어김없이 나타샤를 향해 투시의 시선을 던졌다.

어른거리던 눈앞이 간신히 맑아졌을 때 나타샤는 늙은 의사의 눈빛과 마주쳤다. 나타샤를 발견하고는 경악으로 얼어붙는 얼굴, 그러나 호기심과도 예의 불편함과도 닮아 있지 않던 늙은 의사의 얼굴, 이내 파도처럼 생의 모든 표정을 보이며 고통스럽게 일그러지던 늙은 의사의 얼굴. 삶은 단호했으므로, 그럭저럭 흘러갔으므로, 불가항력이었으므로, 철저한 왜곡으로 단련되었으므로, 그러나 그럼으로 인해 더이상은 견딜 수 없게 되어버린 그리움의 얼굴을 나타샤는 알아볼 수 있었다. 나타샤는 그 표정 앞에서 순순히 무력해졌다.

늙은 의사는 여전히 움직이지 않고 서 있다. 원한다면 늙은 의사의 성기를 빨아줄 수도 있다. 나타샤는 단단히 단추를 매단 카디건을 입는 대신 그 위로 벗은 블라우스를 겹쳐놓는다. 늙은 의사는 견딜 수 없음을 견딜 수 없는 건지도 모른다. 지난 일 주일 나타샤를 바라보던 아득한 시선은 시드는 난초를 바라보던 그것과 다르지 않았음을 안다. 나타샤는 마저 스커트를 벗는다. 방 한구석 등신대 거울을 제게로 돌려세운다. 늙은 의사가 바라보고 있는 것은 결국 사진 속의 여자도 나타샤도 아니다. 날 불편해 마시라요, 날 함부로 대하시라요, 욕을 보이시라요, 어차피 나는 내가 아니지 않습네까. 나타샤는 침대 위로 올라앉아 사진 속 여자의 모습을 흉내낸다. 이윽고 늙은 의사가 다가온다. 떨리는 손길을 나타샤에게로 뻗는다.

"……은, 향이, 은향이."

하루 종일 이름을 알 수 없는 비가 내리고 있다. 모든 것이 희미하게 젖어들고 있다. 누군가 다른 이름으로 불렸던 기억은 처음이 아니다.

머리 위로 스카프를 두른 나타샤는 광장 한가운데 서 있었다. 해질 무렵이었다. 붉은 하늘에 비껴 새들이 날아올랐다. 아버지의 나라에선 죽은 사람을 불에 태워 그 재를 하늘로 강으로 흩뿌리기도 한다고 했다. 엄마 역시 그렇게 하는 편이 나았을 것이라 생각한다. 얼굴만하게 부어오른 무릎에 주사기를 찔러 물을 빼내던 엄마에겐 그 편이 나았을 것이다. 날아올랐던 새들이 다시 광장으로 내려앉고 나타샤는 한 남자와 시선이 마주쳤다. 관광객인 듯한 그 남자는 걸어가던 동작을 멈춘 채 나타샤를 돌아보고 있었다. 역시 경악으로, 이내 견딜 수 없는 그리움으로 일그러지던 남자의 얼굴이 조금 당혹스러웠지만 흥정은 쉽게 이루어졌다. 동양 남자는, 아버지 나라의 남자는 처음이었다. 남자에게 익숙한 조선말을 들려줄 수 없던 것은 그가 익숙한 조선말 대신 단조로운 억양의 낯선 조선말을 썼기 때문이 아니었다. 남자는 밤새 눈물을 그치지 않았다. 그는 나타샤의 머리를 제 가슴에 끌어안고 혹은 나타샤의 가슴에 제 머리를 묻고 서럽게 울었다. 섬세한 모양의 손과 발을 가진 남자였다. 남자는 나타샤를 끌어안고 민주야 민주야, 여자의 이름을 애타게 부르며 밤새 눈물을 흘렸다. 그렇게 닮아 있다면 애써 그 여자를 흉

내내고 싶다는 생각을 했다. 남자는 나타샤의 얼굴을 제 손바닥으로 감싸안고 울음 섞인 목소리로 긴 얘기를 주절거렸다. 그러나 나타샤는 낯선 조선말을 제대로 알아들을 수 없었다. 다음날 아침, 베갯머리에 남자의 머리칼이 여러 가닥 흩어져 있었다. 늦잠에서 깨어난 남자는 퉁퉁 부어오른 얼굴을 문지르며 나타샤를 바로 쳐다보지 못했다. 흥정한 것보다 조금 더 많은 돈과 함께 작은 여행가방에서 제 나라 것으로 보이는, 네모지고 납작하게 포장된 스타킹 다섯 켤레를 꺼내 주저주저 나타샤에게 내밀었다. 갓 스무 살처럼 여자의 이름을 부르며 눈물을 흘리던 남자는 삼십대 중반의 평범한 남자로 돌아가 쓸쓸한 뒷모습을 보이며 방을 나섰다. 그 뒤로 나타샤가 한국 관광객을 상대한 적은 없었다. 남자가 주고 간 스타킹은 러시아 것보다 훨씬 품질이 좋았다. 나타샤는 가볍고 부드럽고 매끄러운 스타킹을 두고두고 신었다. 가끔 그 남자가 보고 싶었다. 그 남자가 살고 있는 나라에 가면 문득 가볍고 부드럽고 매끄러워질 수 있을 거라 생각했다.

늙은 의사는 그 남자보다 훨씬 더 견딜 수 없는 모양이다. 한 오십 년쯤 만나지 못했을 수도 있다. 나타샤의 벗은 가슴을 끌어안고 서글픈 눈물을 흘리던 늙은 의사는 이내 무섭게 눈을 부릅뜨고 나타샤를 노려본다. 늙은 의사의 불거진 눈자위에 푸들푸들 경련이 인다. 이마의 굵은 주름살을 가로질러 붉은 힘줄이 돋아난다. 늙은 의사는 믿을 수 없는 힘으로 나타샤의 양팔을 아프게 비튼다. 이내 나타샤의 따귀를 올려붙인다. 나타샤는 힘없이 고개를 늘어뜨린다. 그러나 다시 늙은 의사는 어린아이처럼 격한 서러움으로 울음을 터뜨린다. 사무치듯 나타샤를 끌어안는다. 여자의 이름을 부른다. 무언가 주문처럼 아버지의 억양과 너무나도 흡사한 익숙한 조선말을 중얼거린다. 그러나 안쓰러운 중얼거림은 곧 울부짖음으로 괴성으로 변한다. 나타샤는 익숙한 조선말을 결코 알아듣지 못한다. 알아듣지 못함은 언제나 다행이었다 기억된다. 늙은 의사의 늙은 모가지가 붉게 부풀어오른다. 나타샤는 무력하게 내둘린다. 늙은 의사가 나타샤의 머리채를 거칠게 움켜쥔다. 머리를 벽에 짓찧는다. 여자의 사진을 담은 액자가 위태롭게 흔들린다. 나타샤는 견디기로 한다. 늙은 의사는 견딜 수가 없는 것이다.

두터운 베개가 나타샤의 얼굴을 덮는다. 할아버지의 호밀밭을 생각하면 숨이 차올랐다. 숨이 차오르고 가슴이 뛰었다. 여전히 익숙한 조선말을 중얼거리고 있는 늙은 의사가 힘껏 베개를 짓누르기 시작한다. 오른쪽 심장이 연약한 새알처럼 와직 깨어져버릴 것만 같다. 낯선 길을 갈 때는 발밑을 조심해야 한다. 의도하지 않은 발걸음은 무언가를 돌이킬 수 없게 만들지도 모른다. 그러나 혹여 그 돌이킬 수 없음을 기대하며 함부로 숨찬 발걸음을 내디뎠던 것은 아닐지.

문득 무겁게 얼굴을 짓누르던 베개가 나타샤의 어깨를 스쳐 힘없이 침대 밑으로 떨어진다. 역시 힘없이 침대 위로 늙은 의사가 고꾸라진다. 어지럽게 구겨진 이불 위로 풀썩 늙은 의사의 머리가 파묻힌다. 늙은 의사는 쥐어짜는 듯한 목소리로 여자의 이름을 부르며 발작처럼 몸을 비튼다. 나타샤는 힘겹게 몸을 일으킨다. 헝클어진 머리채를 쓸어넘기며 문득 거울을 바라본다. 입 속에서 시큼하고 비릿한 피맛이 난다. 거울 속의 늙은 의사는 고통스럽게 얼굴을 일그러뜨리고 늙은 손으로 제 오른쪽 가슴을 쥐어뜯고 있다. 무어라 힘겹게 입술을 씰룩거리고 있지만 채 소리가 되어 나오지 못한다.

나타샤의 무릎에 아프게 정수리를 비비댄다. 숨이 막히는 듯 붉은 얼굴이 핏기 없이 하얗게 질려간다. 나타샤는 빙긋 웃어 보인다. 지금 이 순간 제가 아주 완벽하게 늙은 의사의 여자를 닮아 있다면 좋겠다고 생각한다. 부드러운 손짓으로 늙은 의사의 성긴 머리칼을 쓰다듬는다. 그 주름진 목덜미에 입을 맞춘다.

나이트데스크 위에 새 난초 화분이 놓여 있다. 이제 막 말라들어가기 시작한 것이다. 나타샤는 벗은 몸 위로 니트 카디건을 입는다. 질기게 꿰매 단 단추도 꼼꼼히 채운다. 하루 종일 이름을 알 수 없는 비가 내리고 있다. 습기는 희미하게 퍼져나가 몸 속 깊은 곳까지 스며든다. 나타샤는 나이트데스크 위에 놓인 난초 화분을 조심스레 집어든다. 나타샤는 사람을 불편하게 만드는 표정을 알고 있다. 지을 수도 있다. 비밀을 말한 후 영원히 다물어버린 입술. 둔탁한 소리를 내며 늙은 의사의 머리를 내리친 건 이제 막 말라들어가기 시작한 싱싱한 난초 화분이었다.

거울 속의 나타샤는 따뜻한 카디건 위로 제 젖가슴을 감싸쥐고 있다. 뜨거운 손바닥 아래에서 작은 새처럼 미친 듯이 파닥거리고 있는 것은 분명 왼쪽 심장이다.

산책

엘라는 '크리니크' 와 '시세이도' 와 '비오템' 과 '크리스찬 디올' 과 '랑콤' 과 '지방시' 와
'에스티 로더' 와 '헬레나 루빈스타인' 과 '가네보' 와 '샤넬' 과 '클라린스' 와
'입생 로랑' 과 '부르주아' 사이를 거닌다.
그것이 엘라에게는 평범한 공원의 산책길,
벚나무와 플라타너스와 나무 벤치와 아카시아와
단풍나무와 식수대와 버드나무 사이를 걷는 것과 크게 다르지 않다.
다만 엘라는 공원의 산책길에서 네잎클로버나 흰 싸리꽃 가지나
아직 푸른 단풍잎을 꺾어 드는 대신
여러 종류의 향기롭고 아름다운 화장품을 구입한다.

'엘라'는 '좁은방'을 기다리는 중이다.

물론 조금 더 자세히 말할 수도 있다. 5월의 어느 수요일 오전 열한시 삼 분 전, 지하철 2호선 잠실역과 롯데백화점을 잇는 넓은 지하광장의 이태리 로마 것을 그대로 본뜬 이미테이션 트레비 분수 앞에서 엘라(Ella@######.com)는 자신의 산책 파트너—또는 산책 동업자, 산책 협력자라고 불러도 무방한 좁은방(Zovenbang@######.net)을 기다리고 있다.

물론 조금 더, 조금 더 자세히 말할 수도 있다. 엘라와 좁은방은 지난 3월 첫 주, 3월이 되고도 여전히 견딜 수 없이 차가운 바람이 불던 금요일 밤에 처음 만났다. 채팅방에서였다.

"엘라 피츠제럴드의 보컬 들어본 적 있어요?"

"혹시 마루야마 겐지라는 일본 작가 아세요?"

그러나 엘라가 알고 있는 일본 작가는 무라카미 하루키뿐이었다.

사실 전 소설 같은 건 거의 읽지 않아요. 좁은방 역시 재즈 음반은 한 장도 갖고 있지 않다고 했다. 재즈 가수라면 흑인이겠네요…… 그럼에도 불구하고 엘라는 좁은방에게 이메일을 보냈다. 곧 답장이 도착했다. 엘라는 다시 이메일을 보냈다. 꼬박꼬박 답장이 도착했다. 그날 밤 채팅방의 이름은 '저랑 함께 산책하실 분?' 이었다.

자세히 말하는 것에 어떤 특별한 의미가 있는 것은 아니다. 어쨌든 3월의 마지막 주, 심한 황사바람이 불던 수요일에 엘라는 좁은방을 처음 만났다. 오전 열한시 롯데백화점 지하광장 이미테이션 트레비 분수 앞에서 엘라와 좁은방의 첫 산책이 시작되었다. 엘라는 화장기 없는 맨 얼굴에 눈썹에 피어싱을 한, 이메일에 적힌 대로 긴 머리칼에도 불구하고 곧잘 남자로 오해를 받는다는 (그 오해의 구태의연함이 너무나 지겹다는) 좁은방을 금세 알아보았다. 엘라는 분홍색과 자주색 아라베스크 무늬의 자수와 은색 스팽글로 끝단이 장식된 무릎 길이의 청치마를 입고 있었다. 엘라님은 과도한 옷을 소화할 수 있군요, 그거 아무나 가능한 거 아니죠. 엘라는 좁은방의 칭찬이 싫지 않았다. 엘라는 좁은방에게 엘라 피츠제럴드와 루이 암스트롱의 듀엣 음반을 선물했다.

"앨범 재킷 예쁘죠? 난 오번 곡이 제일 좋아요."

좁은방은 청록색 잔스포츠 배낭에서 『달에 울다』라는 마루야마 겐지의 소설을 꺼내 엘라에게 주었다.

"내가 제일 좋아하는 그의 소설은 『좁은 방의 영혼』이지만……."

그리고 자세히 말하지 않는 편이 더 좋은 부분을 자세히 말하자면, 엘라는 『달에 울다』를 끝까지 읽지 못했다. 좁은방의 말대로 어느 시인은 이 소설이 너무나 아름답고 슬퍼 「겐지에 울다」라는 시까지 지었다고 했지만. 산골 마을에서 사과나무를 키우며 사는 외로운 남자의 이야기라고 했다. 그러나 엘라는 원래 소설 같은 것은 거의 읽지 않았다. 엘라는 좁은방에게 인사치레 독후감을 들려줄 수 없었다. 좁은방 역시 사정은 비슷했다. 좁은방에겐 여전히 재즈 음반이 한 장도 없었다. 좁은방은 구립도서관 열람실에서 엘라 피츠제럴드와 루이 암스트롱의 듀엣 음반이 들어 있던 휴대용 CD 포터블을 도난당했다. 낡고 고장이 잦던 구형 파나소닉 CD 포터블도, 엘라 피츠제럴드의 음반도 아쉬울 건 없었다. 그러므로 좁은방에겐 여전히 재즈 음반이 한 장도 없다.

일 주일 혹은 이 주일에 한 번쯤 엘라와 좁은방의 산책은 계속되었다. 그러나 더이상의 선물은 없었다. 부담은 산책의 유일한 금기였으므로.

좁은방은 열한시 이분에 트레비 분수 앞에 도착했다.

"이 주 만이네요."

엘라는 반갑게 웃으며 좁은방의 숱을 정리하지 않은 왼쪽 눈썹 끝에 걸린 실버 링을 바라본다.

"그래요, 잘 지냈죠?"

바겐세일의 막바지였던 지난주의 산책은 취소되었던 터다. 엘라는 이메일을 보냈었다. 좁은방님, 세상에서 가장 공포스러운 장소가 있다면 그건 세일 마지막 날의 백화점일 거예요.

엘라는 새삼 이미테이션 트레비 분수 안에 설치된 안내문을 읽는다. 좁은방도 엘라의 시선을 좇는다.

"연인들의 분수 애천(愛泉)이니, 동전을 던지면 이곳에 다시 돌아오게 된다느니…… 뭐 그저 이태리의 관광 상술일 수도 있겠고, 그나마 너무 유명한 얘기가 되어버려 별 감흥은 없지만, 나름대로 발상은 참 로맨틱하지 않아요? 여기 이건 그나마 가짜지만…….”

전방 이 미터쯤에 견갑골에서 날개가 돋아난 대리석 큐피드가 작은 단지를 품에 안고 있다. 좁은방은 주머니에서 동전을 꺼내 신중한 동작으로 겨냥을 하고 단지를 향해 그것을 던진다. 동전은 완만한 호를 그리며 날아가 단지의 주둥이를 맞고 튕겨나가 물 속에 잠긴다.

“김채원의 「애천」이란 소설이 있어요. 제목이 애천이면서도 트레비 분수가 결코 나오지 않는 소설. 그 트레비 분수에 폼나게 동전 하나 던지러 갈 때까지 제 앞에 얼마나 힘겹고 치욕스런 날들이 남아 있는지, 그걸 벌써 알아차린 슬프고 가난한 계집아이 얘기죠.”

좁은방은 주머니를 뒤져보지만 동전은 더이상 나오지 않는다.

엘라와 좁은방은 트레비 분수 옆, 롯데백화점 지하매장으로 향하는 계단을 오른다. 연한 살구색 원피스에 원피스보다 조금 더 짙은 살구색 니트 카디건을 입고 날렵한 동작으로 계단을 오르는 엘라는 제 몸매를 훑어내리는 좁은방의 시선을 의식한다.

엘라는 지난 산책 때와 마찬가지로 지하매장 입구 오른편에 위치한 즉석 베이커리 ‘포숑(PAUCHION)’으로 향한다. 멋진 간판에 씌어진 SINCE 1886 PARIS. 포숑엔 갓 구워낸 빵들이 모양과 질감과 향기를 안배하여 보기 좋게 진열되어 있다. 엘라는 포숑에 들어올 때마다 좁은방이 자신의 동네 어귀의 ‘구라파 제과점’을 떠올린다는 사실을 알지 못한다. 포숑의 빵들은 확실히 구라파 제과점의 빵들과는 다른 느낌을 준다. 그것은 가볍고 우월하며 포근하고 쾌적한 느낌으로 입맛을 자극한다. 엘라는 끝이 둥근 스테인리스 집게로 약 삼십 센티미터 길이의 호두 바게트를 집어든다. 유니폼을 입고 단정하게 머리를 묶은 여점원이 톱날 모양의 빵칼로 긴 호두 바게트를 먹기 좋게 한 입 크기씩 썰어준다.

일층으로 오르는 에스컬레이터에서 엘라는 빵 봉지를 열고 한 입 크기로 썰린 바게트를 꺼낸다. 엄지와 검지손가락만으로 바게트를 집어 조심조심 입 안으로 집어넣는다. 좁은방은 바게트를 집지 않은 엘라의 나머지 세 손가락—기름기나 빵부스러기를 묻히고 싶지 않다는 작은 긴장으로 일자로 곧게 펴진 세 손가락을 바라본다. 긴 손톱 위에 크림빛 펄 매니큐어가 매끈하게 칠해져 있다. 엘라는 다시 엄지와 검지손가락만으로 바게트를 집어 좁은방에게도 내민다. 좁은방이 먹고 싶은 건 호두 바게트가 아닌 희고 탐스러운 엘라의 세 손가락일지 모른다.

"바게트의 겉껍질은 입술이 베일 정도로 딱딱하게 바싹 구워져 있지만, 한 입 씹으면 호두가 들어 있는 모카 생크림이 부드럽게 혀끝에 감기죠. 그리고 그 다음, 정말 중요한 건 적당히 말라 있다 생크림으로 촉촉이 젖은 바게트의 속살, 그 글루텐의 말랑한 조직감을 입 안 가득 느끼는 거예요."

엘라는 야무지게 입술을 오물거린다. 정교하게 립라인을 그리고 와인색 립스틱을 바른 입술 꼬리에 아주 조금 생크림이 비어져나온다. 엘라는 다시 엄지와 검지손가락으로 바게트를 집어 제 입으로 가져간다. 에스컬레이터에서 좁은방은 잠시 어지럽다.

"호두 바게트에는 우유보단 탄산이 들어가지 않은 웰치스 포도주스가 제격인데……."

롯데백화점 일층. 본격적인 산책이 시작된다. 첫번째 산책 코스인 백화점은 물론 엘라의 선택이다. 좁은방은 엘라에게서 반 발짝쯤 떨어져 걷는다. 좁은방이 엘라의 선택에 불만을 가지고 있는 것은 결코 아니다. 산책은 그저 산책일 뿐이다. 엘라는 경쾌한 발걸음으로 스치듯 가볍게, 흐르듯 꿈꾸듯 걷는다. 바겐세일이 끝난 평일 오전의 백화점 매장은 더없이 여유롭고 풍요롭다. 어디선가 스치듯 가볍게, 흐르듯 꿈꾸듯 감미로운 음악이 흘러나온다. 공손하고 상냥하게 눈인사를 건네는 여점원들. 엘라는 마지막 바게트 조각을 입 안으로 집어넣는다.

"엘라님, 혹시 두더지 본 적 있어요?"

"두더지? 아뇨. ……음, 티브이 만화에선 본 것 같다."

엘라와 좁은방은 산책중이다.

"왜 보통, 사람은 먹지 않고 십수 일쯤 견딜 수 있다고 하잖아요? 물이 있다면 그 이상도 생존할 수 있구요. 그런데 두더지는 말이죠…… 두더지는 단 열 시간만 먹지 않아도 굶어 죽는대요."

엘라는 잠시 어리둥절한 표정을 짓더니 이내 까르르르 웃음을 터뜨린다.

"열 시간? 어휴, 그럼 아주 필사적으로 먹어야 되겠네요."

엘라는 유쾌하게 웃는다. 생각할수록 새삼스럽다는 듯이 자꾸 웃는다. 엘라와 좁은방은 산책중이다. 늦잠이라도 자는 날엔 그냥 굶어 죽는 거예요, 너무 슬픈 일이죠. 좁은방은 말하지 않는다.

처음 산책이 시작되었던 에스컬레이터 앞으로 돌아온 엘라는 이내 산책을 하며 점찍어두었던 매장들로 발걸음을 옮긴다. 아니 굳이 점찍어두었다고 할 수 없을지도 모른다. 좁은방이 보기에 엘라의 선택은 늘 그렇듯 어디든 무엇이든 상관없다는 식이다. 엘라와 좁은방은 조금 전과는 달리 다소 잰걸음을 걷는다.

엘라는 '클리니크' 와 '시세이도' 와 '비오템' 과 '크리스찬 디올' 과 '랑콤' 과 '지방시' 와 '에스티 로더' 와 '헬레나 루빈스타인' 과

'가네보' 와 '샤넬' 과 '클라린스' 와 '입생 로랑' 과 '부르주아' 사이를 거닌다. 그것이 엘라에게는 평범한 공원의 산책길, 벚나무와 플라타너스와 나무 벤치와 아카시아와 단풍나무와 식수대와 버드나무 사이를 걷는 것과 크게 다르지 않다. 다만 엘라는 공원의 산책길에서 네잎클로버나 흰 싸리꽃 가지나 아직 푸른 단풍잎을 꺾어 드는 대신 여러 종류의 향기롭고 아름다운 화장품을 구입한다. 엘라는 레티놀 에센스와 압축 파우더와 신제품 향수와 미백 크림과 펄 섀도우와 기초 삼종 세트와 리퀴드 컨실러와 아로마 테라피 오일과 롱래스팅 립스틱과 미네랄 수분 크림을 구입한다. 어느 브랜드의 어느 제품이든 상관없다는 듯 보이지만 엘라의 눈빛은 신중하면서도 사려깊다. 무언가 좁은방이 알아들을 수 없는 단어들을 써가며 수입 화장품 코너의 판매원과 진지하게 대화를 주고받는 엘라. 엘라는 산책중이다. 좁은방은 매번 산책 때마다 엘라가 여남은 가지의 수입 화장품을 구입하는 것을 보았다. 그러나 여전히 좁은방이 궁금한 것은 그 많은 화장품들의 복잡한 효능보단 '클리니크' 와 '시세이도' 와 '비오템' 과 '크리스찬 디올' 과 '랑콤' 과 '지방시' 와 '에스티 로더' 와 '헬레나 루빈스타인' 과 '가네보' 와 '샤넬' 과 '클라린스' 와 '입생 로랑' 과 '부르주아' 가 무슨 뜻을 가진 낱말인가 하는 것이다.

산책길은 화장품 매장에서 벗어난다. 엘라는 '소다' 에 들러 구두를 산다. '더블엠' 에서 핸드백을 사고 '아이작' 에서 모자를 '바나바나' 에서 지갑을 '놈' 에서 선글라스를 산다. 엘라는 익숙한 글씨체로 일곱 번쯤 수표에 서명한다. 엘라는 산책중이다. '버버리' 와 '미소니' 를 지나며 산책중인 엘라가 목이 마르다는 듯 말한다.

"롯데엔 왜 '와키 앤 타키' 가 입점하지 않나 모르겠어요."

백화점 이층, 좁은방은 엘라의 쇼핑백을 나누어 들지 않는다. 엘라와 좁은방은 구매 욕구를 자극하는 방향제가 섞인 공기를 들이마시며, 적정 온도와 쾌적 습도가 유지되고 있는 산책길을 걷는다. 마네킹들의 숲, 잘 꾸며진 정원은 온통 파스텔톤이다.

"엘라님, 논에 사는 우렁이가 하루에 얼마나 움직이는 줄 알아요?"

"그건 또 뭐죠?"

"논우렁이는 하루 종일 일 미터쯤 움직인대요, 하루 조용일 일 미터."

"어머, 그럼 우린 벌써 우렁이가 평생 움직일 만큼 걸어다닌 셈이네요."

내가 우렁이라면 빌어먹을 움직이지 않겠어요. 좁은방은 말하지 않는다.

엘라는 '오브제'와 '미샤'와 '리씨'와 '에콜 드 파리'와 '레노마'와 '보브'와 '스테파넬'과 '아니베 에프'와 '아나카프리'와 '나이스 클랍'과 '톰보이'와 '에녹'과 '롤롤'과 '쇼비즈'와 '시스템'에서 옷을 산다. 바지는 최신 유행대로 칠부와 팔부와 구부를 각각 하나씩 구입한다. 무늬가 들어간 청바지와 베이지색 폴리에스테르와 엷은 분홍색 끝단에 프릴이 달린 것으로 고른다. 엘라는 결코 할인된 품목의 제품을 사지 않는다. 엘라가 새 옷을 입어보기 위해 거울문이 달린 작은 탈의실에 들어갈 때마다 좁은방은 그 거울문을 바라보며 아무도 생각지 못한 어느 곳에 피어싱을 해볼까 잠시 궁리한다. 새옷을 갈아입은 엘라는 좁은방 앞에서 모델처럼 미소지으며 빙그르르 돌아본다. 좁은방의 칭찬에 앞서 과도한 옷을 소화할 수 있는 것, 그건 아무나 할 수 있는 게 아니라는 점원들의 아부성 발언이 이어진다. 야 너 잘 걸렸다 오늘 매상 좀 올려보자, 점원들은 쉴새없이 옷걸이에서 새옷을 떼어와 엘라에게 입혀본다. 엘라는 기분좋은 바비인형 같다. 계절을 앞서가는 매장엔 벌써 여름옷들뿐이다. 파스텔톤의 물방울무늬, 줄무늬—칠팔십년대의 복고가 강세다.

좁은방은 여전히 엘라의 쇼핑백을 나누어 들지 않는다. 좁은방은 엘라 역시 '오브제'와 '미샤'와 '리씨'와 '에콜 드 파리'와 '레노마'와 '보브'와 '스테파넬'과 '아니베 에프'와 '아나카프리'와 '나이스 클랍'과 '톰보이'와 '에녹'과 '롤롤'과 '쇼비즈'와 '시스템'이 무슨 뜻을 가진 낱말인지 결코 알지 못할 거라 생각한다. 그러나 좁은방은 엘라가 그 뜻을 전혀 궁금해하지 않는다는 걸 역시 알지 못한다. 첫번째 산책 코스가 끝나간다.

화장실. 파우더 룸에 고객용으로 마련된 소파에 다소 피곤한 듯 엘라와 좁은방과 엘라의 쇼핑백들이 앉는다. 엘라는 핸드백에서 파우더 케이스를 꺼내 거울을 들여다본다. 좁은방은 담배를 꺼내 문다.

"또 얘기 해줘요."

"뭘요?"

"재밌는 얘기, 웃긴 걸로. 두더지나 우렁이 같은 거."

"뭐 웃기려고 한 얘기는 아닌데. 글쎄요, 갑자기 생각하려니까……."

어린아이를 업고 화장실에 들어왔던 삼십대의 여자가 엘라와 좁은방에게 힐끔, 약간의 불쾌감이 섞인, 필요 이상으로 호기심에 찬 표정을 던진다. 여자의 등에 매달린 어린아이를 바라보던 좁은방이 무심히 말한다.

"아, 그거 알아요? 코알라."

"코알라가 왜요?"

"코알라는 하루에 열여덟 시간을 넘게 잔대요. 먹는 시간을 빼놓고는 전부 자는 거예요. 부러운 녀석이죠."

엘라는 유쾌하게 웃으며 파우더 케이스를 달칵 소리내어 닫는다.

"후후, 좁은방님은 아이디를 '동물의 왕국'으로 바꾸는 게 좋을 것 같아요."

롯데월드 쇼핑몰 이층, 나선형 에스컬레이터 앞에 위치한 스파게티 전문점 '뽀모도로'. 엘라는 새우와 크림소스가 들어간 알프레도 스파게티를, 좁은방은 기본 토마토소스의 카프레즈 스파게티를 주문한다. 곁들여 주문한 샐러드와 콜라가 먼저 나온다. 엘라는 커스터드 소스가 뿌려진 양상추를 포크로 집고, 좁은방은 잔에서 스트로를 빼내고 두 모금쯤 찬 콜라를 마신다.

"전혀 그래 보이진 않지만…… 쇼핑하는 거, 피곤하지 않아요?"

좁은방은 포크를 쥔 엘라의 손가락을 바라보며 야릇한 식욕을 느낀다.

"보시는 바와 같이, 물론 피곤하지 않아요."

엘라는 중성적인 느낌을 풍기는 좁은방이 어떤 디자인의 속옷을 입고 있는지 문득 궁금해진다.

오목하고 두터운 자기 접시에 뜨거운 스파게티가 담겨 나온다. 엘라는 왼손에 쥔 커다란 스푼에 대고 오른손의 포크로 떠올린 스파게티 가락을 솜씨 있게 돌려 한 입에 먹는다. 그러나 좁은방이 집어올린 오이 피클은 너무 무르고 싱겁다.

"코알라가 자는 것처럼 나 열여덟 시간이라도 쇼핑할 수 있을 것 같지 않아요?"

엘라와 좁은방은 산책중이다. 좁은방은 빙긋 웃으며 고개를 끄덕인다. 주변의 빈 의자마다 엘라의 쇼핑백들이 놓여 있다.

"우스갯소리 같겠지만, 무언가를 사는 일은 내가 세상에서 제일 잘할 수 있는 일이에요. 난 그렇게 생각하기로 했어요. 난 뭐든 잘 살 수 있으니깐, 정말 세상을 잘 살 수도 있을 거라고."

엘라의 하얀 스파게티 위에 점점 초록빛 다진 파슬리가 박혀 있다. 좁은방의 카프레즈 스파게티는 잘 식지 않아 먹기에 불편하다. 좁은방은 포크로 스파게티를 뒤적이며 살짝 데인 입천장에 혀끝을 가져다댄다.

"나는 평생 일하지 않고 살 수 있어요. 미안하지만 그래요. 평생 쇼핑만 하면서 살 수 있어요. 나로선 이것도 어쩔 수 없는 일이에요. 사람 일이라는 게 앞으로 어떻게 될지 알 수 없다지만 지금으로선 그래요. 물론 나와 비슷한 사람들 중의 대부분은 그럼에도 불구하고 일을 하고, 직업을 갖는다는 것도 알고 있어요. 하지만 왜 꼭 그래야 되죠? 왜 그게 건전하고 상식적이고 또 옳다고 해야 하죠? 난 그러고 싶지 않아요. 난 그저……."

"……됐어요. 이메일, 더이상 안 보내려고 그래요?"

엘라는 샐쭉 웃어 보이며 눈썹과 입꼬리와 어깨와 포크와 스푼을 쥔 손목을 동시에 조금씩 치켜세운다.

"맞아요, 내가 잘못했어요. ……긴 대화, 막상 나도 어색하네요. 근데 그거 알아요? 이런 나를 개의치 않아하는 사람, 좁은방님말고는 만나본 적 없어요. 내가 좁은방님 진짜 속마음까진 알 수 없는 노릇이지만, 적어도 나를, 내 산책을 개의치 않아하는 거, 그거 내겐 특별해요."

"뭐가 그렇게 심각해요? 엘라님도 날 개의치 않아하는 건 마찬가지잖아요."

엘라는 하긴, 하는 표정으로 고개를 끄덕이고 마저 커다란 스푼에 대고 포크로 떠올린 스파게티를 돌돌 감는다. 그러나 엘라는 뭔가 아쉬운 대꾸를 스파게티와 함께 꿀꺽 삼켜버린 기분이 든다. 개의치 않아줘서 고마워요, 정말 고마워요, 고마워 죽겠어요. 좁은방은 포크를 내려놓으며 말한다.

"난 이 산책에 불만 없어요."

그러나 여전히 좁은방은 '시셰이도' 나 '가네보' 나 '비오템' 이나 '레노마' 나 '보브' 의 뜻이 궁금하긴 하다.

"나두요. 나도 이 산책이 좋아요. 새 구두나 새 옷보다 나무나 햇빛이, 바람이나 멋진 풍경이 내게 위안을 준다고 거짓말하지 않아도 되니깐."

"자, 이제 햇빛 쬐러, 바람 쏘이러 갈 차례예요."

롯데월드 어드벤처 '매직 아일랜드' 가 어디에서나 바라보이는 석촌호수. 두번째 산책 코스는 좁은방의 선택이다. 엘라와 좁은방은 다시 산책을 시작한다. 가볍게 스치듯, 흐르듯 꿈꾸듯 산책길을 걷고자 노력한다. 엘라의 쇼핑백들은 모두 이미테이션 트레비 분수가 있던 지하광장의 물품보관함에—물론 제일 큰 칸에—집어넣었다. 좁은방은 엘라가 흥얼거리는 허밍의 멜로디를 알지 못한다. 엘라는 문득 좁은방의 팔짱을 끼고 싶다. 개의치 않아한다면.

나무와 비둘기와 유모차와 노인과 애완견과 단발머리 아이들을 지나쳐가지만, 엘라와 좁은방이 바라보고 있는 곳은 호수 한가운데 자리잡은 '꿈과 환상의 나라' 롯데월드 어드벤처 매직 아일랜드다. 나무와 비둘기와 유모차와 노인과 애완견과 단발머리 아이들도 마찬가지다. 엘라와 좁은방은 어느새 쪼이려던 햇빛을, 쏘이려던 바람을 잊는다. 나무와 비둘기와 유모차와 노인과 애완견과 단발머리

아이들의 모든 시선은 자석처럼 꿈과 환상의 나라를 향하고 있다. 삼 분에 한 번쯤 매직 아일랜드로부터 꿈과 환상이 절정에 달한 비명들이 들려온다. 칠십 미터 높이의 강철 기둥에 매달린 도넛 모양의 원형 좌석이 빙글빙글 꼭대기까지 올라가 단 이삼 초 만에 아래로 곤두박질치는 놀이기구의 이름은 '자이로 드롭'. 물론 추락 직전, 속도는 허망하게 줄어든다. 엘라와 좁은방은 고개를 꺾고 꼭대기에 매달려 무섭고 즐거운 조바심에 허공을 향해 발장구를 치는 누군가의 조그만 종아리를 올려다본다. 으아아아악, 까아아악, 자이로 드롭은 섬뜩한 소리를 내며 떨어져내리더니 공중 일 미터쯤에서 사뿐히 멈추어 선다. 아슬아슬한 놀이기구의 묘기에 나무와 비둘기와 유모차와 노인과 애완견과 단발머리 아이들이 흘흘흘 웃는다. 나무와 비둘기와 유모차와 노인과 애완견과 단발머리 아이들이 발을 구른다. 우리도 저거 타러 가자.

"아, 나도 아는 거 있어요."

놀이기구 타는 것을 좋아하지 않는 엘라가 말한다.

"동물의 왕국, 정말 티브이 동물 다큐멘터리에서 본 거예요. 치타에 관한 건데……."

"치타?"

좁은방은 어디선가 단조롭고 반복되는 업무에 종사하는 젊은 여성들이 상대적으로 위험한 놀이기구 타는 것을 즐긴다는 통계를 본 적이 있다.

"치타가 지구상에서 가장 빠른 동물이란 건 좁은방님도 알죠?"

"물론, 백 미터를 몇 초에 뛴다더라? 아마 저것만큼은 빠를 거예요."

까아아악. 무서워 죽겠다는, 즐거워 죽겠다는 비명.

"맞아요. 정말 빠르죠. 그런데 말이에요. 그렇게 빠르다면 치타는 모든 사냥에서 항상 성공해야 한다는 거잖아요. 세상에 치타보다 빠른 동물은 없으니깐."

"……."

"그렇지만 어디 그렇겠어요? 세상에서 제일 빠른 치타도 종종 사냥감을 놓쳐버린대요. 거기엔 그럴 만한 이유도 있구요…… 치타는 자신의 최고 속력을 사백 미터 정도만 유지할 수 있대요. 그렇지 않으면……."

"그렇지 않으면?"

"체온 과열, 호흡 곤란…… 심장이 터져버린대요."

자이로 드롭. 추락 직전 시치미떼듯 사뿐히 속력을 줄이는.

"……그 녀석이, 가장 슬프군요. 우렁이나 두더지보다도."

"티브이에 치타에게서 용케 도망친 어린 새끼 사슴이 나오더군요. 그걸 운이 좋았다고 해야 할지. 억울하게 가쁜 숨을 몰아쉬는 치타를 멀뚱히 쳐다보는데……."

당신은 정말, 정말 진심으로 나를 개의치 않아하나요. 나는 왜 나를 상관하는 것도, 나를 내버려두는 것도 견딜 수가 없는 걸까요. 문득 좁은방의 팔짱을 끼는 엘라. 처음부터 산책의 금기는 다른 것이었을 수도 있었다.

동전은 큐피드의 단지를 튕겨나와 물 속으로 빠져버렸지만 엘라와 좁은방은 다시 지하광장의 이미테이션 트레비 분수 앞으로 돌아왔다. 산책은 여기서 끝나게 되어 있다. 그러나 자세히 말하는 것이 좋은 경우인지 나쁜 경우인지는 결국 자세히 말한 후에야 알 수 있으니.

아주 흔한 습관성 두통, 좁은방은 한꺼번에 깊은 숨을 토해내며 말한다.

"수요일을 조심하라! 알아요?"

"네?"

수요일 오후, 이미테이션 트레비 분수 앞에서 누군가를 기다리는 사람들 속에 섞여 서로를 바라보며 서 있는 엘라와 좁은방. 그들은 서로의 진짜 이름을 알지 못한다.

"오늘 신문에 났죠—수요일을 조심하라, 경찰청 발표에 따르면 지난해 범죄 발생률을 요일별로 조사한 결과, 수요일이 다른 요일에 비해 범죄 발생 건수가 월등히 높은 것으로 나타났다……."

"왜죠?"

좁은방은 엘라의 살구색 니트 카디건 작은 주머니 안에 들어 있던 물품보관함의 열쇠를 잡아채듯 꺼내, 트레비 분수 큐피드의 단지 안으로 단번에 날려버린다. 열쇠는 동전과는 달리 챙강 소리를 내며 단지 안으로 정확히 빨려들어간다. 자이로 드롭처럼 순식간에 일어난 일이다.

"생각해보니, 좁은 방의 영혼…… 내가 처음 병원에서 도망쳤던 것도 수요일이더군요."

분수 앞에서 누군가를 기다리던 몇몇이 다소 뜨악한 표정으로 엘라와 좁은방을 바라본다. 열쇠는 단지 속에 있다. 두더지의 식사시간만큼, 우렁이가 기어갔던 하루 종일, 코알라의 깊은 수면, 치타가 숨차게 뛰어갔던 거리만큼 시간이 흐른다. 열쇠는 단지 속에 있다.

엘라는 붙잡고 있던 좁은방의 옷소매를 기운없이 놓쳐버린다. 주저주저 한참이나 입술을 우물거린다. 분수 속의 단지까지 날아갈 수 없다면.

"아무래도 좋아요. ……나랑 좀더 같이 있어줄래요? 뭐 그리 중요한 건 아니지만, 오늘은…… 내 생일이거든요."

산책은 언제나처럼 이미테이션 트레비 분수 앞에서 끝나도록 되어 있다. 누군가를 기다리던 누군가의 누군가들이 하나둘 도착한다. 누군가가 누군가와 함께 분수 앞을 떠난다. 또다른 누군가는 여전히 손목시계를 들여다보며 누군가를 기다린다. 주위를 두리번거리며 다가온 누군가가 단지를 향해 동전을 던지고는 또다른 누군가를 기다리기 시작한다. 엘라 피츠제럴드를 들어본 적 없는 좁은방과 마루야마 겐지를 읽어본 적 없는 엘라.

"아아, 그랬군요…… 당신은, 당신은 나와 생일이 같군요."

엘라와 좁은방은 산책중이다.

살구나무 그늘로 얼굴을 가리고

나는 늘 취해 있었다. 미안하지만 나는 다시 사랑에 빠졌던 것이다.
한 번도 들려준 적 없는 기타 연주곡, 내력을 알 수 없는 왼발의 상처,
땅콩을 갈아넣은 부드러운 버섯죽, 살아 있는 쥐에 불을 붙이고,
막일꾼으로 휴양림의 우물을 파고, 첫사랑에게 섬뜩한 시 구절을 적어보내고,
같은 영화를 스물일곱 번이나 보고, 정말 핀란드의 숲속이나 괌의 관광지에서
한 시절을 보냈을 수도 있는, 이젠 전직 공인회계사 출신의 바텐더가 되었고,
익숙하게 가명을 사용하고, 뭐든 했고 또 뭐든 할 수 있을 것 같은 그를!
두 남자이자 한 남자이며 또 여러 다른 남자인 그를
사랑하지 않고서는 견딜 수 없었다.

11

그가 돌아왔다. 한 지붕 아래에서 함께 밤을 보내는 것은 삼 년여 만의 일이다. 그는 지금 의심스러운 처방으로 조제된 약을 먹고 잠들어 있다. 아주 깊이 잠들어 있다. 나는 방문을 열고 어둠 속 그에게로 다가간다. 더듬더듬 다가간다. 나는 좁은 방 좁은 창의 커튼을 젖힌다. 희미한 달빛이 물결처럼 방 안으로 흘러든다. 잠든 그의 모습이 생선처럼 드러난다. 그는 폭이 좁은 일인용 매트리스 위에 고개를 모로 하고 잠들어 있다. 오오, 익숙했던 얼굴. 눈썹 속에 숨겨진 두 개의 검은 점과 오른쪽으로 치우친 가르마, 수염 자국을 기준으로 하는 뺨과 턱의 경계와 농담을 할 때면 왼쪽 입꼬리를 더 많이 당겨 웃는 입술. 나는 이 모든 것을 아주 잘 알고 있다. 그가 돌아왔다. 돌아와 내 곁에 이토록 얌전히 잠들어 있다. 그는 깨어나지 않는다.

그를 사랑했다 기억한다. 오래되고 익숙한 기억. 나는 그의 몸을 쓰다듬는다. 턱밑까지 여며져 있던 이불을 걷어내고 그의 몸을 어루만지기 시작한다. 내 몸 먼 곳에서부터 잊었던 냄새와 촉감이 되살아난다. 나는 그를 잘 알고 있다. 긴장하던 무릎 안쪽, 손톱을 박아넣고 싶었던 연한 쇄골, 숨이 차오르던 편도선의 냄새. 그가 내게 돌아온 것이다. 나는 그의 콧등과 턱선과 귓불과 어깨뼈와 팔꿈치를 하나하나 쓰다듬는다. 그와 공유했던 적나라한 기억들이 하나하나 되살아난다…… 폭이 좁은 일인용 매트리스, 그의 곁에 몸을 누이고자 나는 애가 탄다. 깨어나지 않는 그가 조금 몸을 뒤척인다. 그 순간 나는 문득 이불 밖으로 비어져나온 그의 왼발을 본다. 그의 왼발이 희미한 어둠 속에 선명하게 드러난다. 그러나 나는 그의 왼발을 쓰다듬으려다 그만 소스라치게 놀란다. 그의 왼발. 내가 알고 있는, 내가 기억하는 유난히 긴 검지발가락과 어지럽게 도드라진 발등의 푸른 정맥들. 문득 사랑스럽고 애틋한 표정을 짓던 예전의 그의 왼발. 그러나 그뿐이 아니다. 그의 왼발, 알 수 없는 흔적들—끝이 갈라지고 까맣게 죽은 엄지발톱과 보랏빛 멍으로 얼룩진 복사뼈 근처…….

삼 년여 만에 돌아온 그는 나를 모른다고 했다. 기억나지 않는다고 했다. 그를 기억해냈던 내 몸이 뻣뻣하게 굳기 시작한다. 연기처럼 피어올랐던 오랜 기억의 입자들이 일순 스러진다. 그는 나를 모른다고 했다. 까맣게 죽은 발톱과 보랏빛 멍처럼 생경한. 그는 나를 모른다고 했다. 나도 그를 모르는지도 모른다. 나는 그 상처의 이력을 알지 못한다. 감히 그의 왼발을 쓰다듬지 못하고 나는 그만 돌처럼 굳는다. 모든 것을 알 수가 없다. 그의 얼굴은 이제 참을 수 없이 낯설다. 그러나 그는 분명 오래도록 사라졌던 나의 남편인 듯하다. 지난 삼 년 남짓 신문의 실종자 광고란과 경찰의 행방불명 신고자 명단에 올랐던 나의 남편, 그의 이름 윤상기. 그러나 돌아와 좁은 방 좁은 매트리스 위에서 잠이 든 그는 과연 누구인가? 나는 더듬더듬 그를 잡아 흔든다. 누구시죠, 당신? 그는 지난 삼 년의 시간만큼 깊이 잠들어 있다. 이것 봐요, 눈을 떠요, 일어나봐요, 누구시죠, 당신? 나는 참을 수가 없다. 그는 깨어나지 않는다. 나는 마구 그의 어깨를 잡아 흔든다. 누구시죠, 당신? 누구시죠? 누구, 누구, 누구……?

2

강은 사설탐정이었다. 물론 그는 내가 알고 있는 유일한 탐정이었다. 처음 내게 탐정 얘기를 꺼낸 것은 친정 언니였다. 난데없이 등장한 탐정이란 말이 터무니없이 비현실적으로 느껴졌지만, 그때 나의 상황은 분명 사립탐정의 실체보다 더 비현실적인 것이었다. 언니는 변호사 사무실에서 사무장으로 일하는 형부의 친구로부터 어렵게 강을 소개받았다고 했다. 알 만한 재력가나 정치가들이 난감한 집안 문제로 강을 고용했었으며, 이름과 전화번호만이 적힌 그의 명함이 아주 은밀히 새로운 고객들에게 전해진다고 했다. 그를 소개하는 전(前) 고객들은 마치 무당이나 역술인을 소개하듯 '용하다' 는 말을 잊지 않는다고 언니는 말했다. 어쨌든 추문에 얽히게 되는 흥신소의 해결사가 아닌 진짜 탐정이 외국 추리소설 속이 아닌 실제에 존재한다는 사실이 좀처럼 믿어지지 않았다.

강에게 의뢰를 했을 때는 남편이 사라진 지 이미 수개월이 지난 후였다. 시도때도없이 전국의 경찰서, 정신병원, 부랑자 수용시설을 찾아다녀야 했던 시숙과 나는 적잖이 지쳐가고 있었다. 남편은 일곱 살 손위인 자신의 형을 항상 어려워했다. 나 역시 마찬가지였다. 열한 살이나 어린 제수와 동행하여 행방불명된 동생을 찾기 위해 낯설고 먼 길을 헤매고 다니는 일이 시숙에게라고 편할 리는 없었다.

뚜렷하게 특징을 지어 설명할 수 없는 이목구비. 강은 큰 체구에도 불구하고 쉽게 눈에 띄지 않는 인상을 가진 중년 남자였다. 시숙과 나 그리고 탐정 강은 호텔 커피숍 구석 테이블에 마주 앉았다. 자신의 속내를 드러내지 않는 것에 철저하게 단련된 듯한 태도. 묘한 기운으로 주위를 압도하는 남자였다. 그러나 그 압도적인 존재감은 뚜렷한 양감이나 질감을 느낄 수 없는 불분명한 것이었다. 특기할 만한 사실은 강은 그 동안 경찰들이 끊임없이 시숙과 내게 되물었던 지겨운 질문들—남편과 관련되어 예상되는 치정이나 원한 관계, 혹은 은닉자금의 여부 등—을 단 한마디도 하지 않았다는 것이다.

3

얼마 뒤 나는 다시 강을 만나게 되었다. 직접 집으로 나를 찾아온 것이었다. 그러나 정확히 나를 찾아왔다고 할 순 없었다. 남편이 사라진 집 안 구석구석을 훑어보며 강이 찾고 있는 것은 분명 남편이었다.

"사진을 좀 봤으면 합니다."

물론 강은 이미 남편의 사진을 가지고 있었다. 여권용 증명사진과 정면의 모습이 크고 뚜렷하게 찍힌 가장 최근의 사진으로. 볼륨을 아주 낮게 줄여놓은 라디오에서 희미하게 오전 열시를 알리는 시보가 울렸다. 나는 인스턴트커피를 담은 찻잔을 강 앞에 내놓았다. 강은 찻잔을 들어올리며 햇빛이 비쳐드는 아파트 베란다 창으로 고개를 돌렸다. 나도 따라 창 밖을 내다보았다. 더할 나위 없이 화창하고 청명한, 그 눈부심이 조금은 서러운 느낌을 주는 가을 오전이었다.

남편이 사라진 것은 시아버지의 사십구재를 지낸 며칠 뒤 비가 오는 늦봄의 아침이었다. 나는 아무 기척도 듣지 못한 채 잠에서 깨어났다. 침실은 어두웠고 남편이 누워 있던 자리는 서늘하게 비어 있었다. 나는 설명할 수 없는 야릇한 기분에 휩싸여 베란다 창을 열고 한참이나 아파트 육층 아래를 내려다보았다. 젖은 아스팔트 위로 아스피린을 쏟아놓은 듯 벚꽃잎들이 무수히 떨어져 있었다.

나는 장롱 구석에서 앨범을 꺼냈다. 크고 작은 앨범들이 푸른 비닐끈에 단단히 묶여 있었다. 강이 맨 처음 펼쳐든 것은 남편의 고등학교 졸업앨범이었다. 지금까지 남편을 찾겠다고 남편의 고등학교 졸업앨범을 펼쳐든 사람은 물론 없었다. 결혼 전 시댁에 초대를 받아 저녁식사를 하고 그의 방에서 함께 앨범을 본 일이 있었다. 나는 아주 어렵게 기억을 떠올려 남편이 3학년 3반이었을 것이라고 강에게 말했다. 그러나 정작 3학년 4반에서 열여덟 짧은 머리칼의 남편을 찾아낸 것은 강이었다. 나는 좀 무안해졌다. 강은 계속 오래된 흑백사진들이 실린 고교 졸업앨범을 뒤적였다. 베란다 창으로 비쳐든 오전의 햇살이 촘촘히 몸 속으로 스며들고 있었다. 엘비라 마디간. 문득 언젠가의 섹스가 떠올랐다.

"기타를 잘 쳤었나보죠?"

"……네?"

강은 펼쳐진 앨범을 돌려 내게로 내밀었다. 졸업앨범의 뒷부분—'서클 소개란' 이란 제목으로 꾸며진 페이지였다. 야구부, 축구부, 농구부 같은 학교 운동부들의 활약상을 찍은 사진들과 함께 방송반, 문예반, 미술반 등의 교내 서클이 소개되어 있었다. 애써 무엇인가를 증명하겠다는 듯이 비슷한 표정의 비슷한 포즈를 취한 비슷비슷한 까까머리 남학생들이 사진 속에 종횡으로 줄지어 서 있었다. 한 명 한 명의 얼굴은 겨우 새끼손톱만큼 작았다. 강은 '클래식 기타 연주반' 의 사진을 가리켰다. 클래식 기타를 서너 대 앞세우고 스무 명가량 되는 남학생들이 지도교사와 함께 열을 지어 서 있었다. 강은 집게손가락으로 맨 뒷줄 왼쪽에서 세번째를 짚었다. 남편이었다. 흐릿하게 바랜 작은 얼굴. 햇빛 없는 흑백사진 속의 남편은 눈이 부신 듯 미간을 찌푸리고 서 있었다. 남편이었다. 강은 천천히 다음 페이지를 넘겼다. 다소 낭만적이고 구태의연한 제목을 달고 소풍, 수학여행, 체육대회 등의 한 장면을 찍은 사진들이 실려 있었다. 이번에도 어느 곳에 눈길을 줘야 할지 몰라 시선을 허둥대고 있는 내게 강은 오른쪽 페이지 구석의 작은 사진 하나를 가리켰다. 학교 축제중의 한 순간을 찍은 듯한 사진으로, 조야한 무대 위에서 네 명의 남학생들이 기타를 연주하고 있었다. 왼쪽 끝자리 의자에 앉아 약간 고개를 기울이고 기타줄을 퉁기고 있는 것은 남편이었다. 새끼손톱보다 작은 남편의 옆얼굴. 눈을 감고 있었다. 나도 잠깐 눈을 감았다 뜨고 다시 사진을 바라보았다. 남편이었다. 나는 남편이 기타 치는 것을 본 적이 없었다. 한때 기타를 쳤다거나, 기타 연주곡을 즐겨 듣는다는 식의 말도 들은 적이 없었다. 강은 다른 사진첩을 넘기기 시작했다. 그러나 나는 그 옛 사진들 속에서 남편을 찾아내지 못했다. 알아보지 못했다.

이름을 알 수 없는 간이역 대합실의 남편, 빨간 배낭을 메고 갈색 등산화를 신은 남편, 입대하는 친구를 배웅하는 남편, 무슨 일인지 병원 앞에서 활짝 웃고 있는 남편, 야구모자를 쓰고 축구공을 쫓아가는 남편, 일곱 명 속에 앉아 있는 남편, 서른세 명 속에 서 있는 남편, 초점이 맞지 않는 남편, 또렷한 뒷모습을 찍힌 남편…… 강은 용하게도 사진 속에 숨어 있는 남편을 계속 찾아내고 있었다. 나는 강이 가리키는 사진마다 무력한 시선을 고정시킬 뿐이었다. 속절없이 고개를 끄덕이거나 가로저었다. 햇살이 눈부신 초가을의 오전이었다. 사진 속의 남편은 내가 결코 알지 못하는 시간과 공간 속에 존재하고 있었다. 사진 속 낯선 남편이 말하고 있는 것은 지금 이곳에 자신이 존재하지 않는다는 사실뿐이었다.

"두 분이 함께 찍은 사진은 많지 않군요. 남편분과는 어떻게 만나신 거죠?"

강의 말대로 짧은 연애와 결혼식, 신혼여행에서의 사진은 채 앨범 두 권을 채우지 못했다. 그후 이 년 동안의 최근 사진에 강은 별 흥미를 느끼지 못하는 듯 건성으로 접착식 앨범의 페이지를 넘기고 있었다. 강은 필요 이상의 질문을 하고 있었다. 그러나 그런 것이 사라진 남편을 찾는 일과 무슨 상관이 있느냐고 따져 물을 수는 없었다. 남편의 사진을 보며 내가 결코 사라진 남편을 찾아내지 못하리라는 좌절의 예감이 드는 만큼, 누군가 남편을 찾아낸다면 그건 다름아닌 강일 거라는 확신이 들고 있었다. 나는 양순한 아이처럼 고분고분 강에게 대답했다.

"어렸을 때 한 동네에서 알고 지내던 사람을 맞선 자리에서 마주치고 보니 그것도 나름대로 인연일 수 있겠다 생각이 들더군요. 그가 먼저 나를 알아봤어요. 제가 여섯 살, 남편이 열 살. 좁은 골목을 사이에 두고 대문을 마주한 채 이 년을 조금 넘게 살았죠. 서로 공통점이 많은 집안이었어요. 두 집 다 아버지가 학교 선생님이었고 터울이 많은 형제 자매를 두고 있었죠. 제겐 다섯 살 터울의 언니가, 남편에게는 일곱 살 터울의 형이 있었어요. 맞선 자리에 나온 사람이 바로 남편이었다는 걸 아시고는 부모님들은 아주 좋아하셨죠. 처음부터 사돈지간이 될 인연이었던가보다고…… 아버지의 전근으로 저희 가족이 다른 도시로 이사를 갈 때까지 꽤 친하게 지낸 이웃지간이었어요. 각각 터울이 많은 형제 자매였던 탓에 아이들끼리 함께 소꿉친구처럼 어울려 지냈던 기억은 없지만, 아버지들끼리는 형님 아우 하며 같이 낚시를 다니시기도 했고, 어머니들은 자주 함께 장을 보거나 음식 장만을 하거나 했던 것 같아요. 아, 맞아요. 두 가족이 함께 유원지로 소풍을 갔던 적도 있었어요."

아, 나는 퉁기듯 자리에서 일어섰다. 사진. 그때 분명 함께 사진을 찍었었다. 여덟 살, 초등학교에 입학한 지 얼마 되지 않던 봄날이었다. 동물원이 있던 유원지, 내가 입었던 체크 무늬 원피스, 김밥을 담았던 스테인리스 찬합, 만화 캐릭터가 그려져 있던 남편의 작은 배낭, 비닐 돗자리 위로 떨어지던 분홍 벚꽃잎들. 시아버지는 주위를 서성거리던 늙은 출장 사진사를 불러 세워 사진을 찍게 했었다.

나는 다급하게 거실 바닥에 흩어진 사진첩을 뒤적였다. 어느 곳에서도 그 사진을 본 기억은 없었다. 나는 거실에 강을 남겨둔 채 남편의 서재로 들어갔다. 책장과 책상의 모든 서랍을 열었다. 책장 맨 위쪽 잡동사니를 담아둔 골판지 상자들을 꺼내기 위해 흔들거리는 남편의 회전 의자 위로 올라섰다. 표지가 뜯겨진 포켓용 한영사전, 조악하게 만들어진 트로피, 손잡이 부분이 떨어져나간 탁구채, 무엇이 녹음되었는지 알 수 없는 카세트 테이프, 크고 작은 장기알, 이가 빠진 배드민턴 셔틀콕, 오래된 학생 잡지, 빈 약병 같은 것들이 방바닥에 함부로 흩어졌다. 세번째 상자 맨 밑바닥에서 낡은 앨범 한 권이 나왔다. 나는 떨리는 손길로 앨범을 넘겼다. 그러나 이번에도 사진을 찾아낸 것은 강이었다. 두 가족 여덟 식구가 빛 바랜 컬러사진 속에 서 있었다. 젊은 내 부모와 나란히 선, 이제는 돌아가신 시부모, 각각 제일 바깥쪽에 서서 어색한 표정으로 카메라를 응시하는 단발머리와 까까머리의 언니와 시숙, 그리고 그 가운데 자리를 바꾸어 선, 키가 작은 나와 남편, 벚꽃잎들. 남편은 내 손을 잡고 있었다.

"……"

남편이 사라진 뒤 누군가의 앞에서 그렇게 큰 소리로, 그렇게 오랫동안, 또 그렇게 서럽게 운 것은 그때가 처음이었다.

12

설명할 수 없는 종류의 어떤 불편함. 구두 속에 작은 돌조각이라도 들어간 듯 액셀러레이터를 밟는 발바닥으로부터 온몸으로 이물감이 전해진다. 핸들을 쥔 손에 끈끈한 땀이 차고 얼룩진 사이드 미러에 쉴새없이 조급한 눈길을 준다. 옆 차선에서 미친 듯이 질주하다 위협적으로 앞을 추월하는 덤프트럭의 굉음이 오래도록 이명처럼 귓전을 울린다. 운전을 해서는 안 되는 날이었다.

다행히 자동차는 곧 K시로 들어선다. 나는 K시의 첫번째 빨간 신호등 앞에서 급정거를 한다. 조수석에 앉아 있던 남편이 잠에서 깨어난 듯 눈을 뜨고 팔짱을 푼다. 남편은 버튼을 눌러 차창을 내린다. 남편을 조수석에 태운 첫 운전이었다. 남편이 사라졌던 삼 년 전 내겐 운전면허가 없었다. 면허증을 취득한 것은 K시에서의 지난 육 개월 동안 내가 공식적으로 한 몇 안 되는 일 중의 하나였다. 나는 결과적으로 남편의 차보다 시숙의 차를 더 많이 탄 셈이었다. 그러나 운전을 배우며 내 차에 시숙이나 남편을, 혹은 시숙과 남편을 함께 태우게 되는 일 따윈 상상하지 못했다. 그제 오전 나는 시숙과 남편을 마중하기 위해 공항으로 차를 몰았다. 남편을 찾은 지 이 주가 흘러 있었다. 정말 남편을 찾게 되리라 생각하진 못했었다. 공항 대합실에서 나는 새삼 형제의 얼굴이 놀랍도록 닮아 있다는 사실을 깨달았다. 시숙은 곧바로 서울행 오후 비행기표를 예약했다. 점심 식사를 마치고 나는 공항까지 시숙을 배웅하겠다고 했다. 시숙은 택시를 이용하겠다고 말했다. 나는 바래다드리겠다고 말했다. 시숙은 손을 내저으며 택시를 이용하겠다고 했다. 아무도 길게 말을 하지 않았다. 굳이 손을 내저을 필요까진 없었다고 생각했다. 그날 밤 나는 시숙에게 전화를 걸었다. 시숙의 아내는 시숙이 돌아와 곧바로 잠들었다고 말했다. 무엇에 대한 것인지 알 수 없었지만 시숙의 아내는 나를 위로해주었다.

오늘 아침 남편과 함께 시숙이 일러준 국립대학병원이 있는 A시로 향했다. 세 시간여 동안 나와 남편은 거의 아무 말도 주고받지 않았다. 그리고 돌아오는 세 시간 내내 남편은 잠들어 있었다. 정말 잠들어 있다고 믿고 싶었다.

나는 K시의 두번째 빨간 신호등을 무시하고 속도를 올린다. 남편을 옆자리에 태우게 되리라 상상하진 못했다. 설명할 수 없는 종류의 어떤 불편함. 운전을 해서는 안 되는 날이었다. 열린 차창으로 찬바람이 쏟아져들어온다. 문득 서늘한 기운으로 등줄기 가득 식은땀을 흘리고 있음을 깨닫는다. 나는 남편에게 창문을 닫아줄 것을 요구하지 못한다. 식은땀을 흘리고 있음을 깨달음과 동시에 내내 불편했던 두 다리가 아프게 욱신거리고 있다는 것도, 이마며, 눈두덩이 뜨겁게 달아오르고 있다는 것도 깨닫는다. 힘겹게 아파트 주차장에 들어선다. 주위가 어두워지고 있다. 차 문을 열고 일어설 때 아득히 현기증이 인다. 나는 벌써 저만치 걸어가고 있는 남편을 부르지 못한다. 따끔거리는 목구멍 깊은 곳 남편의 이름을 불러내지 못한다.

13

뜨겁고 더운 꿈, 차갑고 추운 꿈. 나는 쉬지 않고 걷고 뛰고 날아오르는 것을 반복한다. 꿈속의 나는 더할 나위 없이 분주하고 고단하다. 나는 무수한 상자의 뚜껑을 들추고 끝없이 가방을 뒤지고 요란하게 서랍을 열어젖힌다. 무엇을 찾으려 했는지 기억나지 않는다. 몹시도 다급하게 어디론가 전화를 걸지만 신호가 떨어지지 않거나 자꾸만 번호를 잘못 누른다. 애가 탄다. 수차례 열에 들떠 잠이 깬다. 꿈은 멈추지 않는다. 비행접시 같은 천장의 등이, 시숙을 닮은 남편의 얼굴이, 수런거리는 먼 곳의 소리들이 잠깐잠깐 꿈 사이로 끼어든다. 참을 수 없이 덥다가 이내 참을 수 없이 추워진다. 전화는 걸리지 않고 상자 속은 컴컴하다. 나는 몹시 앓는다.

14

손을 뻗어 스탠드 조명의 불을 켠다. 부신 눈을 감았다 뜨고 바라본 시계는 일곱시 오분을 가리키고 있다. 나는 잠시 후 그것이 아침 일곱시 오분임을 깨닫는다. 집으로 돌아와 정신 없이 침대 위에 쓰러진 것은 저녁 여섯시가 막 지나서였다. 열두 시간을 넘게 앓으며 잠을 자고 꿈을 꾼 것이다. 침대 옆에 놓인 사이드 테이블 위에 물잔과 체온계, 제약회사의 캅셀 알약이 들어 있었을 여러 종류의 약 포장지가 구겨진 채 놓여 있다. 그러나 체온을 재거나 약을 먹었던 기억은 떠오르지 않는다. 문득 어깨에 축축한 것이 닿는다. 이마에 올려졌던 모습 그대로의 물수건이다. 닫힌 방문 틈새로 불빛이 새어들고 있다. 나는 자리에서 일어선다. 머릿속이 휘발유처럼 차고 가볍다.

부엌 가스레인지 앞에 남편이 서 있다. 역시 시숙이 아닌. 나를 바라본 남편이 조금 놀란 표정을 지어 보인다. 이내 그의 눈빛이 내게 괜찮으냐 묻는다. 낯선 무안함에 나는 헝클어진 머리칼을 쓸어넘긴다. 고개를 돌린 남편은 나무주걱으로 냄비 속의 무언가를 젓기 시작한다. 조리대 위에 평소에 잘 쓰지 않던 자동 분쇄기가 놓여 있다. 참기름병과 간장병도 뚜껑이 열린 채다. 그리고 도마 위에 잘게 썰린 양송이버섯. 남편이 가스 불을 조절하고 다시 나를 바라본다.

"식사를 좀 해요. 죽을 쒔는데……."

문득 그가 즐거워하고 있음을 깨닫는다. 나는 그의 왼발, 까맣게 죽은 엄지발톱과 좀처럼 사라지지 않는 보랏빛 멍을 바라본다.

남편은 폭이 좁은 일인용 매트리스가 놓인 자신의 방으로 들어가려다 냉장고에서 오렌지주스를 꺼내 커다란 유리잔에 따라 내게 건넨다. 나는 유리잔을 받아들고 남편보다 먼저 내 방으로 들어간다. 커튼을 여민 방 안은 아직 어둡다. 내가 커튼을 여몄던 것 같지는 않다. 등뒤에서 남편의 방문이 닫히는 소리가 들려온다. 밤을 지새운 남편은 폭이 좁은 일인용 매트리스에 몸을 누일 것이다. 나는 두 모금쯤 오렌지주스를 마신다. 더할 나위 없이 시고 달고 쓰다. 다시 침대에 누워 이불을 덮는다. 물끄러미 물잔과 체온계와 구겨진 약 포장지들을 바라본다. 남편이 즐겁다면 짐짓 오래도록 앓았으면 좋겠다고 생각한다. 그러나 억울하다. 병원에서 진찰을 받은 것은 내가 아니다. 병에 걸린 것은 내가 아니다.

국립대학병원의 신경정신과 전문의인 김이 시숙의 각별한 지인이라고는 해도, 김은 지나치게 자상하고 친절했다. 김은 내게 필요 이상의 세세하고 장황한 설명을 늘어놓았다. 틈틈이 안타까운 표정과 과장된 제스처, 상투적인 격려의 말도 잊지 않았다. 그러므로 나는 지금 김의 설명을 정확히 기억해낼 수가 없다. 혹시 해리정체장애라고 들어보셨습니까. 얼마 전까지만 해도 흔히 다중성격장애라는 말을 사용했죠. 기억상실증은 흔히 알려진 것처럼 그렇게 간단한 몇 가지 양상만으로 나타나진 않습니다. 김은 재미있고 흥미진진한 말투로 남편의 증상을 설명했다. 나는 복잡한 스토리의 영화 줄거리를 전해듣는 기분이었다. 그러나 김은 내가 자신의 말을 가로채며 시숙을 언급할 때마다 이해할 수 없는 표정을 지으며 말끝을 흐렸다. 뜬금없이 자신과 돌아가신 시부모들과의 인연을 감상적으로 회상하기도 했다. 동의할 수 없는 명랑함이었다. 나는 김의 세세하고 장황한 설명이 정직하지 못하다고 느꼈다. 남편분의 경우 아주 특이한 케이스인 것만은 확실합니다. 인지기억 부분엔 전혀 손상이 없죠. 문제는 경험기억 부분인데…… 이전에 특별히 다중성격장애 증상을 보인 적이 없다고는 하지만, 행적을 알 수 없이 오래 가족들과 떨어져 있던 동안 어떤 일을 계기로 해서 잠재되어 있던 다중성격 중의 하나가 원래의 윤상기씨 대신 자아의 전면에 등장했다고 볼 수 있습니다. 자신의 이름을 차주혁이라고 했다지요? ……나는 이미 그때부터 몸이 좋지 않은 상태였던 것 같다. 깔깔하게 마르는 입 안으로 쓴 침을 삼키며 등받이 없는 의자에 오래도록 앉아, 한편으론 국립대학의 캠퍼스를 둘러보고 오겠다고 나선 남편이 또다시 사라져버리는 게 아닌가 하는 막연한 불안을 느끼고 있었다. 김은 긴 설명을 하던 중에 두 번의 사적인 전화를 받았고, 부산을 떨며 삼 분쯤 간호사와 함께 자리를 비웠다. 나는 시숙을 생각했다. 시숙은 남편을 서울의 유력한 전문의들에게 데려갔었다고 했다. 지난 이 주 동안 전화로 전해들은 얘기는 대충 김이 말한 것과 비슷한 내용이었다. 시숙도 김도 강조하고 있는 것은 좀처럼 흔하지 않은 케이스라는 것, 혹은 일상생활에는 별 지장이 없다는 것, 또하나 단기간에 치료를 기대하는 것보다는 낯설게 변한 남편에게 주위 사람들이 적응해나가는 편이 좋을 듯하다는 것이었다. 물론 실질적으로 적응을 해야 할 주위 사람이란 나 혼자임을 시숙도 나도 잘 알고 있었다. 자리로 돌아온 김은 대체기억, 실인증, 기억표상, 기시감 등의 이해할 수 없는 용어를 써가며 장황한 설명을 마무리지으려 했다. 마지막으로 급격한 환경변화는 좋지 않다는 것, 규칙적인 생활습관과 편안한 마음가짐을 유지하도록 신경을 쓰라는 지극히 평범한 주의사항을 비장한 어투로 강조했다. 나는 시숙이 남편과 함께 보낸 지난 이 주 동안 나를 한 번도 서울로 불러들이지 않은 이유와 멀리 A시 국립대학병원의 김을 소개한 이유를 생각했다. 굳이 손을 내저으면서까지 나의 배웅을 마다하고 택시를 타고 공항으로 돌아갔던 이유 역시. 조수석에서 잠든 남편과 함께 K시로 돌아오는 길은 설명할 수 없는 종류의 불편함뿐이었다.

크게 눈을 뜬다. 더이상 졸리지 않지만 다시 잠들고 싶다. 깊이 잠들고 싶다. 병들고 싶다. 문득 눈을 뜬 것은 화장실로 들어가는 남편의 인기척 때문인 듯하다. 나는 귀를 기울인다. 남편은 병들어 있다. 정확한 병명은 아무도 가르쳐주지 않지만 남편의 증상은 대체기억인지 및 해리정체장애로 인한 기억상실증쯤으로 불릴 수 있을 것이다. 벽 너머에 남편이 있다. 아무렇지도 않게 어깨를 으쓱해 보이며 내 이름은 윤상기가 아닌 차주혁이라고 말하는 남편이 있다. 벽 너머로 남편이 소변을 보는 소리가 어렴풋이 들려온다. 이내 남편의 소변을 담은 변기에 물이 내려진다. 내 머릿속도 변기처럼 소용돌이친다. 나는 남편의 성기 모습을 기억해본다. 분쇄기에 곱게 간 약간의 땅콩과 쌀, 그리고 다진 버섯을 넣고 쑨 죽은 믿을 수 없을 만큼 부드러웠다.

9

정말 남편일 거라 생각되진 않았다. 그러나 연락을 해온 것은 바로 탐정 강이었다. 강으로부터 마지막 전화를 받은 것은 일 년 전쯤의 일이었다. 그 마지막 전화를 받았을 즈음 시숙과 나는 강에게로의 송금을 중단했다. '용하다'는 강이 대가도 없이 계속 남편을 찾아다녔을 거라곤 생각되지 않았다. 그런데 일 년이 지난 어느 한밤중 전화벨이 울렸다. 대개는 당혹스럽고 뜻밖이게 마련인 한밤중의 전화. 나는 금세 강의 목소리를 알아차렸다. 그러나 미처 잘못 걸었다고 전화를 끊지 못했다. 강은 나의 바뀐 연락처를 알아내느라 밤늦게 전화를 걸었다고 말했다. 나는 고분고분 강의 말에 귀를 기울였다. 그러나 정말, 정말 남편일 거라 생각되진 않았다.

강이 일러준 B휴양림은 이곳 K시에서 자동차로 불과 한 시간 반 정도 떨어진 거리에 위치해 있었다. 강은 그 휴양림에서 삼 년 가까이 행방이 묘연한 나의 남편을, 시숙의 동생을, 아니 그와 닮았다는 누군가를 발견했다고 했다.

조수석에 앉은 시숙은 줄곧 차창 밖, 막 가을에 들어선 숲과 벌판을 바라보고 있었다. 육 개월 만이었다. 작은 여행가방을 들고 공항 대합실 의자에서 일어서던 시숙은 고개를 끄덕이며 내 목례를 받았다. 강의 전화를 받고 나처럼 잠을 설친 탓인지 눈두덩이 데꾼했다. 그러나 엷은 갈대빛 면재킷과 면바지에 겨자색 폴로셔츠를 받쳐입은 시숙의 눈빛은 분명 전보다 평온해 보였다. 시숙도 내 얼굴에서 비슷한 종류의 안정감을 읽은 듯했다. 차가 K시 공항의 주차장을 빠져나와 국도로 접어들고서도 시숙과 나는 상투적인 인사말을 주고받지 않았다.

운전이 잘 되는 날이었다. 액셀러레이터를 밟는 구두 밑창의 감각이 더없이 예민하고 섬세했다. 속도계의 바늘과 엔진의 회전 열기, 타이어의 마찰감이 내 감각기관의 연장(延長)처럼 느껴졌다. 시야는 맑고 선명했다. 어디선가 나타난 날렵한 소형차가 내 앞을 경쾌하게 추월해갔다. 시숙을 옆자리에 태울 거라 상상하진 못했었다. 비록 강의 전화를 받았지만, 정말 남편일 거라 생각되진 않았다. 나는 두려워지지 않기 위해 가볍게 액셀러레이터를 밟았다.

어떠한 방법으로든 더이상 남편을 찾지 않았던 지난 육 개월, 나는 서울을 떠나와 K시의 바닷가를 서성거렸고, 시숙은 대학병원을 나와 의원을 개업했다. K시로 이사를 왔던 날 저녁, 나는 어두운 아파트 안의 모든 불을 켰다. 침실과 건넛방, 거실과 부엌, 욕실과 베란다, 현관과 좁은 복도는 물론 도자기 스탠드와 장식용 램프에도 불을 켰다. 냉장고와 전자레인지의 문도 열었다. 낯선 새 집의 모든 것이 잠옷 아래 내 맨발처럼 환하고 선명하게 드러났다. 물론 아무도 없었다. 그렇게 이틀 밤낮을 내리 자고 눈을 떴던 어느 아침, 지난 이 년 반 동안 누군가를 찾아내기 위해 쏟아부었던 과도한 피로와 절박함은 믿을 수 없을 만큼 낯선 기억이 되어 있었다. 어떠한 종류의 격한 감정의 동요도 없는 표백의 상태. 깊은 잠처럼 고요하고 건조한 평온이었다. 나는 늦은 아침마다 흰 운동화를 신고 이스트를 넣지 않은 단단한 베이글 빵을 사기 위해 제과점으로 갔다. 좀처럼 상념에 잠기지 않는, 기분좋게 마른 하얀 빨래 같은 나날이 지속되었다. 감사한 일이었다.

지난 육 개월, 나는 시숙 역시 그러했다는 것을 알 수 있었다. 나는 흘깃 시숙의 옆모습을 바라보았다. 그때 그 유원지의 사진 속에서 검정 교모를 쓰고 검정 교복을 입고 서 있던 소년은 마흔을 넘긴 중년이 되어 있었다. 나는 시숙과 내가 조금쯤 치유되어 있다는 것을 깨달았다. 그리고 다시는 무엇과도 이 평온함을 바꾸고 싶어하지 않는다는 사실도 깨달았다. 그러므로 시숙과 나는 강이 보았다는 닮은 사람이 정말 남편일 거라 믿을 수 없었다. 아니 남편이 아니기를 간절히 바라고 있었다. 그것이 시숙과 내가 지난밤 잠을 설친 이유였을 것이다.

강을 만난 곳은 B휴양림과 가장 인접했다는 S읍의 한 다방이었다. 강의 모습이나 인상은 크게 달라진 점이 없었다. 실체를 알 수 없는 묘한 압도감. 간밤의 전화에서는 실감할 수 없었던 확신의 목소리에 나는 이내 불안해지기 시작했다. 나는 시숙에게로 고개를 돌렸다. 강은 그런 나를 바라보며 입을 열었다.

"윤상기씨가 분명 맞습니다. 그렇지만 사실, 제가 찾아냈다고 하기는 좀 뭣하군요. 저절로 찾아졌다고 하는 편이 옳을까요? 윤상기씨에 대한 의뢰는 솔직히 좀 난감한 경우였습니다. 좀처럼 행방의 실마리에 접근할 수 없었으니까요. 전 지금 다른 용무로 이곳 B휴양림에 머무르고 있습니다. 그런데 거기서 우연히 윤상기씨와 마주친 겁니다. 정말 우연히도 말이죠. 그렇게 찾아내려 애쓰던 사람과 우연히 마주쳤다는 게 저 역시 믿어지지 않는 일이었지만 그 즉시 윤상기씨를 알아볼 수 있었습니다."

강은 낡고 구깃구깃해진 누런 봉투 속에서 역시 낡고 구깃구깃해진 남편의 사진들을 꺼냈다. 가을 햇빛이 비쳐드는 거실에서 함께 사진첩을 들쳐보던 그날, 강은 이해할 수 없는 기준으로 골라낸 남편의 사진을 몇 장 더 가져갔었다. 나는 강만이 남편을 알아볼 수 있다는 것을 알고 있었다.

"B휴양림의 주인은 정년퇴임을 한 노인입니다. 윤상기씨를 알아보고 그 노인과 얘기를 했지요. 사실 그 주인 노인 역시 저에게 사건을 의뢰한 고객입니다. 좀 뜻밖이시겠지만, 윤상기씨는 지금 그 휴양림에서 숙식하는 일꾼으로 지내고 있다고 합니다. B휴양림은 비교적 작은 규모로 최근에 조성된 곳인데, 주인 노인의 말로는 방갈로를 몇 채 들이고 이러저러한 시설들을 확충하고 있는 탓에 지난 몇 개월 동안 뜨내기 일꾼들을 많이 고용했었다고 하더군요. 윤상기씨도 그중 하나였는데 맡은 공사가 끝나고도 계속 그곳에 머물 수 있게 해달라고 부탁을 했답니다. 자신은 기관지가 좋지 않아 휴양림에서 지내며 일을 하는 게 도움이 될 것 같다고요. 그 동안 일하는 품이 어느 정도 주인 노인 눈에 들었던 덕에 허락을 했다고 합니다. 노인 입장에선 뜨내기들보다는 믿고 일을 맡길 사람이 필요했고요. 윤상기씨가 그곳에서 지낸 지 얼추 두 달쯤 되어간다더군요."

다방 앞에 강의 사륜 구동이 주차되어 있었다. 시숙과 나는 뒷좌석에 올라탔다. 운전석의 강은 백미러로 시숙과 나를 번갈아 바라보며 말했다.

"그런데 좀 이상한 점이 있습니다. 주인 노인은 남편분의 성함을 윤상기가 아닌 차주혁으로 알고 있더군요."

차주혁. 아니다. 남편의 이름은 분명 윤상기다. 그러나 강의 말대로 남편은 분명 기관지가 좋지 않았다. 강은 십오 분쯤이면 B휴양림에 도착할 것이라고 말했다. 나는 시숙이 미소를 지으며 그래도 정말 남편은 아닐 거라 말해주길 바랐다. 언젠가처럼 손을 잡을 수는 없었다. 시숙은 팔짱을 낀 채 차창 밖을 바라보며 내게 딱딱한 뒤통수를 보이고 있었다. 아무것도 바라보고 있지 않을 게 분명했다.

4

마지막으로 남편을 찾기 위해 먼길을 나섰던 것은 지난 겨울의 일이었다. 시숙의 차로 여섯 시간을 달려 도착한 남쪽의 작은 항구도시. 그곳에 겨우 사흘에 한 차례 M섬을 왕복하는 배편이 있다고 했다. 바닷바람은 지독하게 차가웠다. M섬은 변변한 해수욕장 하나 없는 고도(孤島)였다. 그 작은 섬에 어느 사단법인에서 운영한다는 수용시설이 있었다. 주로 연고지가 불분명한 정신이상자나 행려병자 들을 수용하고 있다고 했다. 그곳의 관계자가 후사금을 내건 신문광고를 보고 시숙에게 연락을 해온 것이었다. 이름 윤상기, 삼십대 초반, 얼굴도 사진과 아주 흡사하다고 관계자는 자신 있게 말했다. 시숙과 나는 번갈아 뱃멀미를 했다.

두 시간여 만에 도착한 M섬의 수용시설은 뜻밖에 'D기도원' 이라는 현판을 내걸고 있었다. 남편을 찾아 헤매었던 지난 이 년여, 그동안 가보았던 시설들 중에서도 가장 열악한 곳이었다. 잿빛 시멘트 담에 둘러싸인 이층 건물 전체가 잔혹한 공포영화를 떠올리게 하는 서늘한 냉기에 휩싸여 있었다. 나는 잔뜩 몸을 움츠리고 쇠창살이 둘러쳐진 창문 너머로 언뜻언뜻 내비치는 검은 그림자들을 바라보았다. 그 단호한 냉기 속에 억압된 어떤 처절함. 나는 이미 남편이 그곳에 있지 않기를 간절히 바라고 있었다. 시숙과 나를 안내한 그곳의 관계자는 부패한 간수의 인상을 풍기는 오십대 중반의 남자였다. 시숙과 나의 불안한 구둣발 소리가 어떠한 위로도 배려도 존재하지 않는 춥고 긴 복도 위를 텅텅 울렸다. 놀랍도록 남편과 닮은 남자였다. 그러나 자신의 이름이 윤상기라고 말하고 있다는 것은 관계자의 억지였다. 초점 없는 눈동자와 곱은 손가락, 침 흐르는 입술을 있는 대로 씰룩거리며 남자가 내뱉는 말은 채 단어가 되지 못한 짐승의 으르렁거림 같은 것이었다. 쉬지 않고 일그러지고 뒤틀리는 남자의 얼굴과 몸 전체가 흡사 읽을 수 없는 글자를 갈겨쓰고 있는 것 같았다. 남자는 정말 놀랄 만큼 남편과 닮아 있었다. 그러나 비슷한 경우는 이미 여러 차례였다. 참혹한 기분으로 먼길을 되돌아가야 했던 오랜 시간들이 있었다. 관계자는 미심쩍은 목소리로 우리가 남편을 거부하고 있다고 말했다. 시숙은 참을 수 없다는 표정을 지었다. 잡아채듯 남자의 윗도리를 걷어올리고 맹장수술 자국이 없는 홀쭉한 배를 관계자에게 가리켰다. 내가 직접 동생의 맹장수술을 했단 말이오. 어떤 종류의 노여움과 절망이 시숙의 눈자위에 그토록 심한 경련을 일으키게 했는지. 나는 남편을 닮은 남자에게로 힘겹게 눈을 돌렸다. 결국 끝까지 이해되지 못할 모든 참혹한 것들. 남자는 질이 좋지 않은 합성섬유로 만들어진 남색 트레이닝복을 입고 있었다. 여미지 못한 옷깃 사이로 허옇게 튼 버짐, 붉고 자잘한 상처들로 얼룩진 쓰라린 살갗이 드러났다. 창 밖으로 시선을 돌린 채 가쁜 숨을 고른 시숙은 이내 정색을 하고 예의 동작으로 남자의 눈꺼풀을 들추고 홍채를 살폈다. 이곳에 상주하는 담당의사를 만나고 싶다는 시숙의 말에 관계자는 더할 나위 없이 퉁명스러워졌다. 시숙과 관계자는 싸늘하게 서로를 노려보았다.

시숙과 나는 건물을 빠져나와 잿빛 담장의 철문을 향해 기운없이 걸었다. 배웅은 없었다. 건물 안 어디에선가 아득히 비명 소리가 들려왔다. 시숙과 나는 동시에 뒤돌아보았다. 이층의 어느 창문, 쇠창살에 원숭이처럼 달라붙어 있던 수용자 하나가 나와 눈이 마주치더니 훌렁 바지를 까 내렸다. 벌겋게 달아오른 슬프고 커다란 성기. 굳게 잠긴 D기도원의 철문 앞에서 나는 그만 욕지기를 했다. 눈물을 흘릴 수 없을 정도로 매섭게 찬바람이 불어왔다. 시숙의 손이 내 어깨를 짚었다. 구역질은 쉽게 잦아들지 않았다. 문득 더이상 남편을 찾아나서지 않으리라는 것을 알았다.

오후 들어 눈발이 흩날리기 시작했고 불안함만큼 파도가 높아졌다. 배는 M섬을 빠져나가지 못하고 멀미처럼 흔들리며 선착장에 묶여 있었다. 바닷가 불결한 단층 민박집은 그 섬의 유일한 숙박업소였다. 나는 이 황량하고 을씨년스러운 외딴섬을 굳이 찾아오는 어느 낚시꾼의 모습을 떠올려보았다. 주인 노파는 아랫목에 널어 말리던 곡식을 성의없이 쓸어내고 방 하나를 내주었다. 비린 생선찌개와 김치뿐인 상을 내오며 노파는 겨울 들어 한 번도 손님을 받지 못했다고 혼잣말처럼 중얼거렸다. 노파의 표정 없는 눈빛이 잠시 눈 내리는 바다로 향했다. 시숙은 차게 언 얼굴을 자꾸 손바닥으로 문질러댔다. 눈은 좀처럼 쌓이지 않고 바람에 쓸려 어디론가 날아가버렸다. 저녁상을 물리고 밖으로 나가 한참 만에 돌아온 시숙에게서 찬 소주 냄새가 났다. 노파가 내준 낡은 이부자리는 오래도록 선득선득했다. 뻣뻣한 담요에 쓸린 살갗이 아프게 아렸다. 다시 말없이 먼길을 되돌아가야 했다. 그날 밤, 곡식 자루와 오래된 먼지가 쌓인 바닷가 좁은 방에서 시숙과 나는 관계를 가졌다. 시숙도 나도 원치 않는 일이었다. 그러나 우리에겐 위로가 필요했다.

10

시숙과 나는 탐정 강과 휴양림의 주인 노인의 뒤를 따라 걸었다. 낙엽을 떨구지 않는 침엽수들의 짙은 나무 냄새가 싸하게 코끝을 스쳤다. 강과 노인은 성큼성큼 앞서 걸었다. 나는 시숙에게 도망치자 말하고 싶었다. 견고한 모양새로 포장된 휴양림의 산책로 위를 나는 허방을 짚듯 비틀거리며 걸었다. 남편의 얼굴은 떠오르지 않았다. 열여덟 기타를 연주하는 남편, 스물넷 어느 절의 일주문 앞에 기대어 앉은 남편, 스물아홉 흰 장갑을 끼고 결혼식 사회를 보는 남편. 나는 남편의 얼굴을 기억할 수가 없었다. 산책로 좌우로 늘어선 나무들엔 궁서체 손글씨가 씌어진 플라스틱 표찰이 달려 있었다. 상수리나무, 후박나무, 모감주나무, 고욤나무, 물푸레나무, 오리나무, 굴참나무, 박달나무. 그 모든 나무들이 제각각 그런 모양새와 그런 이름을 갖고 있다는 사실이 그토록 놀랍고 당혹스러울 수가 없었다. 나는 분명 남편을 알아보지 못할 것이었다. 그러므로 강이 찾아낸 사람은 정말 남편일 수도 있었다. 다시 늦은 아침 흰 운동화를 신고 이스트를 넣지 않은 단단한 베이글 빵을 사기 위해 제과점에 갈 수 있을지. 시숙의 옆얼굴은 시멘트처럼 차고 단단하게 굳어 있었다. 체념은 혼란스러웠고 애써 결연한 눈빛은 여지없이 흔들리고 있었다. 나는 시숙의 손을 잡고 싶었다. 참기 위해 몸 속 모든 뼈에 힘을 줘야 했다. 어떤 경적음처럼 작은 언덕 너머 구부러진 산책로 끝에서 요란한 기계음이 들려왔다. 모자를 눌러쓰고 더러운 옷을 입은 서너 명의 사내들이 굴착기와 삽을 들고 땅을 파고 있었다. 사방이 자명종처럼 울려댔다. 노인이 필요없이 시숙과 나를 돌아보며 우물 어쩌고 입을 벙긋거렸지만 굴착기 소음만이 귓전을 메웠다. 노인은 또 어떤 이유로 은밀한 명함을 가진 사설탐정을 고용하고 있는지. 노인이 손을 내젓자 굴착기 소음이 멎었다. 노인이 누군가를 향해 소리를 질렀다.

아주 오랜, 아주 먼, 그러나 두렵도록 짧은 시간이 흘러갔다. 어두운 나무 그늘 아래에서 누군가 천천히 걸어나왔다. 나뭇잎들이 소란스럽게 이파리를 뒤집으며 그의 얼굴을 가리웠다. 어른거리며 흔들리는 나무 그늘 속의 한 얼굴. 나는 그의 얼굴을 기억해낼 수가 없었다. 누군가의 한 얼굴. 그는 나무 그늘 속을 지나 우물을 판다는 흙더미를 지나 곧바로 나와 시숙을 향해 걸어왔다. 나는 주춤 물러섰다. 그는 다리를 절지도 곱은 손가락을 내젓지도 침을 흘리며 알아들을 수 없는 고함을 지르지도 않았다. 그는 더러운 면장갑을 벗어들고 그것을 아무렇게나 바지 위에 탁탁 털었다. 시선은 거침

없었고 동공은 조금도 흔들리지 않았다.

"누구시죠?"

나무는 상수리, 후박, 모감주, 고욤, 물푸레, 오리, 굴참, 박달이라는 이름을 가지고 있었다. 그것이 나무에게 어떤 위로가 될 수 있을지. 그는 남편과 놀랍도록 닮아 있거나 하지는 않았다. 아무도 자기가 자기 자신과 닮아 있다는 식의 말은 쓰지 않는다. 이 년을 조금 넘게 함께 살았고 삼 년을 조금 넘게 떨어져 있던 그가 내게로 다가와 물었다. 누구시죠? 누구시죠……?

15

지난 삼 주 남짓, 나는 남편 상기와 함께 사용하던 더블 침대에서 분주하고 고단한 겹겹 꿈을 꾸며 얕은 잠을 잤다. 남편 주혁이 건넛방 폭이 좁은 일인용 매트리스 위에서 과연 깊고 곤한 잠을 잤는지는 알 수 없는 일이다.

알 수 없는 일. 그러나 나는 어떤 빈틈에 대해 생각하고 있다. 남편의 복사뼈 부근 보랏빛 멍은 이제 희미한 노란 얼룩으로 남아 있다. 그러나 여전히 까맣게 죽은 채 고개를 쳐드는 엄지발톱. 그 돌연함이 나에게 이해할 수 없는 호전적인 기분을 일깨운다. 내가 생각하고 있는 것은 어떤 미묘한 빈틈이다. 교묘하게 위장된 숲속 비밀통로 같은. 지난 삼 주, 일 주일에 한 번 남편을 옆자리에 태우고 국립대학병원이 있는 A시로 향했다. 오가는 차 속에서 남편은 줄곧 잠을 잤다. 신경정신과 전문의인 김은 여전히 필요 이상 자상하고 친절했다. 남편이 김의 진찰실에 있는 동안 나는 국립대학의 캠퍼스를 거닐었다. 시숙은 일요일 오전마다 전화를 걸어왔다. 그러나 자동차나 기차나 비행기를 타고 K시로 오거나 하지는 않았다. 남편은 김이 처방한 약을 아침저녁 복용했다. 나는 하늘색 연두색 분홍색 작고 둥근 알약들이 그저 영양제나 수면제의 일종일 거라 생각했다.

우선은 사소한 것들에 대한 평면적인 비교일 수밖에 없다. 나는 남편 상기를 떠올리며 오래도록 뜨겁게 물을 끓여 조그맣고 두꺼운 도자기잔에 진한 에스프레소를 따라낸다. 그러나 남편 주혁은 아침 신문을 읽으며 아메리칸 스타일 엷은 헤이즐넛 커피를 커다란 잔으로 두 잔이나 마신다. 나는 버섯과 양파와 고기와 당근과 피망을 채 썰어 잡채를 만든다. 남편 상기는 따뜻한 당면 가닥을 후루룩거리며 처음으로 내가 만든 요리를 칭찬했었다. 그러나 남편 주혁은 콩자반이나 꽈리고추조림 같은 밑반찬에처럼 잊었다는 듯이 간간 잡채 접시에 젓가락을 가져간다. 남편 상기가 젓갈을 좋아했던 기억은 없다. 그러나 남편 주혁은 바닷가 재래시장에서 사온 명란젓에 직접 참기름을 치고 파를 다지고 통깨를 뿌려 양념을 한다. 전에 없이 길거리 노점에서 일본식 막과자를 사기도 한다. 그러나 여전히 꼭 식사를 마친 후에야 물을 마신다. 나는 비리게 생선을 조리기도 하고, 일본 된장으로 싱거운 장국을 끓여도 본다. 꺾이듯 구부러진 칫솔모를 들여다보기도 하고 벗어놓은 양말의 모양새를 살피기도 한다. 그러나 남편 주혁은 남편 상기처럼 분명 기관지가 좋지 않은 듯하다. 가끔 담배를 태우면 밭은기침을 하고 자주 따뜻한 차를 후후 불며 마신다. 또한 여전히 티브이를 보다 흥미를 느낄 때면 무심히 손가락을 두 번쯤 퉁기기도 하지만, 전과는 달리 신문은 결코 십 분 이상 읽지 않는다. 그러나 읽던 책의 페이지를 삼각형으로 접어놓는지, 그 사이에 책갈피나 반으로 접힌 메모지를 끼워넣는지, 내가 기억하지 못하는 것도 있다. 나는 필요 이상 과민해진다. 잠들지 못하는 밤 나는 몰래 국립대학병원의 김이 처방한 남편 주혁의 약을 복용해보기도 한다. 그러다 문득 무겁고 개운치 못한 잠에서 깨어나 나는 내가 생각하고 있는 빈틈이 그토록 허술하지는 않을 거라 꿈처럼 중얼거려본다. 시립도서관에서 두꺼운 의학서적들을 뒤적여보았기 때문만은 아니다. 남편 상기가 오른쪽 뺨부터 면도를 시작한다거나 남편 주혁이 왼쪽 무릎을 위로 해서 다리를 꼰다거나 하는 것. 그러나 지금으로선 그 반대의 경우가 그것과 마찬가지라는 것을 깨닫는다. 내게 보여지는 대부분의 것은 무엇도 결정적인 증거가 되지 못한다. 비밀통로의 숨겨진 손잡이가 되지 못한다. 내가 찾아내야 하는 것은 복잡하고 미묘하지만 뚜렷하고 결정적인 빈틈이다. 누구시죠? 남편 주혁의 눈빛은 남편 상기의 눈빛처럼 좀처럼 흔들리지 않는다. 두 남자는 한 남자인 것 같다. 혹은 여러 다른 남자인 것도 같다. 그리고 그것에 대해 나는 좀 위험하다.

16

플라스틱 주민등록증을 새로 만들기 위해 남편 주혁과 함께 관공서로 간다. 나는 남편 상기의 이름과 번호를 공란에 적어넣는다. 남편 주혁이 그것을 받아들고 줄을 선다. 칠 개월 전쯤 전입신고를 위해 혼자 이곳에 왔었다. 그때 난 내 서류에 고무인을 찍던 공무원에게 무심히 물었었다. 저, K시의 인구가 얼마나 되죠? 한 십오만쯤 됩니다. 남편 상기 없이 내가 더해져도, 남편 주혁이 새로 주민등록증을 신청해도 K시의 인구는 한 십오만쯤. 문득 다시 남편이 사라져버린다고 해도, 다시 그를 찾으러 내가 사라져버린다 해도 K시의 인구는 여전히 한 십오만쯤일 것이다.

관공서를 나와 차에 오르자 남편 주혁은 바닷바람을 쐬자고 말한다. 나는 바닷가를 향해 십 분쯤 차를 달린다. 해변 소나무 숲 가까이 차를 세운다. 남편 주혁은 라디오를 켜고 볼륨을 조절한다. 상냥한 목소리가 이제 곧 겨울입니다, 라고 말한다. 내일은 국립대학병원이 있는 A시로 가는 날이다. 남편 주혁은 주머니에서 남편 상기의 이름이 적힌 주민등록 접수증을 꺼낸다. 그것을 들여다보며 그는 운전을 배우겠다고 말한다. 남편 상기는 스물두 살에 군에서 취득한 일종 면허를 가지고 있었다. 남편 주혁은 다시 접수증을 주머니 속으로 집어넣는다. 이제 곧 겨울입니다. 크리스마스 기분을 내볼까요. 문득 남편 주혁이 윤상기라는 이름을 중얼거린다. 나는 그를 바라보지 않는다. 그는 자기도 상기라는 이름에 익숙해지려고 노력하겠지만, 그냥 자신을 주혁이라 불러달라고 말한다. 주혁이란 이름을 어릴 적부터 집안에서 불린 아명 같은 거라 생각해달라고 말한다. 나는 어떤 미묘하고 교묘한 빈틈을 생각한다. 그는 지금의 자신이 그럭저럭 편안하다고 말한다. 혼란스러움을 벗어나고자 애써 또다른 혼란 속으로 들어가고 싶지 않다고 말한다. 내게 미안하고 또 고맙다고 말한다. 나는 잘 씌어진 드라마 대사 같은 그의 말에 고개를 끄덕여준다. 보편적인 정서에 호소하는 드라마 속의 여주인공처럼 그를 기꺼이 주혁이라 부르겠다 답하며, 나는 여전히 어떤 복잡하고 미묘하고 또 결정적인 빈틈에 대한 생각을 놓치지 않기 위해 미간에 잔뜩 힘을 준다. 그러나 그렇고 그런 드라마 속의 여자처럼 그저 그에게 안기고 싶기도 하다. 꿈속에 보는 화이트 크리스마스. 재즈로 편곡된 때이른 크리스마스캐롤이 드라마의 배경 음악처럼 귓전을 메운다. 대체된 기억을 가지고 있다는 특이한 사례이기 때문인지, 대부분의 기억상실증 환자들과는 달리 남편 주혁은 기억나지 않는 자신의 과거를 두려워하지 않는다. 그에겐 공포가 없다. 나는 그것이 매력적인 일이라는 걸 안다. 나는 함께 바닷가를 걷자는 남편 주혁의 제의를 거절한다. 간신히 거절한다. 지난 크리스마스를 기억하나요, 나와 함께했던 따뜻했던 기억을 떠올려봐요. 부드럽게 늘어지는 캐롤. 계절은 곧 겨울이다. 기어이 차 문을 열고 혼자 바닷가를 향하는 익숙한 그러나 낯선 뒷모습.

나는 그의 이름을 부른다. 누구시죠? 누구시죠, 당신? 나는 오래전 그가 누군가에게 그렇게 물었다는 사실을 알고 있다.

5

M섬에서 돌아온 후 나는 더이상 남편을 찾지 않겠다는 내 결심에 정당성을 부여해야 했다. 시숙은 전화를 걸어오지 않았다. 그러나 나는 시숙이 나의 통보를 기다리고 있음을 알고 있었다. 나는 먼지 쌓인 남편의 서재로 들어갔다. 언젠가의 가을 오전처럼 모든 상자와 서랍을 열었다. 나는 내 결심에 정당성을 부여해야 했다. 그러나 끝없이 상자와 서랍을 뒤지면서도 그 방법은 쉽게 떠오르지 않았다.

6

나는 남편의 중학교 졸업앨범 주소록에서 찾아낸 안은석이란 이름에 밑줄을 그었다. 거의 이십 년이 지나도록 졸업앨범 속의 전화번호를 그대로 사용하고 있는 졸업생은 흔치 않았다. 서울 H중학교 27회 졸업생 3학년 9반 76명 중엔 단 세 명뿐이었다. 물론 먼저 남편이 3학년 9반이었다는 것을 알아내야 했다. 이번에도 역시 난 쉽게 사진 속의 남편을 알아보지 못했다. 열두 반 구백여 명의 졸업생 중에서 남편을 찾아내는 데는 꼬박 한나절이 걸렸다. 당연한 일이겠지만 전화번호를 그대로 사용하고 있는 세 명 모두는 그곳에 주소를 두고 있지 않았다. 늙은 부모들이 출가한 그들의 새로운 연락처를 일러주었다. 그러나 연락이 닿은 세 명 중 두 명은 끝내 남편을 기억해내지 못했다. 단 한 명만이 한참 만에 아아, 윤상기 하고 남편을 기억해냈다. 그렇게 나는 열여섯 1981년의 남편을 기억하고 있는 안은석을 만났다.

저물녘의 스카이라운지 카페. 마른 체형에 타원형 무테 안경을 낀 남자가 나를 기다리고 있었다. 안은석은 명함을 건네며 인터넷을 통해 부동산 컨설팅을 하고 있다고 자신을 소개했다. 나는 나를 남편의 여동생이라고 말했다.

"윤상기가 절 찾을 거라 생각은 못 했습니다. 요즘 옛 동창들을 찾는 게 유행이라고는 하지만요. 상기가 이민을 갔다니 뜻밖이군요. 아, 어느 나라라고 하셨죠? 핀란드? 그건 더 뜻밖이군요."

나는 선물로 준비해간 코냑 '까뮤' 술병을 안은석에게 건넸다. 반쯤은 놀라고 반쯤은 반기는, 선물에 대해 지극히 평범하게 반응하는 표정이었다. 누군가를 향해 의도적인 미소를 짓는 건 오랜만의 일이었다.

"급하게 떠나면서 오랫동안 만나보지 못한 몇 분들을 제게 대신 만나달라고 했어요. 작별인사를 전해달라고. 그러면 재미있는 옛날 얘기를 들을 수 있을 거라 하던데요."

"하하, 뭐 재미있기까지야. 워낙 오래 전 일이라……."

돌연한 만남에 대한 긴장이나 경계는 더이상 없었다. 안은석은 낯선 여자에 대한 호기심을 굳이 감추려들지 않았다. 이내 즐거운 표정으로 사소하고 무난한 옛 기억들을 떠올리기 시작했다. 제 이야기에 스스로 몰입하는 타입인 듯했다. 나는 짐짓 재미있다는 듯 귀 기울이는 시늉을 하며 고개를 끄덕여주었다.

"그것도 생각나네요. 상기 그 녀석, 암산왕이었죠. 그때 우리 반에서 특별활동 '주산부'는 우리 둘뿐이었어요. 주산 아시죠? 주판알 퉁기는. 요즘이야 누가 그런 거 합니까. 그래도 그때는 요즘 애들 컴퓨터 배우듯이 주산학원에도 많이들 다니고 그랬어요. 어쨌든 상기는 학교 주산부의 암산왕이었어요. 제가 그 암산에는 영 소질이 없어서 한번은 상기 녀석한테 비법을 물어봤어요. 그랬더니 눈을 감고 머릿속에 주판을 떠올리면 된다는 거예요. 누가 그걸 모르나…… 상기는 보통 만 자리 십만 자리까지 암산을 했는데 눈을 감고 앉아서는 책상 위에 손가락을 올려놓고 엄지랑 검지로 이렇게, 이렇게, 머릿속에 그린 주판알을 퉁기는 시늉을 했어요. 꽤나 진지하고 심각한 표정으로 손가락을 움직이는 게 마치 근사한 피아니스트 같아 보였죠."

하늘은 어두워졌고 스카이라운지 아래로 점멸하는 거리의 불빛들이 내려다보였다. 아무것도 자신에게 깃들이지 못한다는 쓸쓸한 무관함과 또 그 반대급부인 쓸쓸한 안도감이 밤의 거리를 메우고 있었다. 간간 안은석은 말을 끊고 내게 뻔한 시선을 던졌다. 오늘 집을 나서기 전 나는 아주 오랜만에 오랜 시간을 들여 화장을 하고 머리며 옷매무새를 정돈했다. 낯선 여자가 된 기분이었다. 나는 천천히 눈꺼풀을 들어올리며 말했다.

"술을, 시켜도 될까요?"

안은석은 맥주를 주문했다. 그가 내 빈 잔을 채웠지만 난 잠자코 그가 제 잔을 채우는 걸 바라보고 있었다.

"그는 돌아오지 않을 거예요. 다시는요. 동갑내기 아내와 세 살짜리 아들을 데리고 먼 나라 핀란드로 떠났죠. 좀 슬프네요. 사실 전 윤상기, 그의 여동생이 아니거든요."

안은석이 미간을 찡긋거리자 그의 타원형 무테 안경이 조금 콧대에서 미끄러져내렸다. 마주친 눈을 다시 내리깔며 난 배우처럼 말했다.

"전 그의 정부였어요."

나는 더이상 나의 남편 윤상기를 찾지 않으리라는 내 결심에 정당성을 부여해야 했다. 그러나 특별히 타당하다고 여겨지는 방법은 끝내 떠오르지 않았다.

맥주를 다섯 잔쯤 마신 안은석은 핀란드를 필리핀이라고 말했다. 반말과 존대가 대중없이 섞였다. 그는 맥주 두 병을 추가 주문했다. 화장실에 다녀온 안은석은 자리에 앉으며 테이블 위에 올려져 있던 내 왼손을 제 오른손으로 스치듯 쓸었다. 나는 마저 잔을 비우고 일어설 채비를 했다. 안은석은 그런 나를, 절친하지 않았던 중학교 동창의 정부인 나를 잡아 앉히듯 입을 열었다.

"고입 시험이 끝나고 학교에서 단체로 수련회를 갔었습니다. 명목은 극기훈련이었지만 졸업에, 겨울방학을 앞둔 사내녀석들이 고분고분 말을 들을 리 없었죠. 시험이 막 끝난 뒤라 선생들도 모르는 척 좀 풀어주는 분위기였고. 어쨌든 수련회 마지막 밤이었어요. 캠프파이어에 장기자랑에, 춤판이 벌어지고 몰래 술 마시는 놈들까지…… 그런데 그 어수선한 틈에 숙소 뒤편에서 작은 소란이 일었어요. 그 수련원의 누군가가 설치해놓은 쥐덫에 쥐가 잡혀 찍찍거리고 있던 걸 애들이 발견했던 거죠. 네모난 철망 쥐덫 알아요? 거기에 시커멓고 커다란 쥐새끼들이 갇혀 있더라구요. 그런데 그 쥐덫을 미처 구경하기도 전에 누군가 그걸 잡아채듯 집어들더니, 어디론가 내빼는 겁니다. 누가 야 뭐 하는 거야, 소리를 질렀지만 쥐덫 두 개를 움켜쥐고 뒤도 돌아보지 않고 어디론가 사라지던 녀석, 바로 윤상기 그놈이었죠. 모두들 황당해했지만 워낙 어수선했던 터라 애들은 다시 밤새워 놀 핑계를 찾아 여기저기 흩어졌어요. 하지만 난 상기놈을 쫓아갔죠. 도대체가 궁금해서 견딜 수가 없었거든요. 곧 수련원 운동장 한구석에서 녀석을 발견했죠. 근데 녀석은 쥐가 갇힌 철망 덫에 뭔가 물 같은 걸 붓고 있었습니다. 쫓아온 날 보고도 별 표정의 변화도 없고. 그런데 그 플라스틱 음료통에 든 게 물이 아니라 캠프파이어를 할 때 썼던 시너라는 걸 녀석이 주머니에서 조그만 성냥갑을 꺼낼 때 알았죠. 순식간에 성냥불이 쥐덫에, 쥐에 옮겨붙었어요. 그 냄새, 쥐가 타들어가는 빌어먹을 냄새…… 몸이 불덩어리가 된 쥐새끼가 쥐덫 속에서 요동을 쳤어요. 아직도 그 소리며 냄새가 분명히 기억나요. 그리고 또 한 마리의 쥐가 다른 쥐덫에 갇힌 채 상기 녀석의 발치에 놓여 있었죠. 화형을 당하고 있는 제 친구가 철망을 부술 듯 튀어오르는 걸 눈앞에서 보고 있었다 이겁니다. 순간 상기가 철망의 입구를 열었어요. 몸에 통째로 불이 붙은 쥐새끼가 어두운 운동장 한가운데로 미친 듯이 뛰쳐나가더군요. 그리고는 도깨비불처럼 사방으로 움직이며 날뛰었어요. 그 어지러운 불덩어리. 내가 고개를 돌렸을 때 상기는 또다른 쥐덫에 시너를 붓고 있더군요. 내가 다급하게 물었죠. 왜, 왜 그러는 거야. 성냥을 그으며 아무렇지도 않게 말하더군요. 빨리 죽으라고. 곧 어둠 속에서 손전등을 흔들어대는 것같이 두 개의 불덩어리가 운동장 여기저기를 온통 후비고 다녔어요. 웃더군요. 그 새끼…… 재밌어 죽겠다는 듯이. 쥐는 지독히도 오래 탔고 또 지독히도 오래 움직였어요. 빌어먹을, 아직도 그 냄새가 나는 것 같아. 아아, 빌어먹을……."

7

나는 남편의 첫사랑을 만났다. 남편의 오래된 서랍과 상자 속을 뒤지면서 나는 그가 무엇도 쉽게 버리지 못하는 사람이었다는 걸 새삼 깨달았다. 그리고 또한 그 서랍과 상자 속에서 나온 그 하찮고 사소한 물건들에 대해 내가 말할 수 있는 것이 아무것도 없다는 사실 역시 새삼 깨달아야 했다. 가령 액정 표면에 금이 간 낡은 전자 손목시계나 나무를 깎아 만든 호루라기, '민중을 위해 하나되는 제4대 동아리 연합회' 창립기념 티셔츠나 스페이드 킹과 클로버 4, 하트 6과 9가 없는 카드 한 벌, 검고 투박한 디자인의 모토로라 호출기, 또는 'ㅇㅠㄴㅅㅏㅇㄱㅣ'라고 자모음이 하나하나 찍힌 군번줄 같은 것들. 그 물건들에 대해 내가 알고 있는 것은 아무것도 없었다. 그러므로 다섯 사람을 거쳐 연락이 닿은 송민경이란 여자가 남편의 첫사랑이라는 확실한 증거는 없었다. 다만 내가 찾아낸 것은 어느 낡은 수첩의 한 페이지를 정성스럽게 가득 채운 '宋民慶'이란 만년필 글씨뿐. 전화 속의 송민경은 바로 남편을 기억해냈다. 그러나 이십 초쯤 침묵이 이어졌다. 그렇게 나는 스물하나 1986년의 남편을 기억하고 있는 송민경을 만났다.

안은석을 만났던 스카이라운지의 카페. 송민경은 나보다 여섯 살, 남편보다 두 살 많았다. 신입생이었던 남편은 두 학년이 높은 같은 과 여선배를 마음에 두었던 것이다. 송민경은 결이 곱지 않은 머리채를 커다란 큐빅핀으로 틀어올리고 검은 벨벳감의 정장을 입고 있었다. 마흔에 가까운 여자 특유의 어떤 씁쓸하고 안타까운 체념, 그리고 타인에 대한 신경질적인 예민함이 느껴졌다. 송민경은 처음부터 남편의 여동생이란 나의 말을 믿지 않는 눈치였다. 짐짓 자연스러운 어투로 대신 인사를 전해달라고 했다는 말을 하고는 선물로 준비해간 버버리 향수 세트를 건넸다. 예상대로 달가워하지 않는 듯했다. 차마 남편이 핀란드로 떠났다고 할 수는 없었다.

"괌에서 뭘 한다는 거죠? 거긴 미국령이라 호주나 뉴질랜드보다 이민이 쉽지 않았을 텐데…… 참, 아이는 있었나요?"

"아뇨, 아이는 없었어요. 관광지에서 보석상을 할 거라고 했어요. 먼 친척 중에 그곳에서 자리를 잡은 사람이 있다고……."

술은 송민경이 주문했다. 송민경은 결코 나를 남편의 여동생으로 생각하지 않는 모양이었다. 나는 말없이 그녀의 잔에 맥주를 채웠다.

"특별히 기대했을 만한 얘기는 들려줄 게 없어요. 물론 좀 유난스럽기는 했어요. 그렇지만 난 그때 사학년의 한 선배와 교제중이었죠. 당시 대학 분위기라는 게 연애도 그랬거니와 같은 과 연하의 남자 후배와 소문이 돈다는 게 평범한 경우일 수는 없었어요. 분명히 얘기하지만 무슨 특별한 사건이 있었던 건 아녜요. 그쪽의 일방적인, 무조건 기다리고, 무조건 다가오는, 스무 살다운…… 그런 거였어요. 하지만 요즘 식으로 스토커니 뭐니 그렇게 말하고 싶진 않네요. 일학년을 마치고 자원입대를 하더군요. 어쨌든 가끔 생각이 났던 건 사실이에요."

송민경은 가늘고 긴 담배에 불을 붙였다. 대체로 짧고 단정적인 말투만을 사용했다. 대학 졸업 후 바로 결혼을 했고 사내인 큰아이는 일찌감치 캐나다로 유학을 보냈다고 말했다. 남편은 외국 항공사의 자문 변호사라고 했다. 물론 지금의 남편이 그때 교제하던 4학년 선배는 아니라고 말했다. 송민경과 나는 세 병씩 맥주를 마셨다. 나는 문득 핀란드도 괌도 아닌 곳으로 사라져버린 남편의 얘기를 그만 송민경에게 모조리 털어놓고 싶은 충동을 느꼈다. 그러나 정말 나의 남편 윤상기는 먼 핀란드의 숲속으로 영원히 사라져버렸거나, 알로하 티셔츠를 입고 괌의 한 보석상에서 점원으로 일하고 있을 수도 있었다. 파란 눈의 아내와 붉은 머리칼의 아이를 가졌을 수도 있었다. 스카이라운지 아래는 다시 밤의 거리였다. 아무것도 내게 깃들이지 못한다는 쓸쓸한 무관함과 또 그 반대급부인 쓸쓸한 안도감이 공존하는. 송민경은 화장이 얼룩진 눈가를 냅킨으로 누르며 말했다.

"그거 알아요? 좀 두려웠어요, 그때 난…… 당신에게도 그랬나요, 그 사람?"

송민경은 이제는 더이상 아무것도 자신을 두렵게 만들지 못할 것이라 생각하고 있는 듯했다. 그러나 문득문득 어떤 격한 두려움에 휩싸이고 싶은 이해할 수 없는 열망. 그것은 그리움과 닮았을 것이었다. 사라진 그가 과연 나를 두렵게 했었던가는 기억나지 않았다.

"혹시 최승자의 「밤부엉이」라는 시 알아요? 난 기어이 도서관의 모든 시집을 뒤져 그 시를 찾아냈었죠."

송민경은 이미테이션이 아닌 게 분명한 프라다 핸드백 속에서 무언가를 꺼내 내게 내밀었다. 군사우편 소인이 찍힌 낡고 바랜 —그러나 소중히 간직되어온 게 분명한 —편지 한 통이었다. 나는 봉투에서 편지를 꺼냈다. 당신은 날 사랑했어야 했어. 어린 군인이었던 1986년 스물한 살의 윤상기는 그렇게 한 줄 쓰고 있었다. 나는 고개를 들어 송민경을 바라보았다. 막 계산을 치른 그녀는 비틀거리는 뒷모습을 보이며 출입문을 향해 걸어가고 있었다. 당신은 날 사랑했어야 했어. 그리고 편지엔 그녀를 좀 두렵게 만들었을 시 구절이 적혀 있었다.

이윽고 잠, 닫혀진 회색 강철 바다,
속으로 한 사내의 그림자 숨어들고
내 꿈의 뒷전을 어지러이 배회하고
환각처럼 들리는 창가에서, 누구시죠?
내게 희미한 두통과 고통을 흘려붓는, 누구시죠?
내 사산(死産)의 침상에 낮게 가라앉아,
누구시죠? 누구 누구 누구……?

17

손님은 모두 여섯이다. 여자와 남자, 또 여자와 남자, 그리고 출입구 쪽 테이블의 또다른 여자와 남자. 밤 열시가 막 지난 시간. 그들의 테이블 위에서 엷은 아메리칸 커피 두 잔과 블루마운틴 커피 한 잔, 핫 초콜릿 한 잔과 티백 녹차 두 잔이 식어가고 있다. 그들처럼. 나는 카운터 의자에 앉아 계산서를 정리하고 있다. 남편 주혁은 좁은 바 안에서 칵테일을 만들고 있다. 칵테일을 주문한 손님은 없다. 카페의 메뉴판에 칵테일 이름 따윈 적혀 있지 않다. 남편 주혁이 흘깃거리고 있는 것은 며칠 전 구입한 『칵테일백과』라는 책이다. 그와 함께 사들인 여러 종류의 술이 담긴—주둥이에 뾰족한 방출구가 부착된—술병과 과일의 즙을 짜는 기구, 스테인리스 재질의 셰이커 등속도 그 앞에 놓여 있다. 영업은 열한시에 끝난다. 나는 제법 익숙한 동작으로 전자계산기를 두드린다. 남편 주혁이 함께 카페에 나오게 되었을 때 나는 마감 정산을 그에게 부탁했었다. 그러나 그는 번번이 셈을 틀렸다. 굳이 1981년의 암산왕을 떠올릴 필요까진 없더라도 남편 상기는 분명 사 년 동안 한 회계법인에서 공인회계사로 일했었다. 번번이 매상의 계산을 틀리던 남편 주혁은 돌연 카페 메뉴에 칵테일을 추가해보자고 제안했다. 얼마 전 국립대학병원의 김은 그런 그의 통원 치료를 이 주에 한 번꼴로 조정했다. 남편 주혁은 신중한 얼굴로 각기 다른 색깔의 술을 한데 섞고 있다. 그런 그를 바라보는 내가 제법 위험하다 느껴진다. 서빙 아르바이트를 하는 여자아이가 CD 플레이어의 음악을 바꾸어 틀고 짙은 청색 에이프런을 끄른다. 여자아이는 낮 두시부터 밤 열시까지 일한다. 제 가방과 외투를 챙기며 여자아이가 남편 주혁에게 다가간다. 이름과 재료를 알 수 없는 칵테일을 만들고 있는 그의 동작을 여자아이는 호기심 가득한 표정으로 바라본다. 여자아이는 언제나 설탕같이 웃는다. 남편 주혁이 함께 카페 일을 보게 된 후, 설탕같이 웃는 붙임성 좋은 여자아이는 냉큼 사장 언니, 사장 오빠라는 호칭을 썼다.

8

K시에서 번화가라고 불릴 만한 곳은 해변의 유원지 근처와 이 년 제 N대학이 위치한 시내의 T거리뿐이었다. 지난 봄 나는 서울의 집을 처분한 돈으로 K시 해변의 작은 아파트를 얻었고, 한 달 뒤 이곳 T거리의 작은 이층 카페를 계약했다. 일곱 개의 테이블과 유리창이 없는 흰 나무벽이 마음에 들었다. 새로 인테리어 공사를 벌이거나 하지는 않았다. 소파 몇 군데에 담배 구멍이 나 있었지만 개의치 않았다. 꽃과 화분은 모두 치웠다. 메뉴는 최소화했다. 커피는 세 종류, 나머지는 티백과 뜨거운 물, 캔 음료와 얼음이 담긴 잔을 준비하면 그만인 간단한 것들뿐이었다. 별수 없이 구색을 맞추려 맥주도 두 종류 냉장고에 들여놓았지만 안주는 팔지 않았다. 상호가 찍힌 냅킨과 성냥은 미처 구비하지 못했다. 필요를 느끼고도 구비하지 않았다. 그리고 나는 새 간판을 주문했다. 흰색 아크릴 바탕에 가늘고 긴 블루 실버 명조체를 골랐다. 카페 이름은 '엘비라 마디간'이었다. 정오를 훨씬 넘겨 문을 열었고, 들어오던 손님을 돌려보내고 깊은 밤이 되기 전에 문을 닫았다. 장사는 잘 되지 않았다. 당연한 일이었다. 그러나 또한 상관없는 일이었다. 굳이 K시를 택한 것은 아무 연고가 없는 곳, 남편 상기와 함께 와본 적이 없는 곳이었기 때문이다. 이스트를 넣지 않은 단단한 베이글 빵처럼 살고 싶었다. 그러나 그럼에도 불구하고 꼭 한 명 정도의 일손이 절실히 필요하다는 걸 깨닫게 되었다. 장사가 잘 되지 않는 당연한 일이 상관없는 일로 여겨지기 위해서는 더욱 그러했다. 나는 하릴없이 '아르바이트 구함'이라고 적은 종이를 출입문 옆에 붙였다. 주로 이곳 K시

의 유일한 대학인 이년제 N대학의 아이들이 몇몇 나를 찾아왔다. 물론 탐정 강 이외에 내가 누군가를 고용해본 적은 없었다. 시간당 급료와 유경험자여야 하느냐의 여부는 오히려 아이들이 내게 대부분의 경우를 설명해주었다. 겨우 내가 아이들에게 되물어본 말은 '혹시 〈엘비라 마디간〉이란 영화 알아요?' 따위의, 아이들의 표정을 조금 뜨악하게 만드는 것뿐이었다. 대여섯 명쯤 짧게 얘기를 나누었고 그중 두 아이가 각각 한나절과 이틀 동안 일했다. 그러나 다음날 아이들은 말도 없이 나타나지 않았다. 나는 아르바이터를 고용하는 사람들이 보통의 경우 아르바이터의 주민등록등본이나 학생증 사본 같은 걸 요구한다는 사실을 전혀 알지 못했다. 그래서였는지 약간의 돈도 함께 없어졌다. 전전긍긍 일 주일을 견디고 가게 문을 열지 않은 일요일, 나는 좁은 아파트 안을 서성이며 다시 가게 문을 열어야 하는가에 대해 고민해야 했다. 그러나 고민에 몰두할 수 없었다. 그런 하찮은 용건이라도 핑계를 삼아 시숙에게 전화를 걸고 싶었기 때문이다. 하루 종일이 걸렸지만 결국 나는 잘 참았다.

월요일, 손님은 여전히 없었다. 편의점에서 사온 포장 김밥으로 점심을 때우고 있을 때, 분명 출입문 옆에 붙어 있었을 '아르바이트 구함' 종이를 제 손에 쥔 채 한 여자아이가 카페 안으로 들어왔다. 여자아이는 살짝 턱을 당겨 내게 인사를 했다. 그리고 어떤 보편적인 호감이 느껴지는 수줍음으로 조심스럽게 내게 종이를 내밀며, 자기가 읽고 있던 도중에 종이가 저절로 '툭' 떨어졌다고 말했다. '툭' 소리가 제법 실감나게 들렸다. 정말 저절로 '툭' 떨어졌음을 믿고 싶게 만드는 발음이었다.

"몇 살이죠? ……N대학 다녀요?"

"스물한 살요. 자격증 시험 공부하려고 학교는 휴학했어요."

서빙 아르바이트 해본 적 있어요, 라고 물을 차례였다. 그런데 여자아이가 먼저 내게 물었다.

"저, 근데 왜 카페 이름이 엘비라 마디간이죠? 저 그 영화 알아요. 어렸을 때 티브이에서 해주는 걸 봤어요. 금발머리에 인형처럼 예쁜 여자가 나왔던 영화 맞죠? 자세히 기억나진 않지만 좀 슬펐던 것 같은데……."

머리칼을 귀 뒤로 쓸어넘기며 여자아이가 설탕같이 웃었다. 한 번도 남자와 자본 적 없는 여자아이가 웃는 웃음이었다. 엘비라 마디간. 난 그애를 고용했다.

1

그해 여름. 그저 다른 여느 해의 여름처럼 몹시 더웠다고밖에는 말할 수 없는 여름. 그러나 누구에게나 오래도록 기억되는, 잊혀지지 않는 어느 여름은 있게 마련이다.

한창 휴가철인 휴일의 한낮이었다. 그 여름이 시작될 무렵, 나는 어린 시절 대문을 마주하고 이웃으로 살았던 남자아이를 우연히 맞선 자리에서 다시 만났다. 그가 먼저 나를 알아보았다. 이십여 년 만이었다. 나도 곧 짓궂지 않은 눈동자를 가졌던 한 소년을 기억해냈다. 양쪽 식구들은 빈번하게 '인연'이란 말을 사용했다. 내 경우, 태도는 정하지 않는다. 어떤 하나의 온전한 전체가 내게 흡수되었다고 느낄 때 그것이 곧 나의 태도가 된다. 그리고 그 휴일의 오후는 그런 그를 아홉번째로 만나는 날이었다. 그의 집으로 가는 거리는 녹아버린 초콜릿처럼 덥고 끈끈했다. 그의 가족들은 비행기를 타고 휴가를 떠났다고 했다. 휴가 날짜를 맞출 수 없어 혼자 남았던 그가 빈집으로 나를 초대했다. 문을 열어준 그와 눈이 마주쳤다. 왠지 웃을 수 없어 고개를 숙였다.

그는 냉동실에서 꺼낸 네모진 플라스틱 얼음틀을 좌우로 비틀어 커다란 유리잔 두 개에 가득 얼음을 채웠다. 나는 그 안에 탄산음료를 따라 부었다. 육면체의 얼음이 민감하게 갈라지는 소리와 투명한 탄산음료의 기포가 맹렬히 터지는 소리가 조용한 집 안에 메아리처럼 울렸다. 그가 유리잔을 둥근 쟁반 위에 올려놓았을 때 유리와 얼음과 탄산음료가 가랑가랑 서로에게 은밀하게 부딪치는 소리를 냈다. 그는 내가 사들고 온 과일 봉지에서 선홍빛과 연둣빛이 마블링처럼 섞인, 단단하고 둥근 자두 몇 개를 꺼냈다. 그는 내 손짓을 마다하고 직접 샤워꼭지가 달린 개수대에서 익숙하지 않은 동작으로 자두를 씻었다. 사방에 물이 튀었다. 그는 뚝뚝 물방울이 듣는 자두를 그대로 쟁반 위에 올려놓았다. 탄산음료는 아직도 기포를 터뜨리고 있었다. 얼음은 모서리부터 둥글게 녹았다. 그는 젖은 티셔츠 앞자락을 일없이 잡아당겼다. 나는 왠지 무안해져 입고 있던 마 질감의 민소매 원피스에 젖지도 않은 손바닥을 문질러댔다.

쟁반을 들고 그를 따라 계단을 올라갔다. 더운 물 속 같은 여름 오후였다. 오래된 이층집 나무계단을 오르자 그의 방이었다. 그는 내 손에 들렸던 쟁반을 받아 제 책상에 올려놓았다. 짧은 순간 손가락을 닿게 하지 않으려고 그도 나도 애를 쓰고 있었다. 책장을 겸한 장식장과 오래 사용한 것 같은 책상, 붙박이 옷장과 소파 모양으로 접히는 침대가 놓여 있었다. 그는 아래층 거실에서 작동중인 에어컨디셔너의 냉기를 끌어들이기 위해 방문을 열고 그 앞에 선풍기를 옮겨다 놓았다. 그는 선풍기의 버튼을 누르며 투덜거리는 투로 이

놈의 고물 선풍기는 꼭 타이머를 작동시켜야만 바람이 나온다고 말했다. 그가 구식 티브이 채널 같은 둥근 타이머를 돌리자 조금 힘겨운 느낌으로 선풍기의 팬이 돌아가기 시작했다. 귀에 거슬릴 정도는 아니었지만 기록을 재는 초시계의 째깍거림 같은 소리가 선풍기 타이머에서 들려왔다. 그는 14인치 텔레비전이 놓인 장식장 안에서 비디오테이프 하나를 꺼냈다. 그의 방은 좀처럼 시원해지지 않았다. 선풍기는 과연 신통치 않았다. 나는 유리잔을 집어 얼음이 적당히 녹은 탄산음료를 두 모금쯤 마셨다. 커다란 티브이가 놓인 시원한 거실에서 영화를 볼 수도 있었다. 그도 나도 서로에게 그렇게 하자고 말할 수 있음을 알고 있었다. 나는 엉거주춤 소파 모양으로 접힌 그의 침대 위에 걸터앉았다. 그는 비디오 데크에 테이프를 집어넣고 흰 여름용 커튼을 여몄다. 방 안은 적당히 어두워졌다. 그는 테이프를 담았던 케이스를 내게 건넸다. 영화의 제목은 〈엘비라 마디간〉이었다. 케이스에는 검정 사인펜으로 '바를 정' 자(正字)가 다섯 번 씌어 있었다. 그리고 또다시 다섯 획 바를 정자가 되려는 검은 두 획. 어색함을 벗어나보려는 의도로 베어문 자두를 우물거리며 그가 말했다.

"왜 같은 영화를 스물일곱 번이나 봤냐고 물으면 할 얘긴 없어."

나는 고개를 끄덕였다. 그의 입 안에서 달고 신 자두의 과육이 으깨어지는 소리에 귀를 기울였다. 영화가 시작되었다. 신통치 않게 선풍기가 돌고, 유리잔 표면에 점점 물방울이 맺히고, 얇고 흰 커튼이 희미하게 떨리고, 젖은 티셔츠 앞자락이 무심히 말라가고, 기대어 앉은 등으로 침대 시트에 밴 그의 냄새가 스며들고 있었다.

어린 두 아이의 아버지, 금단추가 달린 제복을 입은 젊은 장교인 남자, 외줄을 타는 서커스의 스타, 솜사탕처럼 부드러운 머리칼을 가진 눈부신 여자, 둘은 도망쳤다. 그러나 그들은 격정에 사로잡혀 있거나 서로에게 비장한 맹세를 하거나 하지는 않는다. 그들은 그저 소풍 나왔다. 아이처럼 깔깔거리며 풀밭의 나비를 쫓다가 얼굴에 흰 면도 거품을 묻힌 채 나무 아래에서 뒹굴며 입을 맞춘다. 음악은 모차르트다. 그들은 그저 소풍 나왔다. 숲은 깊고 부드럽고 햇살은 맑고 따뜻하다. 히드비그, 히드비그. 남자가 여자의 진짜 이름을 부른다. 당신은 내 옛 이름을 돌려줬어요. 지금은 내가 누군지 알아요. 여자는 바구니에 열매와 빵과 치즈를 담아 남자의 손을 잡고 숲속으로 간다. 흰 보자기 위에 그만 붉은 포도주를 쏟지만 아직 그들은 자신들을 찾는 신문기사에 그저 낄낄거린다. 날이 어두워지고 바람이 분다. 남자는 여자의 등뒤에 서서 여자에게 외투를 입혀주기 위해 우선 길고 부드러운 여자의 머리칼을 여자의 어깨 앞으로 넘겨준다. 그러나 여자는 조금씩 배가 고파진다. 남자는 읽던 책 속에서 자신의 아이가 선물했던 책갈피를 발견한다. 그저 계속 소풍 갈 수 있기를 바랄 뿐이다. 남자는 타이르듯 말한다. 우리는 다른 사람들이 살아보지 못한 삶을 살고 있는 거야…… 그때 '탁' 소리를 내며 선풍기 타이머가 멎었다. 한여름 휴일의 긴 오후가 긴장된 밀도로 어항 속처럼 그의 방에 고여 있었다. 그가 앉아 있던 소파 침대에서 몸을 일으켰을 때, 매트리스 속 낡은 스프링들의 반동처럼 내 모든 것이 흔들렸다. 나는 위험했다. 화면 속, 여자는 이제 참기 힘들 만큼 배가 고프다. 여자는 구두 속에 감춰둔 동전을 센다. 남자 몰래 맨 종아리를 드러내고 다른 남자들 앞에서 춤을 춘다. 그리고 어느 화가가 그린 자신의 스케치를 헐값에 팔아버린다. 다리를 저는 파리의 화가, 서명은 T. L.이다. 태엽을 감듯 다시 선풍기의 타이머를 돌리고 그가 말했다.

"T. L.…… 아마 난쟁이 화가 틀루즈 로트렉일 거야. 그걸 알고 팔았다면 계속 도망다닐 수 있었을 텐데."

고개를 숙인 채 역시 좀 힘겹다는 느낌으로 다시 선풍기가 돌기 시작했다. 자리로 돌아온 그가 같은 위치에 같은 자세로, 그러나 내 어깨에 제 어깨를 겹치고 앉았다. 음악은 여전히 모차르트. 나는 내 흔들림이 힘겨워졌다. 손아귀에 쥔 자두엔 물기가 걷혀 있었다. 이제 여자는 숲속에서 뭐든 주워 먹는다. 그리고 게워낸다. 남자가 여자의 이름을 부른다. 말다툼을 한 남자와 여자는 시냇가에 삼 미터쯤 떨어져 앉아 있다. 남자는 종이에 글씨를 써서 그걸 삼 미터쯤 아래의 여자에게로 띄워 보낸다. 용서해줘. 여자와 남자는 이제 마지막 소풍을 준비한다. 내기 팔씨름으로 얻어낸 빵과 포도주 그리고 물이 끓을 때부터 사 분 동안 삶은 달걀을 바닥에 흰 보자기를 깐 바구니에 담아, 그 흰 보자기 아래 검은 권총을 숨긴 바구니에 담아 그들은 마지막 소풍을 간다.

"남자가 히드비그, 히드비그, 여자의 진짜 이름을 찾아주었는데 왜 영화의 제목은 그대로 〈엘비라 마디간〉이죠?"

내 목소리처럼 모든 것이 흔들렸다. 문득 스프링들이 사방으로 튕겨오르는 소리를 내며 소파는 침대로 바뀌었다. 나는 입고 있던 원피스처럼 구겨졌다. 그의 눈동자가 나를 통과할 것처럼 가까이 다가와 있었다. 나는 더이상 내 흔들림을 감당할 수 없었다. 무너질 듯 그의 목덜미에 팔을 둘렀다. 그의 가슴과 내 가슴 사이에 있는 면과 마 소재의 옷감은 독한 염료를 벗고 다시 식물의 모습으로 무럭무럭 자라날 것만 같았다. 그가 내 원피스의 긴 지퍼를 끌어내렸을 때 티브이에서 약간의 간격을 두고 두 발의 총성이 들렸다. 베어물지 못하고 만지작거렸던 자두 하나가 침대 아래로 데구르르 굴러

떨어졌다. 그가 내 이름을 불렀다. 나는 그가 내 이름을 부르며 사용한 공기를 깊이 들이마셨다. 가슴이 아팠다. 탁 소리와 함께 다시 선풍기가 멎었다. 누군가를 알아본다는 것은 대부분의 경우 그 누군가가 자신과 닮아 있기 때문이다. 그의 가슴에 더운 입술을 대었을 때 나는 내가 태어나기 이 년 전 겨우 나흘을 살고 죽었다는, 한 번도 본 적 없는 핏덩이 오라비의 얼굴이 떠올랐다. 참을 수 없이 가슴이 아팠다. 어떤 의미인지는 알 수 없었다. 무엇도 그에게 물을 수 없었다. 가는 땀방울이 그의 이마에 사선을 그으며 흘러내렸다. 음악은 여전히 모차르트였다. 내 경우, 태도는 정하지 않는다. 어떤 하나의 온전한 전체가 내게 흡수되었다고 느낄 때 그것이 곧 나의 태도가 된다. 에어컨디셔너의 기운 없는 냉기가 열린 문턱을 넘어 힘겹게 그의 벗은 등에 와 닿았다. 엘비라 마디간. 고해하듯, 나는 그에게 사랑한다고 말했다.

19

입자가 치밀한 겹겹 점토의 퇴적층. 나는 그 한가운데 파묻혀 있다. 숨이 막힐 것같이 깊고 더운 잠. 긴 꿈을 꾼 것 같다. 나는 곧 내가 깨어나리라는 것을 안다. 그러나 깊은 잠, 이대로 뜨거운 석탄이 될 때까지 잠들어 있고 싶다. 꿈속의 나는 마른 입술로 중얼거린다. 이내 어두운 창문이 열리고 나는 소용돌이 모양의 암모나이트 화석과 함께 깊은 점토의 퇴적지층에서 꺼내어진다. 나는 잠에서 깨어난다. '발굴' 되는 기분이다. 소용돌이 모양의 암모나이트 화석에는 소용돌이도 암모나이트도 없다. 허망한 그림자의 흔적. 화석은 그림자의 그림자일 뿐이다. 그림자의 그림자인 나는 침대에서 몸을 일으킨다. 내가 잠들었던 곳은 남편 주혁이 사용하던 폭이 좁은 일인용 매트리스 위다. 집 안은 고생대 퇴적층처럼 고요하다. 나는 거실로 나온다. 거실의 탁자와 부엌의 식탁은 어젯밤 그대로의 모습으로 잔뜩 어질러져 있다. 나는 하루쯤 잠들어 있었던 모양이다. 나는 긴 꿈에 대해 얘기해야 한다. 나는 자동차 키를 찾는다. 찾지 못한다. 헝클어진 모습 그대로 외투만을 걸친 채 아파트 주차장으로 내려간다. 남편을 혹은 시숙을, 혹은 남편과 시숙을 함께, 또 남편과 설탕같이 웃는 여자아이를 함께 태우곤 했던 내 자동차는 보이지 않는다. 나는 어두운 밤길을 걷기 시작한다. 깊은 잠, 긴 꿈에 대해 얘기해야 한다.

18

겨우내 나는 취해 있었다. 남편은 운전면허를 취득했다. 새 주민등록증도 발급받았다. 그리고 검정 진과 가죽 조끼를 입고 전문 바텐더처럼 칵테일을 만들었다. 술병을 빙글 돌리거나 술잔에 푸른 불꽃을 붙이기도 했다. 내게 마티니, 테킬라 선라이즈, 싱가폴 슬링 같은 칵테일을 만들어주었다. 그는 『칵테일백과』의 모든 칵테일을 익혔다. 나는 그 모두를 마셨다. '엘비라 마디간'의 메뉴는 다양하고 화려해졌다. 흰 간판에 새로 형광분홍빛의 'COCKTAIL' 네온사인을 달았다. 겨우내 매상은 평소의 세 배로 올랐다. 멀리에서 소문을 듣고 찾아오는 단골도 생겼다. 남편은 새로운 칵테일을 개발하기도 했다. 설탕같이 웃는 여자아이는 남편이 만들어낸 칵테일에 새로 이름 짓는 걸 좋아했다. 플라이 미 투 더 문, 님프의 날개, 레드 칸나, 북회귀선, 캘리포니아 드리밍, 밤의 여왕, 길버트 그레이프—여자아이는 그런 이름들을 붙였다. 설탕같이 웃는 여자아이는 가끔 단단한 소금처럼 굳은 표정을 보이기도 했다. 또는 그 설탕 같은 웃음이 지나치게 눈부시다 생각이 들 때도 있었다.

그러나 나는 겨우내 취해 있었다. 나는 위험했고 예의 흔들림은 멈출 수 없었다. 교묘하고 결정적인 빈틈이나 의심스러운 처방으로 조제된 알약들, 전화를 걸지 않는 시숙, 혹은 이스트를 넣지 않은 단단한 베이글 빵을 생각할 수 없었다. 나는 늘 취해 있었다. 미안하지만 나는 다시 사랑에 빠졌던 것이다. 한 번도 들려준 적 없는 기타 연주곡, 내력을 알 수 없는 왼발의 상처, 땅콩을 갈아넣은 부드러운 버섯죽, 살아 있는 쥐에 불을 붙이고, 막일꾼으로 휴양림의 우물을 파고, 첫사랑에게 섬뜩한 시 구절을 적어보내고, 같은 영화를 스물일곱 번이나 보고, 정말 핀란드의 숲속이나 괌의 관광지에서 한 시절을 보냈을 수도 있는, 이젠 전직 공인회계사 출신의 바텐더가 되었고, 익숙하게 가명을 사용하고, 뭐든 했고 또 뭐든 할 수 있을 것 같은 그를! 두 남자이자 한 남자이며 또 여러 다른 남자인 그를 사랑하지 않고서는 견딜 수 없었다. 취하지 않으면 잠들 수 없었다. 취하지 않은 나를 그는 사랑하지 않았다. 늦은 밤 집으로 돌아와서도 남편은 내게 칵테일을 만들어주었다. 그 비밀스럽고 절묘한 배합으로 만들어진 형형색색 아름다운 술에 취해야만 나는 그와 섹스할 수 있었다. 나는 그에게 애원했다. 두 남자이자 한 남자이며 또 여러 다른 남자인 그는 꼭 폭이 좁은 일인용 매트리스 위에서만 나를 안았다. 늦은 아침 두통 속에서 눈을 뜨면 내 방, 예전에 그와 함께 잠들곤 했던 넓은 침대 위에 혼자였다. 지난밤의 일은 믿을 수 없었다. 다시 술을 마셔야만 했다. 나는 그에게 청혼하고 싶었다. 꽃나무의 씨앗을 닮은 그의 아이들을 낳고 싶었다. 가지마다 전부 다른 꽃을 피울 것 같은 꽃나무, 그 꽃씨 같은 아이들을 열 명, 스무 명 낳고 싶었다. 미안하지만 그렇게 겨울이 갔다.

지난밤에는 설탕같이 웃는 여자아이도 함께였다. 여자아이는 내내 준비했던 자격증 시험에 떨어졌다고 했다. 남편은 여자아이를 위로해주었다. 나는 그러고 싶지 않았다. 그러나 나는 이미 취해 있었다. 남편은 여자아이가 이름 붙인 칵테일을 여자아이에게 만들어주었다. 그것을 마시며 여자아이는 지나치게 웃었다. 나는 자꾸 졸렸다. 나는 잠들지 않으려고 안간힘을 썼다. 사랑해요. 누군가 그렇게 말했다. 그를 사랑하는 것은 나였다. 그는 나의 남편이었다. 그러나 남편은 의심스럽게 조제된 알약을 내 술잔 안에 탔을 수도 있었다. 어떤 공모였는지도 모른다. 한 번도 함께 잠들지 못한 폭이 좁은 일인용 매트리스 위에서 내 긴 꿈이 시작되었을 때, 남편과 설탕같이 웃는 여자아이는 내 넓은 침대 위에 함께였는지도 모른다.

20

엘비라 마디간. 칵테일 전문점이 된, 히드비그가 아닌 엘비라 마디간. 나는 그들을 기다린다. 그들은 그저 소풍을 갔을 수도 있다. 그러나 내가 여전히 깊은 잠 속에 있는 것은 아니다. 내 경우, 태도는 정하지 않는다. 어떤 하나의 온전한 전체가 내게 흡수되었다고 느낄 때 그것이 곧 나의 태도가 된다.

나는 남편의 칵테일 바 안으로 들어간다. 유리잔을 깨거나 할 생각은 없다. 나는 다만 모양과 색깔과 크기가 다른 수십 개의 술병을 하나하나 꺼낸다. 냉장고 안에 들어 있던 캔 음료들도 모조리 꺼낸다. 상자째 쌓아놓았던 것도 모두 가져온다. 하나하나 마개를 딴다. 꽤 시간이 걸린다. 수십 개의 병과 수백 개의 캔 속의 술과 음료를 콸콸 바닥에 쏟는다. 전부 쏟는다. 남편처럼 최상의 비율로 잔을 채울 수도 없고 여자아이처럼 근사한 이름을 붙이지도 못한다. 액체는 거품을 부글거리며 검게 섞인다. 아무 곳으로도 흘러가진 않는다. 수십 개의 빈 병과 수백 개의 빈 캔만이 남는다. 나도 남는다. 나는 허리를 굽혀 바닥에 고인 검은 액체를 두 손아귀에 담아낸다. 나는 기쁘게 그것을 마신다.

21

나는 어두운 거리를 걷는다. 물론 길을 잃거나 하지는 않았다. 엘비라 마디간, 나의 남편은 다시 사라져버렸다. 설탕같이 웃던 여자아이도 함께 사라져버렸다. 언제나 그렇지만 어떤 의미인지는 알 수가 없다. 「밤부엉이」란 시를 기억한다. 누구시죠? 누구시죠, 당신? 반드시 누구일 필요가 있었을까. 그건 그저 가볍게 건넨 인사였는지도 모른다. 결국 사랑했던 그는 다시 사라졌다. 아니, 이번에 사라진 것은 아무래도 나인 것 같다. 나는 끝없이 걷는다. 길 위의 모든 것들이 지진처럼 흔들리며 내게로 걸어 들어온다. 나는 실종된다. 행방불명된다. 나는 도무지 성분과 이름을 기억할 수 없는 이상한 검은 혼합액을 마셨다. 그것은 망각의 액체인 것 같다. 밤의 거리가 내게 스며든다. 나는 사라져간다. 머리 위로 밤부엉이들이 날고 있다. 나는 망각의 액체를 마셨다. 내가 기억했던 모든 순간들처럼, 나의 전부가 먼 곳의 총성처럼 희미해진다. 무엇도 나의 증거가 될 수 없다.

이제 사라져버리는 것은 나다. 모두가 나를 애타게 찾을 것이다. 결코 쉽게 찾아지지 않을 것이다. 그것은 얼마나 즐거운 일인지. 머리 위에서 밤부엉이가 낮게 맴을 돌며 날고 있다. 누구시죠? 누구시죠, 당신? 내 경우, 태도는 정하지 않는다.

사라진 나는 나의 아름다운 새 이름을 떠올려본다.

콜링 유

96의 전화는 언제나 자동응답기가 받는다.
나는 익숙한 동작으로 전화기를 오디오 스피커 앞에 바싹 가져다놓고,
일시정지 버튼을 다시 눌러 CD 플레이어를 재생시킨다.
이내 음악이 흘러나오기 시작한다.
저혈압 환자의 불안한 심장박동 소리 같은 단조의 베이스 기타음. 노래의 제목은 〈리튬〉이다.
"널 사랑해. 미쳐버리진 않을 거야. 널 죽일 거야. 미쳐버리진 않을 거야……."

잘 때가 된 것 같다. 잘 땐 '잘덴(ZALDEN)'. 나는 티슈 위에 올려 놓은 나사못머리만한 하늘색 수면제 잘덴을 한 칸씩 날을 부러뜨려 쓸 수 있는 문구용 칼로 조심스럽게 이등분한다. 책상 한구석 휴렛 팩커드 데스크젯 610C는 혀를 빼어물 듯 흰 종이를 토해내고 있다. 커튼 너머 창 밖은 아직 어둡다. 잠시 뒤 멀리서 늦은 해가 떠올라 좀 느닷없다는 느낌으로 겨울 아침이 시작될 것이다. 나는 물 없이 잘덴 반 알을 삼킨다. 일곱 시간 잠의 크기를 생각한다면 수면제 반 알은 좀 터무니없을 정도로 작다.

전화기 옆에 놓인 디지털 시계는 AM 4 : 59를 표시하고 있다. 나는 노트북 컴퓨터의 전원을 끄고 전화기를 들어 숫자 버튼을 차례로 누른다.

– ##05

어제와는 달리 05는 일곱 번이나 발신음이 울린 뒤 전화를 받는다. 과음을 하지 않은 평소의 아침이었다면 발신음을 세 번 이상 넘기지 않는 05였다. ……여보세요. 예상한 대로 술과 잠에 취한 05의 목소리가 녹슨 자전거 바퀴처럼 쇳소리를 내며 갈라져나온다. 모닝콜 고객을 소개받은 인터넷 서비스업체의 고객 프로필에 따르면, 대기업 직원인 05(고객의 이름은 알려주지 않는다)는 출근 전 수영장과 영어회화학원에 다니고 있다고 한다. 물론 프로필은 고객 쪽에서 제공한 것이므로 그다지 믿을 만하다고 볼 순 없다. 잠을 이기기 어려운 듯 불분명한 신음 소리를 내는 05의 피로와 숙취가 송수화기를 통해 전해져온다.

"안녕하세요, 고객님. '인터넷 굿타임'의 모닝콜 서비습니다. 2000년 1월 ××일 목요일 오전 다섯시 정각입니다. 서울 현재 기온 영하 이도, 습도는 삼십오 퍼센트. 감기지수는 칠십으로 높은 편이지만 그렇게 추운 날씨는 아닙니다. ……고객님, 일어나셨습니까?"

"……아, 네."

"그럼 십 분 뒤, 다섯시 십분에 다시 확인 전화 드리겠습니다."

나는 전화를 끊는다. 가끔 술이 덜 깬 05의 목소리를 듣게 되는 건 대부분 술자리가 많게 마련인 금요일을 지난 토요일 새벽이었으므로 오늘은 좀 의외라고 할 수 있다. 전화를 끊은 05는 다시 이불을 뒤집어쓰고 수영이나 영어강좌를 빼먹고 싶은 죽음 같은 유혹에 시달리고 있을 것이다. 나는 자리에서 일어나 오디오의 전원 버튼을 켠다. CD 플레이어를 작동시키고 트랙 5번을 일시정지시킨다. CD 플레이어 안에는 미국의 얼터너티브 록 그룹 너바나의 '네버마인드' CD가 들어 있다.

△△△-△△96

96의 전화는 언제나 자동응답기가 받는다. 나는 익숙한 동작으로 전화기를 오디오 스피커 앞에 바싹 가져다놓고, 일시정지 버튼을 다시 눌러 CD 플레이어를 재생시킨다. 이내 음악이 흘러나오기 시작한다. 저혈압 환자의 불안한 심장박동 소리 같은 단조의 베이스 기타음. 노래의 제목은 〈리튬〉이다.

"난 너무 행복해. 오늘 내 친구를 찾았거든. 그런데 그건 내 머릿속에 있는 얘기일 뿐이야. 난 너무 추악해. 그러나 괜찮아. 너 역시 그러하니깐. 우린 우리의 거울을 깨뜨려버렸지. ……난 너무 외로워. 하지만 괜찮아. 난 내 머리통을 밀어버렸어. 난 슬퍼. 내가 할 수 있는 건 단지 모든 것에 화를 내는 것뿐이야. ……널 그리워하고 있어. 그렇지만 미쳐버리진 않을 거야. 널 사랑해. 미쳐버리진 않을 거야. 널 죽일 거야. 미쳐버리진 않을 거야……."

신빙성 없는 프로필일망정 96에 대해서는 05의 십분의 일만큼도 알지 못한다. '새벽 다섯시 오분 너바나의 네버마인드 앨범 중 5번 〈리튬〉 전곡을 들려줄 것. 기상 확인 전화는 필요로 하지 않음.' 96의 프로필은 그게 전부였다. 나는 96이 인터넷 업체에게, 인터넷 업체가 내게 보내온 돈으로 낚시바늘에 꿰인 지폐를 향해 물 속을 헤엄치는 벌거벗은 남자아기의 사진이 찍힌 이 음반을 샀다. Lithium? 화학시간에 배웠던 그 리튬? 나는 사전을 찾아보았다. 알칼리 금속 원소의 하나, 가장 가벼운 금속, 원소번호 3번, 원소기호 Li.

I like it, I'm not gonna crack. I miss you, I'm not gonna crack. I love you, I'm not gonna crack. I kill you, I'm not gonna crack.

나는 이런 음울하고 기괴한 음악으로 하루를 시작하는 96을 이해할 수 없다. 물론 96은 그저 내 고객이므로 이해하지 않아도 상관없는 일이지만, 이 곡은 도무지 희망과 활기를 요구하는 상식적인 아침과는 어울리지 않는다. 시끄러운 메탈 사운드로 졸음을 쫓아버리

길 원했다면 이 음반의 다른 몇몇 곡이 더 알맞다고 생각된다. 그 곡들도 대체로 음울하긴 마찬가지였지만. 나는 가끔 96의 자동응답기에 안녕하세요 고객님 인터넷 굿타임의 모닝콜 서비습니다 하고 시치미떼듯 지껄여보고 싶은 충동을 느낀다. 하지만 무슨 상관이란 말인가. 음반의 제목처럼—Nevermind, No Nevermind, 내버려둬, 신경 쓰지 마인 것을. 어쨌든 나도 일요일과 공휴일을 제외한 삼 개월여, 매일 아침을 이 음울하고 기괴한 얼터너티브 록 음악과 함께 한 것이다. 그러나 이 음악을 듣고 하루를 시작할 96과는 달리 나는 이 음악을 들은 후 곧 잠자리에 든다. 그러나 깨어나기에도 잠들기에도 부적당한 음악이다. 내가 할 수 있는 건 단지 모든 것에 화를 내는 것뿐이야, 네가 그리워, 미쳐버리진 않을 거야. 나는 방 한가운데 서서 사 분 십이 초 동안 96과 함께 〈리튬〉을 듣는다. 그러나 실은 나 혼자 듣고 있는지도 모를 일이다. 널 사랑해. 널 죽일 거야. 미쳐버리진 않겠어. 잘 땐 잘덴. 졸리다.

나는 다시 05에게 전화를 건다. 05는 전혀 잠이 깨지 않은 목소리로 전화를 받는다. 나는 개의치 않고 S통신사와 M증권사의 주가지수와 인터넷으로 검색한 조간신문의 경제 정치 사회면의 헤드라인 몇 개를 읽어준다. 고객님, 일어나셨습니까? 05는 결국 일어나기로 결심한 모양이다. 정확히 분별해낼 수 없는 여러 소리를 내며 05가 침대에 걸터앉는 것이 느껴진다. 나는 05를 성실하고 낙천적인 사람이라고 생각한다. 05는 하품이 비어져나오는 목소리로 감사합니다라고 말하고 전화를 끊는다. 좋은 하루 되세요, 나의 상투적인 인사는 진심에 가깝다.

AM 5 : 20. 42는 여자다. 내가 깨우는 세 명의 고객 중에 42에 대해서 가장 많은, 또 비교적 정확한 정보를 가지고 있는 셈이다. 42

는 모닝콜 서비스 외에 내게 어시스트 정보 서비스를 제공받고 있다. 모닝콜에 앞서 나는 우선 42에게 팩스를 보낸다. 42의 프로필에 적힌 그녀의 직함은 유명 광고회사의 크리에이티브 디렉터 및 제작 2팀장이다. 나는 주로 인터넷에서 수집한 해외토픽이나 히트상품 정보, 유럽의 최신 패션 경향이나 잡학 상식, 성공 마케팅 사례, 인터넷 추천 사이트, 신종 신드롬 분석, 다양한 이벤트 행사 정보 및 휴지통 주사위 색연필 등의 가십거리들을 정리해 A4용지 두 장 분량으로 매일 42에게 팩스를 보내고 있다. 오늘은 스포츠 일간지에 실린 유머시리즈 몇 개를 덧붙였다. 팩스를 보낸 오 분 뒤 나는 42에게 전화를 건다.

□□□□-□□42

42는 깨어 있었던 것 같다. 건조하고 낮은 목소리였지만 잠기운은 전혀 묻어나지 않는다. 일찍 깨어나신 겁니까, 고객님? 묻기엔 이제 내가 너무 졸리다. 좋은 하루 되십시오. 나는 42의 대답을 듣지 않고 전화를 끊는다. 잘 땐 잘덴. 잘덴 반 알이면 족하다.

잠옷으로 갈아입으며 나는 문득 42가 잠기운 없는 목소리로 전화를 받은 게 지난 며칠 되풀이되었다는 걸 깨닫는다. 나는 졸린 눈을 오래 감았다 뜨고 다시 CD 플레이어를 재생시킨다. 〈리튬〉이 흘러나온다. 너바나의 보컬이자 리더는 커트 코베인이란 금발의 사내다. 커트 코베인. 어딘지 발음이 코카인을 연상시키는 이름이다. CD 케이스 속에 첨부된 별지에 그가 가운뎃손가락을 치켜들고 포즈를 취한 사진이 있다. 커트 코베인, 코카인과 비슷한 이름이다.

잘덴 ®정. 성분함량, 1정 중 호박산독실아민(유. 에스. 피) 25mg. 효능효과, 비습관성 수면 유도 및 진정. 용법용량, 1일 1회 1정을 반드시 수면 30분 전에 복용. 저장방법, 기밀 차광용기 실온보존. 주의, 부작용. 일반의약품. 신풍제약주식회사.

그 누구도 컴퓨터 프린트처럼 글씨를 반듯하게 잘 쓸 수는 없다. 나는 하품을 하며 틀리게 쓴 글자 몇 군데를 검은 펜으로 성의없이 지운다. 다시 42에게 팩스를 보낸다. 42에게 하루에 한 번 팩스를 보내지 않는다면 그건 틀림없는 계약 위반이다. 하루에 두 번 보내는 것도 마찬가지겠지만. 책상 위에 42에게 나눠주었으면 좋을 잘 덴 반 알이 놓여 있다. 너무 작아 물 없이 간단히 삼켜버릴 수 있는. 잠은 너무 쉽다. 왜 다시 42에게 팩스를 써보냈는지 생각해보고 싶었지만 참을 수 없이 잠이 쏟아진다. 나는 풀썩 침대 위로 몸을 누인다. 정말 잘 시간이다. 나는 주문처럼 흥얼흥얼 음울하고 기괴한 노래를 따라 부른다. I like it, I'm not gonna crack. I miss you, I'm not gonna crack. I love you, I'm not gonna crack. I kill you, I'm not gonna crack.

작고 둥근 테이블에 마주 앉은 희 선배는 손버릇처럼 자꾸 검지 손가락으로 관자놀이를 눌러대고 있다. 피곤해요? 어디 안 좋아요? 물어봐주길 바라고 있는 듯이. 대답 대신 희 선배는 데꾼한 눈을 내리깔고 담배에 불을 붙인다. 그녀의 담배는 신제품 리치다. 방송국 로비에 위치한 커피숍. 잡지사 기자와 인터뷰를 하고 있는 듯한 건너편 테이블의 여자 탤런트 P는 왠지 의기양양, 토크쇼에 출연한 것처럼 제스처가 크고 의상이 화려하다. 나는 P가 곧 방영되는 새 주말드라마에서 모처럼 주연을 맡았다는 것을 알고 있다. 동료 탤런트와의 스캔들, 매니저와의 송사(訟事), 이혼과 재혼 등으로 근 이 년 가까이 티브이에 얼굴을 비추지 않았던 P가 재기에 성공할 것인지. 그 성공 여부에 사람들이 과연 관심을 갖고 있기나 한 건지 알 수 없지만, P는 삼십대 중반에 이른 나이에도 제법 소녀처럼 생기발랄해 보인다. 한때 뒷머리를 둥글게 말아올리는 P 특유의 헤어스타일이 미시들 사이에서 유행하기도 했었다. 간간 P의 높은 웃음소리와 잡지사 사진기자가 터뜨리는 플래시가 신경에 거슬린다.

"나 계산해봤는데, 지난달에만 택시비로 이십일만원이 나갔더라."

"언니, 운전하잖아요?"

"그러게 말이야."

희 선배가 낭패한 표정을 지어 보이는 건 채 재떨이에 떨지 못한 담뱃재가 내가 건네준 자료 뭉치 위에 함부로 흐트러져버렸기 때문이기도 하다. 희 선배는 경력 칠 년차의 방송작가다. 삼 년 전부터 프리랜서로 활동하고 있는데, 현재 두 개 방송국에서 간판 격인 오락 프로그램을 세 개나 맡고 있다. 희 선배는 최근 몇 년 오락 프로그램의 주류를 이루고 있는— 재미와 정보를 동시에 준다는 쇼와 교양의 합성어인 —소위 '쇼양'을 유행시킨 장본인 중의 한 사람이기도 하다. 관자놀이를 눌러대며 인상을 찡그리는 그녀의 얼굴은 과도한 피로에 위태로운 안색을 띠고 있지만, 내가 알고 있는 희 선배는 특유의 철저함과 냉정함으로 직업인으로서의 자신을 성공적으로 단련시킨 여자다. 그녀는 나의 가장 오랜 고객이며 여기저기서 내게 일거리를 연결시켜주기도 한다. 또 방송국의 지인을 통해 내게 재형을 소개시켜주기도 했다. 그러나 꽤 오래 지속된 관계임에도 불구하고 나와 희 선배는 과도한 택시비 지출 이상의 얘기를 진전시키지 못한다. 단 둘이 식사를 하거나 술을 마셨던 기억은 떠오르지 않는다. 몇 번 되지 않는 자리나마 항상 방송국에 적을 두고 있는 몇몇 선후배들과 함께였다. 그것은 희 선배 탓이기도 하고 내 탓이기도 하다. 이메일이나 팩스를 통해서가 아니라 직접 자료를 가지고 방송국을 찾아온 것도 아주 오랜만의 일이다. 희 선배가 동료 작가 몇몇과 사무실을 내고 프리랜서로 독립하기 직전, 모두와의 연락을 끊고 몇 개월 동안 행방이 묘연했던 일이 있었다. 갖가지 뜻밖의 소문이 무성했지만 나는 그 일에 대해 결코 알지 못한다. 묻지 못한다. 화젯거리는 과도한 택시비 지출에서 시시껄렁한 연예가 소식으로 선회한다. 희 선배는 새 담배에 불을 붙이며 시청률로 인한 스트레스와 작가들 간의 아이디어 도용 시비, 프로그램 제작과정의 비합리성과 스태프들에 대한 불만을 토로한다. 물론 나와 눈을 맞추고 하는 소리는 아니다. 그리고 마지막으로 미국의 최신 시추에이션 코미디 경향과 시에 대한 자료를 부탁한다.

"시요?"

"그래, 시. 내가 너의 이름을 불렀을 때 너는 내게로 와서 꽃이 되었다 할 때, 그 시."

희 선배는 요즘 오락 프로그램에서 가장 유행하고 있는 아이템을 내게 설명해주었다. 스타 연예인에게 장기간 무언가를 직접 체험하게끔 하는 형태인데, 희귀한 애완동물을 키우게 한다든지 저글링 같은 고난도의 묘기를 익히게 한다든지 목표를 정해놓고 살을 빼게 한다든지 하는 것들이 방송되어 인기를 얻고 있다고 했다. 스타가 그 과정을 소형 카메라로 직접 촬영하게 되는데 그로 인한 자연스러운 연출 효과를 노리고, 진전되는 내용으로 매주 연속극처럼 이어지는 맛이 흥미를 배가시킨다는 것이었다. 또 도전 목표에 보통 사람들처럼 힘겨워하는 스타의 인간적인 면모를 볼 수 있고, 은연중에 스타의 사생활을 엿보는 재미도 있다고 했다. 이번에 희 선배가 계획한 아이디어의 컨셉은 스타가 예술가에 도전하게끔 하는 것이었다. 문화의 세기라는 새 밀레니엄의 이슈와도 맞아떨어지는 것으로, 시와 전혀 어울리지 않을 것 같은 연예인에게 시를 쓰도록 만들 계획이라고 했다. 캐스팅은 미스터 코리아 출신의 '근육맨'이라는 별명으로 유명한 코미디언 K를 점찍어두었다고. 코너의 제목은 '미스터 코리아 시인되다!' 어때 괜찮지, 하고 묻는 희 선배의 표정은 연신 관자놀이를 눌러대고 있으면서도 그새 희희낙락하다.

문득 건너 테이블에 앉아 있던 P의 모습이 보이지 않는다. 아주 갑작스럽게 아주 조용하게 P가 사라져버렸음이 어리둥절해, 나는 주위를 두리번거려본다. 회의시간이 가까워졌다며 희 선배가 담배를 끄고 자리에서 일어선다. 나는 주차장 입구에서 퇴근하는 재형을 만나 영화를 보기로 했다. 희 선배와는 엘리베이터 앞에서 헤어진다. 미스터 코리아 시인되다.

엘리베이터 앞에서 헤어진 희 선배가 갑자기 나를 따라 화장실로 들어와 내 양 어깨를 와락 감싸쥔다. 그 장난에 자연스럽게 응해주지 못한 것은 화장실 세면대 앞에 서 있던 탤런트 P와 눈이 마주쳤기 때문이다. 거울을 보며 머리 매무새를 가다듬던 P가 새쭉한 표정을 짓더니 이내 밖으로 나간다. 화장실엔 희 선배와 나뿐이다. 나는 희 선배에게 어색한 표정을 지어 보이고 제일 끝 칸으로 들어간다. 희 선배가 내 옆 칸으로 들어가 문을 잠그는 소리가 들린다. 희 선배는 충분히 다른 곳의 다른 화장실을 사용할 수도 있었다는 생각이 든다. 옷섶을 헤치는 소리, 타일 바닥에 구두 굽을 디디는 소리, 좌변기 뚜껑이 달그락거리는 소리, 칸막이 너머 서로의 모든 소리가 너무도 낯설고 무안하다. 그것은 희 선배 탓이기도 하고 내 탓이기도 하다.

소변 줄기가 쏟아지는 소리 사이, 옆 칸의 희 선배가 갑작스럽게 말을 건넨다.

"넌 생리 제때 잘 하니?"

"네? 아…… 그냥 그렇죠, 뭐."

희 선배의 목소리가 너무 크게 들리는 것은 화장실에 아무도 없기 때문이라고 생각한다.

"……나 사실 엄청 생리 불순이거든. 한약도 한번 지어먹어봤는데 별 효험이 없더라. 그거랑 상관이 있는 건지는 모르겠는데, 가랑이 사이에 자꾸 가래톳이 돋아서 아파 죽겠어. 엊그제는 멍울이 딴딴하게 성이 나가지고 대추알만하게 부어오르는 거야. 청바지 같은 건 아파서 입을 엄두고 못 내고. 약국에 갔더니 마이신을 주더라. 먹고 났더니 좀 가라앉긴 했어. 근데 이것 좀 봐, 아직도 이렇게 완두콩만해. 만지면 아프고. 으휴, 지겨워. 나 요즘, 내가 굉장히 주접스럽게 느껴지는 거 있지."

"……."

옆 칸 화장실로 들어가 희 선배의 사타구니를 들여다보고 걱정스런 표정이라도 지어 보여야 할 것 같다. 이내 옆 칸에서 물이 내려지는 소리가 들리고, 나는 무언가에 놀란 것처럼 벌떡 일어서서 다급하게 속옷을 끌어올린다. 자가용을 가지고 있으면서도 한 달에 택시비로 이십일만원을 지출한 희 선배가 굳이 화장실로 나를 쫓아온 이유는 뭔가. 왠지 희 선배가 위악적으로 느껴진다.

"나 오피스텔 계약기간 끝나가는데, 너희 동네는 시세가 어떠니?"

희 선배는 수도꼭지를 세게 틀어 성의없이 손을 씻는다. 혼잣말을 하듯 어투는 여전히 부자연스럽다.

"참, 아까 부탁한 거 이번주까지야."

희 선배는 손목시계를 들여다보더니 손의 물기를 떨어내는 시늉을 하고 서둘러 화장실 밖으로 나간다. 가랑이에서 돋아난 단단한 가래톳. 나는 P가 머리를 매만지던 거울 앞에 서서 천천히 화장을 고친다. 희 선배가 야무지게 잠그지 못한 수도꼭지에서 물방울이 새고 있다.

파우더 케이스와 희 선배의 설명을 메모한 노트를 가방 속에 집어넣다 노트 사이에 끼워두었던 팩스 용지를 화장실 바닥으로 흘리고 만다. 얇은 종이에 금세 물기가 얼룩진다. 어젯밤 내가 받은 팩스, 42로부터 받은 팩스다.

□□□□-□□42입니다. 내가 매일 아침 나를 깨워주었던 당신에 대해 알고 있는 건 당신의 팩스번호뿐이더군요. 팩스 용지 상단에 보내온 곳의 번호가 찍히게 되는 것은 알고 있죠?

이제 더이상 모닝콜을 필요로 하지 않아요. 난 다니던 회사에 사표를 냈어요. 그리고 당신이 일러준 수면제를 사먹고 며칠 만에 깊은 잠을 잤죠.

좀 이상하게 생각할지도 모르겠지만, 내가 오래 잠을 이루지 못했다는 걸 알아챈 당신에게 계속 팩스 서비스를 받고 싶군요. 전처럼 매일은 아니어도 좋아요. 물론 이젠 어떤 내용이든 상관없구요. 난 더이상 광고회사의 크리에이티브 디렉터가 아니니까요. 뭐든 당신 마음대로 적어 보내줘요. 왜냐구요? 그런 것들을 온전히 이해하기엔 우린 서로에 대해 아는 게 너무 없군요. 이 정도가 좋겠죠. 어쨌든 난 팩스를 계속 받고 싶어요. 내용은 당신이 선택해요. 잘덴이란 수면제의 종이갑에 적힌 글자를 모두 적어보냈던 것처럼. 변한 건 없어요. 난 변하지 않은 요금을 송금할 거구요. 팩스 기다릴게요.

"어, 저거 잘덴인데. 내가 먹는……."

왼쪽에 앉아 있던 재형 대신 오른쪽에 앉아 팝콘을 우물거리고 있던 여자가 흘낏 나를 쳐다본다.

스크린 속 불륜의 불온하고 불길한 열정에 휩싸인 여주인공은 정부를 만나러 가야 하는 다급함과 절박함에 갓난쟁이 딸애의 분유병 속에 수면제를 섞고 있다. 그 작은 수면제를 나처럼 칼로 이등분하는 그녀의 손끝이 부들부들 떨린다. 스크린 속에 등장한 작고 연한 하늘색 수면제 잘덴은 조금 낯설고 또 조금 반갑다. 어렸을 적 가끔 훔쳐보게 되는 여성지 속엔 체험수기라는 게 있었다. 지금 생각해보면 그 모든 것이 독자들의 실제 체험이었다는 걸 결코 믿을 수 없지만, 당시에 어떤 여성지에도 빠지지 않고 실렸던 실연의 체험들을 난 꽤 심각하게 받아들였던 것 같다. 그때 그 체험수기들 속에 심심찮게 등장했던 세코날이란 수면제를 기억한다. 이루어질 수 없는 사랑으로 몸부림치던 여자들은 독하기로 소문난 세코날을 한 움큼씩 삼켰다 병원으로 실려가곤 했다고 적고 있었다. 옆자리의 여자가 흘낏 나를 쳐다본 것은 내가 무심코 중얼거린 말이 어딘지 그런 인상을 주었기 때문일 것이다. 그러나 겨우 잘덴 반 알이면 족한, 나의 아주 흔한 불면증 —나는 내 증상이 카페인이나 니코틴 중독, 습관성 알코올 섭취 등과 크게 다르지 않다고 생각한다. 그저 몸을 따라갔을 뿐, 과잉된 비장함은 없다. 오늘 낮, 희 선배를 만나러 오기 전 나는 42가 원했던 대로 그녀에게 팩스를 보냈다.

옆자리의 여자와 달리 재형은 아주 약간 고개를 끄덕거렸을 뿐, 별 반응을 보이지 않는다. 스크린을 향한 그의 시선은 일정하다.

재형, 일본 작가 다자이 오사무(太宰 治, 1909~1948)를 닮은 남

자. 굳이 정확히 말한다면 어느 책에 실려 있던 '1948년 『인간실격』을 쓸 당시의 다자이 오사무'란 설명이 붙은 흑백사진 속의 다자이 오사무를 닮았다는 얘기다.

그 '어느 책'은 대학 시절 사귀었던 동갑내기 남자아이로부터 받은 것이었다. 동갑내기 남자아이. 급하고 뜨겁고 싱싱하던 스물두 살의 남자아이. 항상 과잉되어 있거나 왜곡되어 있던 그애의 자의식. 그리하여 치기 어린 돌발행동을 일삼던, 그러므로 항상 위태로워 보이던, 그러나 그런 만큼 여리고 순결했던…… 난 그애의 두 귀를 기억한다. 여린 살갗 탓에 항상 찬바람에 발갛게 언 채로이곤 했던 그애의 두 귀. 연등처럼 불 밝힌 귓등에서 식물처럼 일어서는 솜털들 솜털들. 그러나 난 그애의 속내를 속속들이 읽을 수 있는 나 자신이 싫었다. 돌이켜보면 그 시절 난 그애에게 확실히 가혹했던 것 같다. 두 계절의 짧은 연애, 그 남자아이로부터 유일하게 받은 선물인 그 어느 책. 책은 그애처럼 급하고 뜨겁고 싱싱했던 예술가들의 일대기를 전기 형식으로 묶은 산문집이었다. 19세기 말에서 20세기 초의 위태로웠던 시대—여리고 순결한 예술가들에게 과잉되고 왜곡된 세상은 가혹한 돌발행위를 일삼았으니. 그들은 평탄하지 않은 생의 이력과 특이한 기행을 되풀이하며, 글을 쓰거나 그림을 그리거나 사진을 찍거나 바이올린을 켜거나 춤을 추거나 하다가 대부분 요절했다. 그리고 다자이 오사무가 있었다.

전기는 '다자이 오사무같이 시든 남자를 만나러 오는 그대여'*라는 시구로 시작되고 있었다. 다자이 오사무같이 시든 남자. 시든 남자. 흑백사진 속에 시든 남자의 옆얼굴이 있었다. 무심을 가장한 가

* 이가림의 시, 「겨울의 불꽃」 중에서.

득한 수심(愁心). 재형을 처음 만났던 스카이라운지의 카페—저물녘 창가의 테이블에 팔꿈치를 받치고 어두운 창 밖, 아무것도 바라보고 있지 않은 게 분명한 재형의 옆모습을 나는 결코 잊지 않고 있다. 눈빛. 혹시 누굴 닮았다는 소리 들어보셨어요. 아뇨, 글쎄. 이 남자가 나를 애태우리라는 예감, 아니 기꺼이 이 남자를 위해 애를 태우리라 마음먹었던 것은 그가 누굴 닮았는데요라고 되묻지 않았기 때문일까.

그렇게 재형을 만나고 돌아온 밤, 나는 동갑내기 남자아이에게 받았던 그 어느 책을 다시 꺼내들었다. 다자이 오사무. 그 시듦의 정체는 무엇이었나. 예의 옆모습이 실린 다음 페이지엔 다자이 오사무가 야마자키 부에이라는 여자와 함께 뛰어든 다마가와 강 상류의 사진이 실려 있었다. 그의 시신이 물위로 떠오른 투신 6일 후는 1948년 6월 19일, 그의 서른아홉번째 생일이었다고. 그 역시 피로하고 산만하고 변덕스러운 헤르메스의 쌍둥이자리였으니. 책장 한 구석 또다른 어느 책의 제목은 『일본대표단편선 1』—거기에 다자이 오사무의 「앵두」라는 소설이 있었다. 자살 스캔들을 골자로 한, 편견에 가득 찬 작품 해설에는 '프라이드가 강한 반면 마음이 연약한 파멸형의 전형적인 작가'라고 다자이 오사무를 소개하고 있었다. 통속적인 느낌을 주는 '파멸형'의 굵은 고딕체. 실격, 파멸, 시든 남자. 나는 다시 죽기 얼마 전의 다자이 오사무의 옆모습을 한참 동안 들여다보았다. ……어떤 종류의 인간들은 알 수 없는 힘에 이끌려 어지러운 자기장의 폭풍 속으로 빨려들어간다. 생을 송두리째 집어삼키며 타오르는 격렬한 홍염의 불길 앞에 어떠한 거부도 의미가 없다. 그 시듦의 정체는 어떤 운명적인 것, 퇴폐적이고 치명적인 것이므로. 그렇게 서둘러 시듦으로 인해 맺혀 떨구어진 씨앗이 어떤 종류의 꽃을 피우는지, 나로서는 알 수 없는 불면의 밤이었다. 다음날, 나는 시내 대형서점 몇 군데를 헛걸음한 뒤 서점 직원이 가르쳐준 모 출판사로 전화를 걸었다. 출판사 직원은 심드렁하게 『인간실격』은 절판되었는데요, 라고 말했다. 나는 되레 반가웠다. 그리고 지갑 속에서 재형의 명함을 꺼내들었다. 내가 애태워야 할 대상은 급하고 뜨겁고 싱싱하던 남자아이도, 시들어버린 다자이 오사무도 아닌, 방송국 기계조정실에서 일하는 서른두 살의 손재형이란 남자였으므로.

영화 속의 여자는 금세 들켜버리고 만다. 자신이 들켜버렸음을 깨닫지 못할 정도로 몰입해 있음이 조금 부러운 생각마저 든다. 여자의 남편은 더없이 순진하고 착하고 무던한 남자다. 그러므로 아내의 부정을 일단 용서하려 한다. 그러나 순진하고 착하고 무던한 것이 속되고 이기적이고 까다로운 것보다 훨씬 치명적일 수 있으니. 영화의 감독은 소도구의 상징성에 꼼꼼한 편이다. 불륜의 정사를 벌이는 정부의 오피스텔엔 모딜리아니의 잔 에뷔테른의 초상화가 걸려 있다. 죽을 것이다. 정부와 여자가 끊임없이 찍어대는 폴라로이드 사진은 『카메라 루시다』에서의 롤랑 바르트의 이론을 충실히 따른 설정이다. 죽을 것이다. 남편은 더없이 순진하고 착하고 무던한 남자다. 그러므로 죽일 것이다. 정말 죽인다. 철저하게 집요하게 완벽하게. 또 그러므로 나는 순진하고 착하고 무던한 사람을 결코 신뢰하지 않는 평소의 내 판단을 새삼 확신한다.

영화를 보고 나선 거리는 어두워져 있다. 보도에 늘어선 리어카의 노란 불빛과 포장 비닐이 저녁 바람에 함부로 펄럭이는 소리와 어디선가 뿜어져나와 걷잡을 수 없이 흩어지는 흰 연기가 문득 비현실적으로 느껴진다. 다자이 오사무를 닮은 남자, 재형이 거리의 어느 틈새로 나를 데려간다. 건물과 건물 사이, 어둡지도 밝지도 않은 곳, 안도 밖도 아닌 곳—겹겹 나붙은 영화 포스터를 등지고 서서 재형은 주머니를 뒤적거린다. 그리고 늙은 마술사와 같은 움직임으로 내 입술에 켄트를 물리고 불을 붙여준다. 푸른 담배연기를 뿜으며 그가 묘하게 웃는다. 내가 결코 그 웃음을 읽을 수 없는 건 눈앞이 흐릿해졌기 때문만은 아닐 거라 생각한다. 깊숙이 빨아들인 담배연기가 탄산음료처럼 몸 속에서 기포를 터뜨리며 청량감을 준다. 불법 복제 테이프를 파는 리어카의 젊은 아이가 우리를 계속 쳐다보고 있다. 두터운 점퍼 차림에 잔뜩 목을 움츠리고 겨울 플라타너스에 기대어 서서. 클래식한 바이올린 연주를 빠르게 샘플링시킨 댄스 가요가 거리를 메운다. 닭을 먹으러 가자구. 문득 재형이 말한다. 아주 웃긴 닭고기가 있거든. 재형은 건물 벽에 함부로 담배를 비벼 끄고 내 손을 잡는다. 나는 채 끄지 않은 담배를 손가락 새에 끼고 잰걸음으로 그를 따른다. 낯선 사람들과 어깨를 부딪히며 구시가지의 좁은 골목길 다시 골목길, 네 개의 구둣굽 소리는 다급한 변박으로 엇갈린다. 나는 왜 알 수 없는 것, 종잡을 수 없는 것에만 몸이 다는가. 불안하긴 하지만 쾌감으로 숨이 차오르는 것은 아주 가끔일 뿐이다.

다급한 발걸음으로 거리의 틈새와 틈새를 비집고 들어가 그는 아주 불결하고 초라한 식당으로 나를 데려간다. 『인간실격』을 구하지 못하고 재형을 두번째로 만났던 이른 저녁, 그는 맥주를 다섯 병씩만 마시고 자러 가자고 말했다. 빨리 마실 수도 천천히 마실 수도 없었다. 난감한 딸꾹질이 좀처럼 멈춰지지 않았었다. 초라한 식당에서 재형은 '스페셜 닭 한 마리'를 주문한다. 벽에 붙은 메뉴 종이에 '스페셜'은 '스페샬'이라고 씌어 있다. 잠시 후 만화의 한 페이지에나 그려져 있어야 할 것 같은 커다란 백숙이 뜨거운 김을 뿜으며 통째로 접시에 담겨 나온다. 다리를 묶지 않은 탓에 보란 듯이 드러낸 삶은 닭의 빈 뱃속. 작은 쇠 접시에 마늘과 굵은 소금이 딸려 나온다. 그리고 스페셜이 시작된다. 뒤를 이어 닭의 모래집, 내장, 날개, 염통, 오돌뼈 등이 각각의 조리법으로 요리되어 나온다. 마지막으로 나온 붉은 닭발 여섯 개는 함부로 잘라놓은 나뭇가지 같다. 온전한, 닭의 모든 것이 좁은 상 위에 가득 놓여진다. 정말 웃기지 않아, 스페셜 닭 한 마리, 전부 다 있어, 닭털은 빼고. 난 재형의 웃음을 읽을 수 없다. 왠지 모를 원시적이고 적나라한 수치심이 느껴진다. 갑자기 대추알만하게 부어올랐다는 희 선배의 가래톳이 떠오른 것은 왜일까. 난데없이 내게 말을 걸어온 희 선배와 42는 닮아 있다. 재형이 다자이 오사무를 닮은 것은 단지 그의 옆모습뿐인가. 나는 결코 그들을 읽을 수 없다. 종잡을 수 없는 것에 대한 숨찬 쾌감만큼 나는 이내 불안해진다. 일 주일 전쯤 난 재형에게 섹스하고 싶다고 말했다. 그는 웃으며 싫다고 말했다.

나는 미스터 코리아를 시인으로 만드는 데 일조하기 위해 밤새 수십 개의 문학 사이트를 돌아다닌다. 다시 AM 5 : 00. 물 없이 잘덴 반 알을 삼키고 05에게 전화를 건다. 오늘 아침 05의 목소리는 지극히 일상적이다. 96에게 전화를 걸어 너바나의 〈리튬〉을 들려준다. 오늘도 여전히 너를 그리워하고 사랑하고 죽이고 싶고, 하지만 미쳐버리진 않겠다는. 다시 05에게 확인 전화를 건다. 42에게는 전화를 걸지 않는다. 나른한 잠 기운으로 온몸이 뜨거운 커피 속의 설탕처럼 녹아버리는 것 같다. 나는 다시 CD 플레이어를 작동시킨다. 정오 무렵 잠든 나를 깨워주는 것은 평범한 비프음의 디지털 알람시계다.

나는 많은 것을 알고 있다. 05에게 일러준 대로 서울 지방의 현재

기온은 물론, 오사카와 샌프란시스코와 지중해와 북아프리카의 오늘의 날씨도 알고 있다. 청담동에 있는 유명한 이탈리안 레스토랑의 이번주 주방장의 추천 요리와 최고의 몸값을 받는 여배우 김 모의 단골 미용실과 지난 세기말 해외여행을 떠난 사람들이 가장 선호한 행선지와 이번주 비소설 부문 베스트셀러 1위와 여대생들이 평균적으로 가지고 있는 립스틱 개수와 한국인들이 가장 좋아하는 외국 화가와 서울 거주 독거 노인들의 한 달 평균 생활비와 전통의 D서커스단이 지금 어느 지방 도시에 머무르고 있는지와 여당의 한 실세 의원의 계파 성향 및 그 측근 구성과 서울 톨게이트 부근 휴게소에서 하루 평균 몇 잔의 커피가 팔리는지와 얼마 전 합병을 발표한 두 외국 컴퓨터회사의 주식 배분율과 동강 생태계에 몇 종의 천연기념물이 살고 있는지와 채팅에서 사용되는 최신 은어와 일본 애니메이션을 쉽게 구할 수 있는 비디오숍의 위치를 알고 있다.

나는 또 알고 있다. 커트 코베인이란 정신분열자 같은 녀석이 '부처에게'라는 유서를 쓰고 스물일곱에 권총자살을 한 것과 다자이 오사무의 통산 네 번의 자살기도 중 그 첫번째 시도가 열여덟의 다자이 오사무가 동경하던 작가 아쿠타가와 류노스케의 자살 소식을 접하고 다량의 칼모틴을 삼켜버린 것이었다는 것을.

사실 내가 알고 있는 것들을 정말 내가 알고 있는 것이라고 말하긴 어렵다. 그 많은 정보들은 그저 나를 스쳐갈 뿐이다. 나는 내가 알게 된 것들을 곧장 다른 사람들에게 주어버린다. 그게 내 직업이다. 비록 고객이라 하지만 사람들은 참으로 별의별 것을 다 알고자 한다. 나는 고객들의 까다로운 요구에 따라 다양하고 이채롭고 구체적인 정보를 모은다. 물론 그것들의 대부분은 내겐 아무 소용에도 닿지 않는 쓸모없는 것들이다. 나는 내 직업에 그럭저럭 만족해

왔다. 그 많은 쓸모없는 앎에 개의치 않았다. 내가 알아낸 것을 남들에게 주어버릴 때, 동시에 그것들을 잊어버렸으므로. 그러나 남에게 주어버리고도 내 의지와는 상관없이 여전히 머릿속에 남게 되는 것들이 있다. 실은 의외로 많다. 어떤 종류의 정보들이 어떤 이유로 내 머릿속에 남게 되는지 종잡을 수 없다. 그것이 아주 흔한 불면증의 원인이라면 원인일 수도 있을까. 아주 가끔 아무도 원하지 않는 정보를 이유 없이 찾아내는 경우도 있다. 커트 코베인이나 다자이 오사무 같은. 물론 나의 골칫거리가 다른 여타 직업의 평균치 애로사항에 미치지 못할 정도란 것은 인정한다. 그러나 어쨌든 머릿속에 컴퓨터 화면에서처럼 휴지통 아이콘이 떠서 버린 파일들을 완전히 삭제해주었으면 좋겠다. I'm not gonna crack.

비스듬히 기대었던 침대 위에서 몸을 일으킨 것은 요란한 소리를 내며 팩스가 들어왔기 때문이다.

□□□□-□□42입니다. 당신이 보내준 팩스의 내용은 전보다 훨씬 좋군요. 계속 부탁해요. 그런데 다자이 오사무의 책은 구하기가 어렵더군요. 『만년(晩年)』이란 책을 가까스로 찾아냈어요. 또 서점 지하의 레코드 매장에서 너바나의 음반 넉 장을 샀어요. 당신이 보내준 커트 코베인의 유서에서 '난 누구 한 사람 속이고 싶지 않다' '나는 나의 어린 딸 프랜시스가 나처럼 한심하고 자기 파괴적이고 죽음으로 달려가는 일에만 골몰하는 인간이 된다는 상상만으로도 가슴이 찢어질 것 같다' '그리고 기억해주기 바란다. 점점 소멸되는 것보다 한꺼번에 타버리는 쪽이 훨씬 좋다는 것을'의 구절에 밑줄을 쳐두었어요. 슬프고 아름다웠어요.

혼자 박물관에도 가고 영화도 보고 쇼핑도 하고 있어요. 갑자기 많아진 시간이 걱정스러웠는데 그럭저럭 잘 지내고 있는 듯해요.

공신력 있는 출처를 통해 얻어낸 정보는 아니지만, 이름도 그 무엇에 대해서도 확실히 알지 못하는 05와 96과 42에 대해 내가 확실히 알고 있는 것 하나가 있다. 그것은 그들이 모두 혼자 살고 있다는 것이다. 잠결에 버튼을 눌러버리면 그만인 믿음직하지 못한 자명종 시계말고는 아침에 깨어줄 누군가가 한 지붕 아래 없다는 것이 내가 그들에 대해 알고 있는 유일한 한 가지다. 그러나 나는 아는 만큼 모른다. 지금 이 시간, 혹 멀쩡한 목소리로 전화를 받았던 05는 세탁소에서 깨끗한 와이셔츠를 찾아오지 않았음을 깨닫고 에라 모르겠다 다시 침대 속으로 기어들어갔는지도 모른다. 96은 애당초 아침에 일찍 일어날 하등의 이유가 없는 사람일지 모른다. 그럭저럭 잘 지내고 있다는 42는 왜 이렇게 이른 시간에 깨어 있는가. 나는 진심으로 05와 96과 42의 안부가 궁금하지 않다. 전혀 알고 싶지 않다. 나는 아는 만큼 모른다. 세코날도 칼모틴도 모른다. 권총 자살 따윈 관심조차 없다. 어떤 맑고 세심한 배려의 눈길이 있어 실연의 아픔으로 수면제를 집어삼킨 체험수기의 오버 액션과 제 몸을 사르는 영혼의 순교를 구별해줄 것인가. 나는 그저 잘텐 반 알을 삼킬 뿐이다. 나는 다시 침대 위로 눕는다. CD 플레이어의 리플레이 버튼이 눌러져 있던 모양이다. 커트 코베인. 한꺼번에 타버리는 것이 훨씬 좋다는, 아무래도 코카인을 연상시키는 이름이다. 〈리튬〉이 끊임없이 흘러나오지만, 이젠 정말 졸리다. 내가 계속 42에게 팩스를 보낸다고 해서 굳이 그녀의 답장을 받아야 할 이유가 있는 것일까.

나는 아는 만큼 모른다. 재형은 오래도록 아침 시간대의 프로그램을 담당하고 있다고 했다. 이른 출퇴근 탓에 그와 술을 마시게 되는 것은 이렇듯 초저녁일 때가 많다. 하루의 피로가 고스란히 고인 재형의 얼굴. 그러나 난 깨어난 지 몇 시간 되지 않는다. 웨스턴 풍으로 실내장식을 한 작은 술집의 손님은 아직 재형과 나뿐이다.

카프리 한 병을 비운 재형은 버드아이스를 주문한다. 카프리를 마시기 전에는 레드 독을 마신 참이다. 담배의 경우도 그렇다. 그는 켄트와 마일드 세븐과 디스와 피네스를 가리지 않는다. 오늘 그의 손가락 사이에 끼워져 있는 것은 겟투다. 왜 그래요? 술이든 담배든, 그리 중요한 건 아니겠지만. 나는 여러 번 물어보았다. 그저 손에 집히는 대로 생각나는 대로일 뿐이야. 삼 개월여 그와 함께 갔던 모든 초행의 식당과 카페와 술집과 모텔들. 버드아이스를 다 마신 후 그가 메뉴판에서 고르지 않은 하이네켄과 밀러 중에 하나를 주문하리라는 것이 내가 지금 그에 대해 짐작할 수 있는 전부일까.

나는 실없이 미스터 코리아를 시인으로 만들기 위한 우여곡절을 재형에게 장황하게 들려준다. 풀린 소매 단추를 채우고 고개를 끄덕이고, 희미한 미소를 지으며 남은 술을 몇 모금으로 나눠 마실까 술병을 들여다보고, 눅눅한 팝콘 하나를 이유없이 재떨이 안에 집어넣고, 상호명과 전화번호가 프린트된 냅킨을 슬쩍 일회용 라이터로 그을려보고, 오른손으로 왼손의 반지를 반 바퀴쯤 돌려보며 내 얘기를 들은 재형은, 아무것도 되묻지 않는다. 내가 화장실에 가기 위해 자리에서 일어섰을 때, 그는 턱을 괴고 다자이 오사무의 옆얼굴을 내게 보여준다.

난 좌변기에 걸터앉아 휴대폰으로 전화를 건다. 네. 재형이 전화를 받는다. 재형을 탤런트 P처럼 인터뷰할 수 있다면 좋겠다 생각한다. 전화를 끊는다. 세세한 백문백답이 될 것이다. 다시 그에게 전화를 건다. 네, 여보세요. 그의 숨소리는 들리지 않는다. 여보세요. 세 번째로 전화를 걸어 그에게 좌변기의 물 내리는 소리를 들려준다.

그는 걸려온 전화에 대해 말하지 않는다. 재형과 나는 차례로 술집의 좁은 나무계단을 걸어 내려온다. 그의 웃음을 읽을 수 없는 것처럼 난 그의 상념도 읽을 수 없다.

맥주 두 병의 어설픈 취기는 집에 돌아와서도 좀처럼 개운해지지 않는다. 나는 티브이를 켠다. 채 아홉시 뉴스가 시작되기 전이다. 나는 한 시간 전쯤 도착한 팩스 용지를 집어든다.

□□□□－□□42입니다. 시든 남자였다는 작가와 코카인 같은 록커에 대한 팩스가 마음에 걸렸었나요. 이번엔 해외여행에 관한 자료들을 보내주었더군요. 푸켓, 발리, 팍상한, 피지. 따뜻한 햇살을 받으며 에메랄드빛 바닷가에 누워 있는 상상을 해보았어요. 당신의 세심함이 고맙게 느껴지는군요. 그렇지만 당분간은 떠날 수 없을 것 같아요. 나는 오늘 내가 간통으로 고소되었다는 얘길 들었어요. 찻집에서 내 뺨을 때린 부하직원의 아내는 깜짝 놀랄 정도로 길고 탐스러운 머리칼을 가지고 있더군요. 이내 그녀의 둥근 이마와 야무진 입꼬리를 박은 듯이 닮은 그녀의 언니라는 사람이 나타났어요. 언니는 우는 동생을 달래서 감싸안고 내게 잔뜩 으름장을 놓고 돌아서더군요. 그 자매의 뒷모습이 너무도 견고하고 완강해 보여서 아름답게 느껴졌다면 내가 좀 이상한 걸까요.

이제 좀 자야겠어요. 잘덴이 여섯 알 남아 있네요. 여섯 알, 그 정도는 괜찮을 거예요. 참, 내 이름은 조윤선, 마흔두 살이에요. 나는 열일곱 살 때부터 혼자 살았죠. 혼자 있는 것, 그건 작은 죽음의 경험이에요. 그렇지만 난 괜찮을 거예요. 그런데 왠지 당신이 더이상 내게 팩스를 보내오지 않을 것 같다는 생각이 드네요. 어쨌든 그 동안 고마웠어요.

……내 집을 찾아왔던 여자들하고는 모두 헤어졌는데. 문을 열어주며 재형이 말한다. 아까, 당신에게, 전화를 했던 건 나였어요. 나는 가쁜 숨을 고르지 못하고 말한다. 나는 재형의 방 안에 어지러운 동선을 그으며 그의 침대와 식탁과 의자와 거울과 티브이와 커튼을 함부로 훑어댄다. 손바닥이 불에 데인 것처럼 화끈거린다. 괜찮겠죠, 수면제 여섯 알쯤은, 그 정도는 정말 괜찮을 거예요. 나는 그의 욕실과 옷장과 냉장고 문을 활짝활짝 열어본다. 내가 모르는 만큼의. 재형이 내 팔을 잡아채 나를 제 앞으로 돌려세운다. 나는 일찍 자야 해. 나는 정녕 당신을 모른다. 천천히 그렇지만 단호한 동작으로 재형이 내 위로 눕는다. 그의 얼굴이 너무도 가까워 습기 찬 거울처럼 눈앞이 부옇게 흐려진다. 왜 당신은 당신이 누구와 닮았는지 궁금하지 않은 거죠. 흐린 눈앞이 검은 스크린처럼 어두워져 이젠 정말 아무것도 보이지 않는다. 스물두 살 때 일 년 동안을 병원에서 지낸 적이 있어. 깊고 어두운 숲속이다. 나는 무력하게 작은 이파리와 고인 웅덩이와 흐르는 바람과 잠든 새의 이름을 불러본다. 갇혀 있었다는 게 정확하겠군. 난 겨우 스물두 살이었는데 말이야. 멀어지는 눈동자를 붙잡으려 나는 애써 손깍지를 낀다. 재형에게서 여러 종류의 맥주와 여러 종류의 담배 냄새가 난다. 그리고 아주 여러 곳의, 내가 결코 다녀본 적 없는 아주 먼 곳들의 냄새가 연기처럼 피어오른다. 일찍 일어나는 이유는 간단해, 일찍 잠들기 위해서야. 밤이 되면 죽고 싶을 만큼 술이 마시고 싶거든.

나는 멍한 눈길로 낯선 벽걸이 시계를 올려다본다. 다시 새벽 다섯시. 재형은 엎드려 잠들어 있다. 나 역시 어떻게 그 시각에 잠들 수 있었던 건지. 무슨 꿈을 꾸었나. 기억나는 것은 지난밤 무언가에 꼼짝없이 짓눌려버린 것처럼 견딜 수 없이 졸음이 밀려왔다는 사실뿐이다. 잘덴 없이. 나는 조금 아득해진다. 벗은 몸을 일으킬 때 재형의 몸이 조금 흔들렸지만 그는 깨어나지 않는다.

나는 휴대폰을 찾아들고 욕실 안으로 들어선다. 나는 42, 아니 조윤선에게 전화를 건다. 전화는 통화중이다. 다시 전화를 건다. 통화중 신호음이 단호하게 귓전을 메운다. 나는 재형의 칫솔과 비누와 면도기와 샴푸용기와 수건에 차례로 눈길을 주고 05에게 전화를 건다. 05는 전화를 받지 않는다. 술이 덜 깨었을망정 05가 전화를 받지 않았던 적은 한 번도 없다. 무심한 발신음이 끝없이 이어진다. 05는 전화를 받지 않는다. 나는 96에게 전화를 건다. 여지없이 자동응답기가 돌아간다. 그러나 내겐 〈리튬〉이 없다. 재형의 욕실에서 나는 낯선 내 목소리를 듣는다.

"안녕하세요, 고객님. 모닝콜 서비습니다. 대단히 죄송합니다만, 오늘은 피치 못할 사정으로 음악을 준비하지……."

"……여보세요?"

물 속 같은 정적. 96이다.

저어, 내가 다시 말문을 연 것과 급작스럽게 욕실 문이 열린 것은 거의 동시였다. 한쪽 귀에 전화기를 가져다댄 재형이 내 앞에 서 있다. 모처럼 그의 표정을 읽을 수 있을 것 같다. 그러나 나는 아는 만큼 모른다. I'm not gonna crack.

잘덴 여섯 알을 삼키고 잠이 든 42는 통화중이다. 언제나 한결같았던 05는 전화를 받지 않는다. 그리고 나는 96을 만났다.

오징어

어두운 바닷가에서 나는 이마 가득 땀을 흘리며 춤을 추고 있다.

나는 서로 다른 백 개의 선을 가졌다.

투명하거나 희거나 검은 오징어. 마지막 동작이다.

캉캉춤의 통쾌한 마지막 동작. 나는 바다를 향해, 한없이 깊고 짙푸른 바다를 향해,

섬찟하도록 아름답게 반짝이는 집어등 불빛을 향해,

그리고 투명한 몸을 희게 투신하는 오징어들을 향해

엉덩이를 까 보인다.

—흰 종이를 펴요. 펜을 꺼내요. 어떤 종이든 어떤 펜이든 좋아요. 준비가 됐다면 펜을 들고 종이에 선을 그어봐요. 망설이지 말고 그어봐요. 여러 개 그어봐요. 길든 짧든 굵든 가늘든, 어떤 선이든 상관없어요. 펜으로 종이 위에 선을 그어봐요. 마음대로 죽죽. 백 개만 그어봐요. 소나기처럼 그어봐요. 아, 그렇지만 규칙은 있어요. 수평선과 수직선은 안 돼요. 이미 종이가 그렇게 잘려져 있잖아요. 같은 기울기에, 같은 길이로 그어서도 안 돼요. 세상 어디에도 똑같은 건 없으니까요. 규칙이랄 것까지도 없는 간단한 규칙이에요. 마음대로 죽죽. 그렇지만 백 개를 채우기에는 조금 까다로운 조건일 수도 있어요. 자, 펜을 들고 종이에 선을 그어봐요. 어디까지나 서로 다른 선, 백 개여야 해요. 조금 신중을 기해 이미 같은 선을 긋지 않았나 살펴야 해요. 하지만 또 완벽하게 똑같은 선을 긋는다는 것도 쉽지만은 않다는 걸 알게 될 거예요. 자, 마음대로 죽죽…… 물

론 이따위 재미없고 시시하게 느껴진다면 이런 실없는 놀이는 하지 않아도 좋구요.

이건 비냄새다. 나는 물의 냄새를 맡을 수 있다. 이건 비, 서울의 비냄새다.

어제 하루를 거르고 오늘 아침 비는 다시 내리기 시작한다. 나는 바닥에 엎어진 플라스틱 밥공기를 집어든다. 밥공기 주둥이에 말라 비틀어진 밥알이 서너 개 엉겨붙어 있다. 뾰족하고 딱딱한 밥알이 아프게 손가락 끝을 누른다. 이 장마 중에도 완벽하게 수분을 증발시킨 것이다. 눅눅한 방 안 공기 속으로 몸 안 물기를 모조리 밀어낸 그 힘이 나는 문득 무섭다. 지문 사이 좁은 틈에도 수분은 전혀 스며들지 않는다. 말라붙은 밥알은 선인장 가시 같다. 손톱 끝으로 밥공기의 주둥이를 긁어 마른 밥풀을 뜯어낸다. 모래 알갱이 같음을 알면서도 나는 그것을 입으로 가져간다. 윗니와 아랫니를 맞물어 고슬고슬하고 찰지던 밥알의 기억을 깨뜨려버린다. 오드득거리는 밥알에 쓴 침이 엉긴다. 예리한 파편이 혓바닥을 긋고 목구멍으로 넘어가는 것 같다. 나는 내가 조금 과장되어 있다는 것을 안다.

—알아? 네가 잘못한 거야! 어린 년이.

비 오는 날에는 알루미늄 풍선에 수소를 집어넣어야 한다. 잠깐 해가 비쳤던 어제를 제외하곤 본격적으로 장마가 시작된 일 주일 가까이 풍선에 수소를 집어넣거나 선물 코너에서 마스코트 인형을 포장했다. 그제는 요술의 집 앞에서 검표를 돕기도 했다. 색색의 페인트칠을 한 놀이기구는 비를 맞으면 더욱 선명해 보인다. 그러나 소규모의 동물원을 겸한 오래된 놀이공원의 놀이기구들은 요 며칠 거의 비어 있는 채로 돌아간다.

나는 매일 춤을 춘다. 아침 열시가 다 되도록 캉캉팀의 호출을 알리는 전화는 오지 않는다. 비 탓이다. 그리고 그의 전화도 걸려오지 않는다. 그것은 비 탓이 아니다. 나는 벽에 걸린 거울 앞에 서서 무릎을 세우고 캉캉팀 안무의 한 동작을 취한다. 어제는 모처럼 공연이 있었다. 나는 다리를 일자로 높이 쳐들어 내 귀에 닿게 할 수 있다. 그걸 할 수 있는 건 우리 캉캉팀에서 나뿐이다. 좀 뻔한 멘트였지만 그는 웃으며 발레리나 같다고 했다. 그러나 지금 거울 속의 내 몸은 뻣뻣하게 굳어 있다. 용을 써봐도 좀처럼 다리를 높이 쳐들 수 없다. 비 오는 날에는 알루미늄 풍선에 수소를 집어넣어야 한다. 장마 탓이었다. 겹겹 주름이 물결처럼 펼쳐진 집시풍의 붉은 원피스를 근 한 달이나 입었을까. 화려한 레이스의 속바지며 머리에 꽂는 크고 붉은 천 장미. 문득 다른 여자가 된 듯한 기분에 사로잡히는 진한 화장, 가로줄무늬 스타킹과 검정 에나멜 구두는 아직 몸에 익숙하지 않았다. 장마였다. 오늘도 아침부터 비가 내리고 있다. 저녁이 되도록 비가 그치지 않는다면 공연은 취소될 것이다. 사람들은 비 오는 저녁의 놀이공원을 찾지 않는다. 그러나 비가 그쳐 공연이 있다 해도 나는 춤추지 못할 것이다. 순간 다리가 귀를 스치며 허벅지께 찌릿 쥐가 오른다. 뻣뻣한 몸뚱어리가 앞으로 고꾸라지며 내 손바닥은 아프게 방바닥을 짚는다. 나는 내가 조금 과장되어 있다는 것을 안다. 빨간 플라스틱 양동이 가득 출렁이던 물이 전부 내게 쏟아진다.

승객들의 발 밑에 아무렇게나 놓여진 우산, 젖은 점퍼 자락, 또 결과 길이가 서로 다른 수십 수백만 개의 머리칼에서 뿜어져나오는 습기로 버스 안의 공기는 시큼하고 눅눅하다. 버스가 고속도로로 접어들자 유리창에 맺혀 흐르던 빗방울의 기울기가 수평에 가깝게 완만해진다. 그리고 빨라진다. 나는 빠르게 흘러 어딘가로 튕겨나가는, 혹은 뒤 창문 어디쯤에 가 맺히는 빗방울을 좇아 눈동자를 부지런히 움직인다. 습기가 서리는 차창을 거친 감으로 만들어진 커튼으로 자주 닦아낸다. 멀리 이름을 알 수 없는 도로 저편의 산들이 물안개를 모기향 연기처럼 피워올리고 있다. 서울 톨게이트를 벗어나자 버스는 속력을 낸다. 옆 차선의 자동차들이 타이어에서 분무기처럼 물을 뿜어내며 달린다. 차선을 바꿀 때마다 물줄기가 분수처럼 휘어진다. 몇 안 되는 승객을 실은 버스는 동쪽을 향해 달린다. 빠르게. 이제 빗방울은 미처 유리창에 맺히지 못하고 바람에 쓸려나간다. 버스의 속도가 만들어낸 바람이 버스 주변을 동그랗게 에워싸며 보이지 않는 장막을 친 것 같다. 그나마 차창에 맺혀 있던 빗방울도 안쓰럽게 바람에 내둘리다 스러진다. 향긋하고 고요한 소나무 잎새에 떨어지느냐, 고속도로를 질주하는 차가운 버스 창문에 떨어지느냐. 빗방울에게도 역시 그런 불가항력적인 무엇인가가 문제인 것이다.

버스가 휴게소에 정차한다. 나는 지갑을 꺼내려다 엉겁결에 꾸려온 가방 속에서 반짝이는 펄이 든 색색깔 아이섀도와 커다란 볼터치용 브러시 등속의 분장용 화장품들을 발견한다. 공연은 없을 것이다. 있다 해도 나는 춤을 추지 못한다. 나는 화장품 케이스를 가방 안쪽으로 깊숙이 집어넣는다. 나는 휴게소 계단에 서서 버스에서 내린 사람들이 우산을 쓰지 않고 화장실을 향해 겅중겅중 뛰어가는 모습을 무심히 바라본다. 더운 커피를 담은 종이컵 안으로 빗방울이 떨어진다. 나는 빗방울이 섞인 자판기 커피를 마신다. 습기를 먹어 풀이 죽은 머리칼 속으로 손을 넣어 손가락 빗질을 해본다.

나는 서울을 떠나온 것이다.

다시 버스가 달린다. 휴게소에 정차했던 버스 안은 승객들이 휴대폰을 들고 소곤거리는 소리, 신문지를 넘기는 소리, 비닐 봉지를 추스르는 소리 따위로 소란스러워진다. 그 속에서 나는 문득 어떤 냄새를 맡는다. 맡고 만다. 오징어. 오징어 냄새. 꾸득꾸득 조금 덜 마른 채로 맥반석에 구워졌음이 분명한 오징어의 노린 냄새. 나는 통로를 사이에 두고 앉은 남녀에게로 고개를 돌린다. 검은 비닐 봉지 안의 오징어. 그들은 오징어의 몸통을 가늘게 찢어 서로의 입 안에 넣어주고 있다. 질겅질겅 씹던 오징어를 꿀꺽 삼킬 때 그들은 어떤 약속처럼 서로 눈을 맞춘다. 아직 더운 기가 남아 있을 오징어의 냄새가 버스 안에 퍼진다. 운전석 위쪽 고리에 멀미용 비닐 봉지가 어지럽게 흔들리고 있다. 차창엔 그새 다시 부옇게 김이 서려 있다. 나는 제법 간절히 그들이 대관령을 넘기 전에 오징어를 다 먹어주었으면 하고 바래본다. 빈 자취방에 전화벨이 울리고 있을지 궁금해진다. 창 쪽으로 얼굴을 돌리고 콧속을 무뎌지게 하기 위해 잠깐잠깐 숨을 멈춰본다. 통로 건너의 남녀는 질겅질겅 오징어를 씹으며 꿀꺽꿀꺽 콜라를 마신다. 나는 습기 어린 창에 바싹 옆얼굴을 갖다댄다. 볼이 얼얼해질 때까지 있다가 얼굴을 떼고 나니, 차창에 일그러진 자국이 남는다. 연탄불에 구워 일그러진 오징어 같다. 그토록 익숙했던 오징어, 그토록 역겨웠던 오징어, 오, 오징어라니. 연인들의 비닐 봉지 속엔 아직도 한 마리쯤 오징어가 남아 있는 것 같다. 버스 안은 차츰 고요해진다.

비행기를 타고 속초에 가고 싶었다. 꽃잎보다 가볍게 대관령을 넘어 낙산 해수욕장 모래사장에 사뿐히 내려앉고 싶었다. 비행기를 타면 서울에서 속초까지 채 한 시간이 걸리지 않을 거라 했다. 다시는 멀미에 시달리며 빙글빙글 대관령을 넘지 않으리라, 처음 서울로 떠나오던 버스 안에서 짐짓 비장한 다짐을 한 것도 같다. 그때도 버스 안에서 누군가가 연신 오징어를 씹어대고 있었던 것 같다.

자취방을 구한 지 얼마 되지 않아 처음이자 마지막으로 엄마가 서울에 올라온 적이 있었다. 나는 터미널로 마중을 나갔다. 그때, 엄마의 얼굴을 잊지 못한다. 핏기 없이 노오랗게 질린 엄마의 얼굴. 땀에 젖은 머리카락이 시든 이파리처럼 이마 위에 늘어져 있었고, 나를 쳐다보는 두 눈엔 초점이 없었다. 버스에서 마지막 승객으로 내리는 엄마의 뒤통수에 대고 운전기사는 나원 저렇게 고약하게 멀미하는 아줌마는 첨 봤네 하고 혀를 찼다. 엄마가 오십 평생 대관령을 넘은 건 그때가 처음이었다. 나를 낳고 혹 저런 표정을 지었던 건 아닐지, 문득 그런 생각이 들었다. 엄마는 십이차선에 꼬리를 물고 늘어선 자동차의 행렬에도, 끝없이 이어진 고층 아파트단지에도 놀라워하거나 감탄하지 않았다. 종잇장처럼 바싹 말라버린 오징어의 무심함.

—이 방에 사내놈을 들였다간 에미 숨 놓는 줄 알아.

자취방에 들어서고 나서도 내내 말이 없던 엄마는 내가 까무룩 잠이 들 때를 기다렸다는 듯이 잠을 확 달아나게 하는 한마디를 잊지 않았다. 어려서부터 엄마에게 어떤 애착의 표현 혹은 끈끈하고 살갑다는 느낌은 받아본 적 없었다. 그건 생을 견뎌나가는 엄마의 방식과 관련되어 있었으므로 딱히 서럽다는 생각은 들지 않았다. 그러나 옅게 코를 골며 잠든 엄마로부터 돌아누우며 나는 조금 울었다. 그러나 조금뿐이었다. 이내 나는 어떤 배신의 즐거움 같은 걸 생각했던 것 같다. 그리고 결코 엄마에게 돌아가지 않으리라는 다짐. 내가 돌아가지 않는 이상 겁을 준다 해도 엄마는 결국 내게 속수무책일 수밖에는 없다는 새삼스러운 깨달음. 그후 엄마 말대로 내 방에 '사내놈'을 들인 적은 없다. 나의 유일한 사내놈인 그. 그의 억세고 구불거리는 음모가 내 자취방 바닥에서 발견된 적은 없다. 다만 나는 물벼락을 맞았을 뿐이다. 그것에 대해 엄마는 마른 오징어처럼 속수무책일 수밖에 없다.

장마가 시작되고 딱히 일이 없던 캉캉팀은 둘로 나뉘어 검표를 하거나 포장일을 하게 되었다. 나는 선물 코너 한켠에 앉아 회전목마로부터 들려오는 아코디언 연주곡을 몇 시간째 듣고 있었다. 사분의 삼박자 왈츠 리듬이 만들어내는 나른함이 좋았다. 어떤 휴식 같은 무심함. 쿵짝짝. 쿵짝짝. 탁자 위의 은박 포장지와 핑킹 가위, 리본 묶음들을 차례차례 사분의 삼박자 왈츠 리듬에 맞춰 만지작거렸다. 몇몇 팀원들은 항상 서울 근교의 대규모 놀이공원이나 신시가지에 새로 개장한 첨단 테마파크에 대해 얘기했다. 모두 그곳에 가고 싶어하는 눈치였다. 공연환경이나 급료도 훨씬 조건이 좋고 공연이 없을 때 이렇게 잡무를 할 필요도 없다고 했다. 그런 볼멘소리를 듣던 누군가는 요즘 그런 곳의 공연팀은 모두 동구권의 인형 같은 외국 무용수를 고용한다고 핀잔을 주었다. 시간은 사분의 삼박자로 흘러가고 있었다. 어쨌든 나는 소규모의 동물원을 겸한 구시가지의 이 오래된 놀이공원이 마음에 들었다. 춤을 출 수 있었고 또 가끔 이렇게 아무 생각 없이 시간을 흘려보낼 수도 있었다. 그리고 또…… 출근 후 줄곧 비가 내리고 있었다.

—저녁 때까지 비가 그치지 않겠는걸.

그였다. 그는 어제도 이맘때 내 옆을 스쳐가며 저녁 때까지 비가 그치지 않을 것 같다고 말했다. 비가 내리면 저녁 공연은 취소될 것이다. 하지만 비가 내리는 저녁이어야만 취소되지 않을 그와 나의 놀이. 그의 말대로 비는 좀처럼 그치지 않을 것 같았다. 그 말은 그와 나 사이의 약속된 신호였다. 회전목마는 교복을 입은 여학생 둘만을 태우고 나른하고 단조로운 아코디언 연주곡에 맞춰 돌아가고 있었다. 여학생들의 손에 들려 있던 솜사탕도 회전목마가 한 바퀴를 돌 때마다 사분의 삼박자에 맞춰 크기가 줄어들고 있었다. 무심한 듯 한마디를 내뱉고 총총히 회전목마 쪽으로 걸어가는 그의 걸음걸이는 사분의 이박자 같기도 하고, 팔분의 육박자 같기도 했다. 그에게 이제 말해줘야 할 것 같다. 그 신호는 모두 알고 있어요. 더 이상 우리만의 신호가 아니에요. 쿵짝짝 쿵짝짝 나른하고 정겹던 리듬은 불안하게 흐트러져버렸다. 나는 인형을 진열하고 있던 팀원들이 그와 나를 향해 입술을 삐죽거리고 있다는 걸 알고 있었다.

—철면피.

포장지를 자르는 내 손아귀의 가윗날이 사분의 삼박자로, 사분의 이박자로 들썩거렸다. 분장실이나 화장실에서 내 옆을 스쳐가는 사람들의 뜻 모를 시선이나 중얼거림을 나는 최근에야 알아차릴 수 있었다. 그 수군거림 속에서 가끔 철면피, 라는 말이 또렷하게 들릴 때도 있었다. 나는 억울하지 않았다. 숨찬 가슴을 한참이나 쓸어내리기도 했지만 나는 상관없는 일이라 생각했다. 그러기에 그와의 신호를 바꾸거나 눈맞춤을 주저하거나 하지 않았다. 하지만 난 정말 철면피일지도 몰랐다.

—좀 드시겠어요?

창으로부터 고개를 돌리자 여자의 얼굴보다 여자가 들이민 오징어 다리가 먼저 눈에 들어온다. 먹다 남은 오징어를 건네는 여자의 어깨에 남자가 머리를 기대고 잠들어 있다. 여자는 미소를 지으며 손가락으로 하악골을 마사지하듯 문지른다. 엉겁결에 몇 가닥의 몸

통과 다리가 들린 검정 비닐 봉지를 받아든다. 여자도 팔짱을 끼고 이내 눈을 감는다. 그녀를 흔들어 깨우고 싶다. 아무도 내게 오징어를 먹일 순 없다.

비가 내려 공연이 취소되었던 어느 저녁. 그러므로 그와 함께할 수 있었던 저녁. 그는 안주머니에서 애써 감추어놓았다는 듯이 소주병과 마른 오징어를 꺼내놓았다. 우리는 여관방 얼룩진 물컵에 소주를 부어 마셨다. 금세 몸이 뜨거워졌다. 나는 검은 커튼을 젖히고 작은 창문을 열었다. 비가 내리고 있었다. 비에서 소주 냄새가 나는 것 같았다. 야아-, 나는 창문 너머로 소리를 질렀다. 그가 웃었다. 겨우 웃었다. 나는 춤을 추고 싶어졌다. 나는 벌거벗은 채로 그의 앞에서 캉캉춤을 추었다. 나는 그가 헤어지자 말할까 겁이 나 있었던 것이다. 나는 열심히 춤을 추었다. 키득키득 웃던 그가 내 춤을 따라 추었다. 우리는 서로에게 손가락질을 하며 웃어댔다. 소주를 담은 컵이 금방금방 비워졌다. 그가 찍 하고 오징어 몸통을 찢어 내게 내밀었다. 나는 춤을 멈추었다.

—안주도 먹어야지.

—나…… 오징어는 안 먹어요.

—오징어를 안 먹어? 왜?

—오징어는 참을 수가 없어요. 마른 오징어를 보면…… 죽여버리고 싶어요.

나는 죽여버리고 싶다는 말을 주먹까지 움켜쥐며 힘주어 발음했다. 그가 아이처럼 눈을 동그랗게 떴다. 그 모습에 눈물이 날 것 같았지만 나는 웃었다. 멍한 표정을 짓던 그도 피식 따라 웃었다. 그가 철썩 내 엉덩이를 때렸다. 바람 빠지는 소리를 내며 그는 계속 웃었다.

—죽여버린다구? 히히히히. 갠 벌써 죽었잖아. 오징언 이미 죽은 지 오래라구. 히히히…….

그와 나는 피식피식 웃거나 캉캉춤을 추거나 좁은 창 밖으로 소리를 지르거나 했다. 몸이 뜨거웠고 비에서 소주 냄새가 났다.

—당신도 오징어는 먹지 마. 나를 위해서.

그가 헤어지자 말할까 더이상 겁나지 않았다. 소주를 다 마실 동안 그도 오징어를 먹지 않았다. 흐흥흐흥 웃음이, 춤이 잦아들고 나는 그의 가슴에 얼굴을 묻었다. 어떤 배신의 즐거움. 그리고 그의 젖꼭지에 눈물을 닦았다. 나는 오징어를 먹지 않는다. 그리고 그를 사랑한다.

빗방울이 가늘어진다. 구름보다 빠르게 달리는 버스. 아니 산을 넘으며 구름 속을 달리고 있는 버스. 어쩌면 버스는 물 속을 헤엄쳐 나가고 있는 것만 같다. 산맥을 넘으며 버스는 자꾸 몸을 튼다. 냄새가 새어나오지 않도록 여자에게 건네받은 검정 비닐 봉지의 주둥이를 꼭 묶었다. 버스가 기울어질 때마다 옆자리의 남녀도 불안하게 기울어지지만 좀처럼 잠을 깨지 않는다. 나는 잠들지 못한다. 버스 안은 괴괴할 정도로 고요하다. 불면의 밤 잦은 뒤척임처럼 버스가 몸을 튼다. 나는 눈을 감을 수 없다. 눈을 감을 때마다 어젯밤 정수리로부터 얼굴로 가슴으로 등으로 흘러내리던 차가운 물줄기의 감촉이 되살아난다.

스물두 살의 나, 서른두 살의 그. 음식점 서빙 자리를 몇 군데 전전하다 놀이공원의 임시 계약직 직원이 될 수 있었다. 처음 삼 개월 동안 나는 삐융삐융 사이렌을 울리는 범퍼카 옆 매점에서 소프트 아이스크림을 팔았었다. 범퍼카와 범퍼카가 부딪칠 때마다 들리는 사람들의 괴성과 웃음소리, 그 요란한 경적 소리 때문에 곧잘 손님들의 주문을 되물어야 했다. 초콜릿, 바닐라, 초콜릿과 바닐라. 능숙하고 부드럽게 손목을 돌려야 소용돌이치듯 소라껍질 모양으로 아이스크림을 콘 위에 얹을 수 있었다. 소프트아이스크림은 차고 달고 부드럽고 끈적거렸다. 앞치마 주머니 속의 가득한 동전들이 진득거리며 녹아나는 것 같았다. 어떤 걸로 드릴까요, 여기 있습니다. 어느 일요일엔 이백마흔세 번 같은 말을 한 적이 있었다. 자취방과 놀이공원 사이를 오가는 나의 모든 동선이 아이스크림처럼 줄줄 녹아버릴 것 같았다. 삐융삐융 따르르릉 오징어 냄새처럼 이명(耳鳴)에도 익숙해지고 있었다.

그 뒤 삼 개월 동안은 곰 인형 가면과 갈색 털옷을 입고 놀이공원 여기저기를 뛰어다녔다. 앞이 잘 보이지 않았고 몸은 땀범벅이 되었지만 소프트아이스크림을 파는 것보다 좋았다. 나는 곰 인형을 뒤집어쓰고 음악에 맞춰 우스꽝스러운 춤을 추기도 했고, 아이들에게 손을 흔들고 고적대를 따라다니며 바람을 잡았다. 부모들의 사진기 앞에서 아이들과 어깨동무를 하고 포즈도 취했다. 나는 내가 정말 곰 인형인 것 같아 좋았다. 체중이 많이 줄었다. 조악한 디자인에 봉제 상태가 불량한 곰 인형 가면은 늘 웃고 있었다.

—몸이 유연하네. 연기력도 있는 것 같고…….

스물두 살의 나, 서른두 살의 그. 그는 놀이공원과 계약을 맺은 이벤트회사의 야외공연부 팀장이었다. 곰돌이보단 발레리나가 어울리겠는데. 큰 거울이 달린 연습실에서 내가 다리를 쳐들어 귀에 닿는 동작을 해 보이자 그가 웃으며 말했다. 며칠 동안 그는 내가 안무 익히는 것을 늦게까지 남아 지켜봐주었다. 나는 지하철 대신 그의 자동차로 귀가했다.

—웃으면서 할 수 있는 일을 찾는 게 중요해.

스물두 살의 나, 서른두 살의 그. 그는 캉캉춤을 추는 내내 웃는 얼굴을 강조했다. 나 대신 웃어주는 곰 인형 가면은 더이상 쓰지 않았다. 그의 음모는 숱이 많고 억세고 구불거렸다. 힘없이 가늘고 숱이 적은 내 것과는 달랐다. 그는 캉캉춤처럼 날 들뜨게 했다. 항상 입가에 달고 다니는 그 특유의 웃음은 사람들로부터 충분히 호감을 얻을 만한 그런 종류의 것이었다. 이벤트회사의 직원이라는 그의 직업은 그와 아주 잘 어울렸다. 그는 몇 년 동안 레크리에이션 강사였다고 했다. 숱이 많고 억세고 구불거리는 그의 음모. 어느 순간 나만을 향해 웃어 보이는 하얀 지우갯밥 같은 웃음. 한 번도 가져본 적 없는 종류의 유쾌함과 흥미진진함에, 그것에 애가 타는 나는 나를 멈출 수 없었다. 나는 어느 밤처럼 배신의 즐거움을 생각했다. 그는 레크리에이션 강사였다는 경력 탓에 재미있는 놀이를 여러 가지 알고 있었다. 물론 자기 스스로 만들어낸 놀이도 많았다. 내게도 여러 놀이를 가르쳐주었는데 그의 놀이는 끝도 없이 다양했다. 그 기상천외하고 희한한 놀이들. 스포츠신문의 퍼즐 따위에 비길 바가 아니었다. 그의 놀이가 재미있는 것은 복잡하고 까다로운 규칙 때문이었는데, 그렇다고 그 복잡하고 까다로운 규칙이 결코 짜증스럽거나 어렵다고 느껴지는 것은 또 아니었다. 기발하고 재미있는 그의 놀이는 점심시간이나 공연 전후의 휴식시간 혹은 회식 자리에서 야외공연부원들을 대상으로 끊임없이 이어졌다.

—선을 백 개만 그어봐. 긋고 싶은 대로. 죽죽 그어. 단, 같은 모양이 있어선 안 돼. 수평선이나 수직선도 안 되고. 서로 다른 선 백 개.

그는 종이와 볼펜을 건네주며 놀이를 설명해주었다. 놀이는 쉽지만 규칙은 까다롭다. 나는 귀를 기울이고 열심히 그의 설명을 들었다. 그의 놀이가 이백마흔세 번 되풀이되어도 좋다고 생각했다. 비가 오는 저녁, 좁은 우산 속 같은 여관방, 가슴팍에 베개를 받치고 엎드려 누워 그와 나는 낄낄거렸다. 나는 종이에 서투르게 선을 그었고 그는 내가 그어놓은 선 중에서 같은 것들을 집어냈다. 틀릴 때마다 그는 찰싹찰싹 내 엉덩이를 때렸다. 나와 그는 어깨를 들썩거리며 웃었다. 나는 서로 다른 선 백 개를 긋지 못했다. 그것이 좋았다. 웃느라 선이 삐뚤빼뚤했다. 내 엉덩이의 발그스름한 그의 손자국을 거울에 비춰보며 또 웃었다. 그의 엉덩이가 내 엉덩이를 보고 웃었다. 그만의 낱말 잇기, 그만의 모션 게임, 그만의 빙고 게임, 그리고 백 줄 긋기. 비가 오는 저녁, 좁은 우산 속 같은 그곳에서 나는 더없이 유쾌하고 흥미진진했다. 비 오는 날의 놀이는 놀이공원에 있지 않았다.

나는 임신으로 자리를 비운 그의 아내 대신 붉은 치맛자락을 펄럭이며 캉캉춤을 추었다. 평일 저녁시간에 한 번, 토요일과 일요일엔 두 번씩 나는 요란한 화장을 하고 열다섯 명 무용수들과 함께 캉캉춤을 추었다. 굽 높은 구두 탓에 발목이 아프고 뒤꿈치가 까졌지만, 난 껑충거리며 무릎을 굽혔다가 있는 힘껏 다리를 쳐드는 동작을 얼마든지 반복할 수 있을 것만 같았다. 나는 나의 웃음이 자연스러워지고 있음을 알았다. 치맛자락을 흔드는 손목이 더없이 가벼웠다. 캉캉춤의 마지막 안무는 모든 무용수들이 뒤로 돌아 일제히 치마를 뒤집는 동작이었다. 속바지 차림의 엉덩이를 높이 쳐들면 심벌즈 소리와 함께 사람들의 웃음소리, 박수 소리, 휘파람 소리가 들려왔다. 왠지 모를 통쾌함에 사로잡히곤 했다.

버스가 내리막길에 접어들었을 즈음, 혼자서 백 줄 긋기를 시작한다. 우선 가파른 산등성이의 능선으로 열 줄쯤 채운다. 그리고 지나치게 무수한 잔가지를 뻗은 나무들, 영원한 결별처럼 매몰찬 느낌으로 나를 어긋나 달려가는 자동차들…… 수평선과 수직선은 안 된다. 엉덩이에 얄밉게 닿았던 그의 손바닥 감촉. 옆자리의 남녀가 깨어나 조잘거린다. 내게 오징어를 건네준 여자가 잠이 덜 깬 목소리로 비가 그쳤나봐, 하고 말한다. 구름 사이로 내리쬐는 햇빛에 그만 백 줄 긋기가 시들해진다. 언뜻 바다가 보인 것도 같다. 나는 지난밤 잠들지 못했다. 바다를 보는 것은 아주 오래간만의 일이다. 갑자기 졸음이 밀려온다. 구름 속을 지나왔으므로, 물 속을 달려왔으므로 몸은 무겁고 나른하다. 나는 참을 수 없이 졸리다.

집으로 향하는 칠번 국도는 구름 한 점 없이 맑다.

그것 자체가 꼭 건어물의 한 종류 같은 엄마의 손. 가게 앞 진열대에 마른 오징어와 쥐포를 차곡차곡 쌓아올리고 있던 엄마의 손이 나를 발견하자 놀라 허둥거린다.

—알아? 네가 잘못한 거야! 어린 년이.

나는 참을 수 없이 졸리다. 세상 가장 무거운 잠이 걷잡을 수 없이 눈꺼풀 위로 쏟아진다. 엄마를 지나쳐 마른 오징어들 속으로 파묻힌다. 나는 아버지가 오 년 동안 자리를 차지하고 누워 있던 그 자리에 쓰러져 잠이 든다. 꿈속, 흰 오징어의 얼굴을 한 아버지가 먹물을 뿜으며 홱 나를 스쳐 지나간다. 오징어 냄새가 난다.

눈을 떴을 땐 방 안에 식은 저녁상이 차려져 있었다. 엄마는 부엌을 들락거리며 다시 음식을 데운다. 열여덟 살이 된 남동생은 티브이에 얼굴을 고정시킨 채 혼잣말을 중얼거리듯 내게 말을 건넨다. 꿈속 오징어였던 아버지의 얼굴과 박은 듯이 닮아 있는 얼굴이다. 차창에 부딪쳐 흘러내리던 빗방울 생각이 난다. 향긋한 솔잎 사이에 떨어지느냐, 달리는 차창에 떨어지느냐. 어떤 감회를 애써 배제한 듯한 분위기로 식사가 시작된다. 밥공기 안으로 쉴새없이 임연수어 살점과 미역무침이 들어온다. 엄마의 손가락이 생선을 발라낸 기름으로 반들반들해진다. 나는 오랫동안 숟가락을 입에 물고 있다.

— 얼마 더 있다 피서철 됐음 오기도 쉽지 않았을 거다.

잘 왔다는 건지, 좋지 않은 일이 있느냐는 건지, 얼마나 있을 생각인 건지, 돌아가지 말라는 건지…… 혹은 그 모든 것을 한꺼번에 묻고 있는 엄마. 그러나 차마 입을 열지 못하는 엄마. 속수무책인 엄마. 조개탕 속의 모시조개들이 엄마를 대신해 모두 입을 벌리고 내게 묻고 있다. 무슨 일이 있었던 거니.

낙산 해수욕장 입구의 '홍련암 건어물상회'에는 풍으로 입이 돌아간 아버지와 마른 오징어를 팔아 생활비의 대부분을 아버지의 빚과 약값으로 치르는 어머니와, 고등학교를 졸업하고 하릴없이 관광객들을 상대로 연탄불에 오징어를 구워 파는 딸과 공부를 곧잘 하는 어린 아들이 살고 있었다. 아버지는 자리보전을 한 지 사 년 칠 개월 만에 죽었다. 엄마는 사람들에게 조금은 홀가분한 기분으로 빚을 갚게 되었다고 말했다. 아들은 더욱 말수가 줄었다. 그리고 딸은, 딸은 그즈음 오징어 냄새를 더이상 견뎌낼 수가 없었다. 거뭇하게 단백질이 타들어가는 그 냄새를 참을 수가 없었다. 피서철에는 하루에 이백마흔세 마리의 오징어를 구운 적도 있었다. 이백마흔세 마리의 오징어를 팔아버려도 가게 안에는 아직 수백 축의 오징어가 남아 있었다. 그리고 또 바닷가 어딘가에서 말려진 오징어들이 워석거리며 진열대 위에 끝도 없이 쌓였다. 스무 살의 시간은 오징어가 연탄불 위에서 알맞게 오그라드는 동안에 맞춰 흘러갔다. 딸은 언젠가 한 코미디언이 연탄불 위에서 오징어가 구워지는 모양을 손과 얼굴을 있는 대로 일그러뜨리며 흉내내는 걸 티브이에서 본 적이 있었다. 텔레비전 속의 사람들은 모두 폭소를 터뜨렸지만 딸은 조금도 우습지 않았다. 목 언저리 어딘가에 오징어 빨판이 눌어붙어 있는 것 같아 목덜미를 신경질적으로 쓸어내리는 버릇이 있었다. 어느 날 딸이 흰 봉투에 구운 오징어를 담아 손님에게 건네주다 그만 구역질을 했던 걸 엄마는 결코 알지 못했다.

이부자리를 펼치는 엄마의 속바지는 지독하게 낡아 있다. 저 숨길 수 없는 삶의 보푸라기들. 분장실 사물함에는 화려한 레이스가 달린 속바지가 들어 있다. 아니 누군가 내 사물함을 치워버렸을지도 모를 일이다. 엄마의 속바지는 이백마흔세 번 세탁되었을 것이다. 자취방에서처럼 모녀가 나란히 눕는다. 그말고 다른 사람과 나란히 누워보기는 오랜만이다. 엄마도 혹시 아버지와 나란히 누웠던 날짜를 꼽아보고 있는 건 아닐지.

옅게 코고는 소리가 규칙적으로 들려온다. 나는 엄마로부터 돌아눕는다. 또다시 눈물이 난다. 그러나 역시 조금뿐이다. 문득 엄마의 몸을 갈라 속을 까발려보고 싶어진다. 오징어처럼. 엄마의 내장 어딘가엔 먹물주머니가 달려 있을 것만 같다. 아버지의 비뚤어진 입술이, 가출하듯 집을 떠난 딸의 뒷모습이, 말없는 아들의 눈빛이 먹물처럼 엉겨 있을 것이다. 엄마의 내장은 볼품없을 것이다. 반으로 갈라져버린 엄마의 몸뚱어리를 어떻게 할 것인가. 꼬챙이에 꿰어 덕장에 널어놓을 순 없다. 엄마는 오십 평생을 건어물처럼 팍팍하게 살아왔다. 차라리 횟집으로 보내지는 편이 좋겠다. 잠시라도 싱싱하고 촉촉한 한 접시 회가 좋겠다.

잠은 오지 않는다. 그러므로 나는 잊지 못한다. 눈을 감으면 정수리로부터 쏟아져내리던 물줄기가 되살아난다. 해초처럼 헝클어진 엄마의 머리칼, 그 이마 언저리에서 물음표처럼 생긴 검버섯을 발견한다. 잠든 엄마의 이마가 계속 내게 묻는다. 무슨 일이 있었던 거니.

비가 오지 않았던 어제 저녁엔 모처럼 공연이 있었다. 격렬한 춤 동작은 굳어 있던 근육을 뻐근하게 만들었다. 구경꾼들은 많지 않았지만 모처럼 땀을 흘리며 춤을 출 수 있었다. 늦은 밤 집으로 돌아와 자취방으로 향하는 작은 문을 열었을 때, 방문 앞에 검은 그림자가 보였다. 검은 그림자가 움직이자 불이 켜졌다. 눈이 백열등 불빛에 익기도 전에 낯선 목소리가 귀에 먼저 와 박혔다.

—오늘은 공연을 했다지? 섭섭해서 어쨌을까나.

여자의 배가 부르다는 것을 금방 알 수 있었던 것은 그만큼 배가 불렀기 때문이 아니라 그녀가 일부러 도드라지게 나를 향해 배를 내밀고 있었기 때문이었다. 예쁜 임부복이었다. 여자는 손으로 허리 뒤를 받친 채 전형적인 임산부의 포즈로 서 있었다. 그녀가 의도한 대로 그 모습에 이내 나는 주눅이 들었다. 뱃속의 아기도 탯줄이 달린 배를 앞으로 내밀며 손을 허리 뒤로 받친 채, 그녀와 같은 모습으로 나를 노려보고 있는 것만 같았다.

—나 같으면, 그렇게 소문이 났으면! ……그만뒀을 거야.

그녀의 말은 지나치게 작았다가 지나치게 커져 알아듣기가 어려웠다. 하얀 발목 양말과 단정하게 핀을 지른 머리카락. 차분한 색깔의 립스틱을 바른 그녀의 입술이 자신의 정당함을 항변하듯 파르르 떨리고 있었다. 그녀 역시 캉캉춤을 추었던 무용수였다는 흔적은 어디에서도 찾을 수 없었다. 손가방을 쥔 손등에 가는 힘줄이 도드라져 있었다. 나는 왠지 모를 현기증에 아득히 그대로 주저앉을 것만 같았다. 오늘은 오랜만에 춤을 추었다. 눈앞이 휘청거렸다. 엄마를 떠나올 때의 멀미, 귓전에 가득한 도시의 소음들, 소프트아이스크림의 끈적거림, 곰 인형 가면 속으로 흐르던 땀방울, 발뒤꿈치에 잡힌 물집…… 스물둘. 조금은 과장된, 그러나 조금은 서러운 피곤이 뻣뻣하게 굳은 근육을 휘감았다. 아무렇게나 쓰러져 잠들고 싶었다. 그가 보고 싶었다. 그의 아내가 내 방 앞에서 얼마나 날 기다렸는지는 알 수 없었다. 캉캉팀에는 그녀의 친구가 여럿 있다고 했다.

—알아? 네가 잘못한 거야! 어린 년이.

철면피. 그녀는 내가 겁에 질리기를 바라고 있었다. 그러나 내게 느껴지는 감정은 두려움보다는 부러움이었다. 그녀의 손가방이 내게로 날아왔다. 검정 벨벳감으로 만들어진 작고 예쁜 손가방이 내 발 앞에 떨어지면서 무언가 깨지는 소리가 났다. 너 겨우 스물둘이라며 너 나 임신한 거 안다며 그 표정은 뭐야 그런 표정으로 남자 후리는 건 누구한테 배웠니 재미있든 재밌었어 이 철면피야…… 플라스틱 밥공기는 깨어지지 않고 요란한 소리를 내며 바닥에서 튕겨올랐다. 스테인리스 수저도 수돗가 바닥에 널브러졌다. 필요 이상 휘청거리며 다가온 그녀가 서슴없이 내 팔을 잡아 흔들었다. 그 서슴없음이 나는 역시 부러웠다. 그녀의 떨리는 입술에서 쏟아져나온 불분명한 말소리는 지나치게 작았다가 지나치게 커져 알아들을 수가 없었다. 문득 그와 함께 하던 많은 놀이들이 생각났다. 서로 다른 선 백 개를 그어야 했던. 지금 같아선 정말 한 줄도 같지 않게 백 개를 채울 수 있을 것만 같았다. 분에 이기지 못한 듯 그의 아내가 나를 밀쳐냈다. 순간 야릇한 미소가 그녀의 얼굴에 떠올랐다. 그녀는 세숫물과 설거지물을 받아놓는 빨간 플라스틱 양동이를 집어들었다. 쿨렁쿨렁 흔들리는 물. 그녀의 예쁜 임부복과 하얀 양말에 물방울이 튀는 것이 나는 가슴이 아프도록 안타까웠다. 그의 아내와 그의 아기가 번쩍 양동이를 들어올렸다. 그리고 나는, 나는 물을 뒤집어썼다.

나는 눈을 감았다. 차가운 물줄기가 정수리로부터 얼굴로, 가슴으로 등으로 쏟아져내리고 있었다. 멀리 파도처럼 소리를 내며 흩어지는 수돗물. 그건 분명 평범한 수돗물의 냄새였다. 나는 물의 냄새를 맡을 수 있다. 모처럼 비가 오지 않았지만 나는 전부 젖었다.

그의 아내가 돌아간 뒤 엎어져 있던 밥공기를 집어들었다. 밥공기 주둥이에 말라비틀어진 밥알 서너 개가 엉겨붙어 있다.

가게 안 어느 곳에서도 물의 냄새는 맡을 수 없다. 꾸덕꾸덕 핏빛으로 마른 문어 한 마리가 삼 년째 기둥에 매달려 있다. 건어물은 썩지 않는다. 쥐포의 표면은 아스팔트처럼 거칠다. 하얗게 타버린 연탄을 입에 문 곤로. 나 대신 엄마가 불을 피워 오징어를 구웠을 것이다. 하릴없이 건새우를 봉지에 나눠 담고, 사철 모기향을 피우고, 파리채도 엄마가 대신 휘둘러댔을 것이다. 음식을 나르고, 소프트아이스크림을 팔고, 곰 가면을 뒤집어쓰고, 캉캉춤을 추었던 것이 내게도 별수 없는 일이었는지. 커다란 비닐 자루에 산처럼 쌓여 있는 노란 오징어채 하나를 집어 입에 문다. 짭짤하고 고소한 죽음의 맛.

—오징어는 참을 수가 없어요. 마른 오징어를 보면…… 죽여버리고 싶어요.

나는 전화기를 들고 공, 이를 누른다. 신호음이 오래 울린다. 여보세요 소리와 함께 어디선가 물줄기가 쏟아져내릴지도 모른다. 마른 오징어를 바다 속에 집어넣는다고 해서 다시 희고 미끈거리고 말랑말랑한 오징어로 돌아가는 것은 아니다. 이백마흔세 번쯤 신호가 울려도 아무도 전화를 받지 않는다. 그도 그의 아내도. 혹은 그의 아기도.

장마철의 동해안은 며칠 동안 비 한 방울 오지 않는다. 나는 오징어를 한 마리도 굽지 않는다. 엄마는 여전히 내게 아무것도 묻지 못한다.

바다는 짙푸르다. 동해는, 속초 부근의 바다는 텔레비전 화면을 통해 들여다봐도 지독히 푸르다. 나는 남동생 방에서 종이와 볼펜을 가져왔다. 다큐멘터리 프로그램의 해설자는 그 짙푸름이 예의 깊이 때문이라 설명한다. 서해나 남해의 그것과는 비교도 되지 않을 깊이를 동해는, 속초 앞바다는 가지고 있다는 것이다. 다큐멘터리의 카메라는 오징어잡이 배를 타고 있다. 텔레비전이 놓여진 탁자 건너, 가게 유리문 밖에도 바다가 있고 등대만큼이나 환하게 불을 밝힌 오징어잡이 배들이 출렁거리고 있다. 그 불빛들을 보면서 나는 무심히 선 몇 개를 종이 위에 긋는다. 그와 함께일 때처럼 어깨를 들썩이거나 키득거리며 웃지 않는다. 텔레비전 속의 속초 바다와 유리문 밖 검은 밤바다와 눈앞의 흰 종이가 모두 출렁거리고 있다. 카메라맨은 산소통을 짊어지고 바다 속으로 들어간다. 선을 그어나가는 내 손놀림은 신중하면서도 빨라진다. 부글부글 기포 터지는 소리가 귓전을, 불 꺼진 건어물 가게 안을 메운다.

오징어다. 카메라맨이 다가가자 수십 마리의 오징어들이 적개심을 드러내며 반응한다. 카메라맨도 오징어도 아주 예민하고 민첩하게 움직인다. 나는 아직 같은 선을 긋지 않았다. 문득 함부로 손을 뻗은 카메라맨을 향해 일제히 먹물이 뿜어진다. 나는 죽은 아버지를 떠올린다. 카메라맨은 이제 조명을 끄고 짐짓 산호초처럼 움직이지 않는다. 저 깊은 바다 속 대낮처럼 불을 밝힌 오징어배를 향해 오징어떼들이 유유히 헤엄쳐가고 있다. 어쩌면 오징어는 자신이 속고 있음을 알고 있을지도 모를 일이다. 자신을 유혹하는 그 눈부신 빛의 섬찟한 정체를 알면서도 애써 속고 있을지도 모를 일이다. 나는 같은 선이 있는지 차근차근 확인한다. 티브이 속 해설자가 말한다. 바다 속에서의 오징어는 저렇듯 투명한 몸을 가지고 있습니다. 놀랍도록 예민한 오징어는 낚시에 잡혀 올라오는 순간 죽어버리고 맙니다. 우리가 흔히 알고 있는 것처럼 오징어의 몸이 흰색을 띠는 것은 바다를 벗어나는 순간 생기는 극한의 스트레스 때문입니다. 원래 감정에 따라 색깔을 달리하는 투명하고 예민한 몸이 스트레스성 화학반응으로 희게 변하는 것입니다. 나는 선을 점에서 멈춘다. 텔레비전은 오징어가 원래 투명하다고 내게 말하고 있다. 이십 년을 넘게 탁한 구릿빛이 도는 마른 오징어만을 알고 있던 내게 텔레비전은 오징어가 원래 투명하다고 말하고 있다. 투명한 오징어. 내가 알지 못하는 오징어. 내장과 먹물주머니가 전부 들여다보이는 오징어. 저 깊고 짙푸른 바다 속에.

이백마흔세 마리의 오징어를 굽던 날, 이 동해 바다에서 제일 먼저 오징어를 건져올린 사람은 누구였을까 생각했었다. 저 속을 알 수 없이 짙푸른 바다 속에서 뜬금없이, 어떤 생선과도 닮지 않은 오징어라는 종(種)이 그의 낚시 끝에 걸려 올라왔을 때 그는 어떤 표정을 지었을까 생각했었다. 선을 긋는 나의 손놀림이 걷잡을 수 없이 빨라진다. 한 번도 서로 다른 선 백 개를 그어보지 못했다. 그의 놀이는 재미있는 심심풀이였지만 지금 나의 놀이는 다소 절박하다. 바다 속의 오징어는 투명하다. 투명한 오징어. 한 번도 본 적 없는 낯선 오징어. 철면피가 아닌 오징어. 아흔일곱, 아흔여덟, 아흔아홉. 그에게 엉덩이를 맞고 싶어서 그었던 선들이 아니다. 나는 어둠 속

가게 진열대 위에 예의 무심하고 뻔뻔한 표정으로 드러누워 있는 그 많은 오징어들에게 중얼거린다. 서로 다른 선을 백 개만 그어봐.

티브이 화면 속의 오징어들은 이제 고무장갑 손에 의해 배가 갈라지고 있다. 내장과 먹물주머니를 떼이고 꼬챙이에 꿰어져 해변가에 널린다. 바닷바람이 그들의 몸을 통과한다. 그렇지만 오징어는 투명하다. 투명한 오징어들이 저 깊고 짙푸른 바다 속에 있다. 아직 있다.

깊은 밤의 모래사장. 나는 바다를 마주 보며 캉캉춤을 춘다. 오징어배의 강렬한 집어등이 놀이공원 야외무대의 스포트라이트 같다. 나는 잠든 엄마, 어쩌면 한때 투명했을지도 모르는 잠든 엄마의 곁을 지나 가방에서 분장용 화장품들을 꺼내 공연 때처럼 화장을 했다. 흥겨운 행진곡을 흥얼거리며 무릎을 굽혔다 다리를 높이 쳐든다. 맨발에 차갑고 고운 모래가 다리를 더욱 가볍게, 높이 솟아오르게 만든다. 나는 지금 혼자서도 신이 나 있다. 검은 밤바다 위에 오징어배들도 캉캉춤을 추듯 튀어오른다. 어부들은 내 캉캉춤 때문에 뱃멀미를 하고 있을 것이다. 바다 안에는 투명한 오징어들이 가득 헤엄쳐다닌다. 그들은 예민하고 날렵한 동작으로 빛을 향해 나아간다.

처음 서울로 향하던 버스 안에서 나는 연한 에메랄드빛 남국의 바다를 그려보고 있었다. 속이 훤히 들여다보이는 그 에메랄드빛 바다 속에 오징어 따위는 결코 들어 있지 않으리라 생각했었다. 인어공주. 에메랄드빛 투명한 바다에는 인어공주가 어울린다. 혹여 아름다운 금발의 인어가 낚싯줄에 걸려든다 해도 배를 가르고 햇빛을 쏘여 건어물로 만들 수는 없으리라 생각했었다. 그러나 아주 어려서부터 나는 이미 조금도 그 속을 들여다볼 수 없는 깊고 짙푸른

저 바다에 의해 내 삶이 결정지어질 것을 알고 있었던 것 같다. 향긋한 솔잎 사이, 혹은 바람 부는 차창에 떨어지는 빗방울처럼. 투명한 오징어는 뜻밖에도 의연하다. 자신을 유혹하는 그 눈부신 빛의 섬찟한 정체를 알면서도, 희고 적나라한 죽음, 딱딱하고 무심한 검은 죽음을 알면서도. 오징어는 짙푸른 바다 끝으로 가고 싶었던 모양이다. 오징어, 바다의 나비. 가볍게 날아오르는 투명한 바다의 나비.

어두운 바닷가에서 나는 이마 가득 땀을 흘리며 춤을 추고 있다. 나는 서로 다른 백 개의 선을 가졌다. 투명하거나 희거나 검은 오징어. 마지막 동작이다. 캉캉춤의 통쾌한 마지막 동작. 나는 바다를 향해, 한없이 깊고 짙푸른 바다를 향해, 섬찟하도록 아름답게 반짝이는 집어등 불빛을 향해, 그리고 투명한 몸을 희게 투신하는 오징어들을 향해 엉덩이를 까 보인다.

이건 바다 냄새다. 나는 물의 냄새를 맡을 수 있다. 이건 바다, 깊고 짙푸른 바다의 냄새다.

럭키 서울

아무 곳에도 도착하지 못한 희미한 새벽.

올림픽대로변의 가드레일 한 귀퉁이에서 나타났음을 믿을 수 없는 검은 고양이 한 마리.

은밀한 긴장으로 노랗게 반짝이는 습격자의 눈동자.

고양이는 낡은 자동차, 그 컴컴한 밑으로 쑤욱 빨려들어간다.

아무도 이곳에서 길을 잃을 수 없다.

1. 헤어진 다음날—길 찾는 법

그는 차가 붐비는 건널목을, 신호등을 무시한 채 천천히 걷고 있다. 높고 신경질적인 경적음을 울려대는 자동차들, 쏟아지는 욕설들, 그러나 건널목을 가로지르는 그는 분명 듣고 있지 않다. 아지랑이처럼 피어오르는 뜨거운 아스팔트의 열기, 쉴새없이 땀방울이 흘러내리는 그의 망연한 얼굴이 화면 가득 확대된다. 시현은 티브이 속 남자의 텅 빈 눈빛을 잠시 바라본다.

늦은 아침, 잠에서 깨어나자마자 습관처럼 켰던 텔레비전. 주전자의 찻물이 끓는 소리나 냉장고의 규칙적인 모터 소리, 혹은 창 밖 무심하게 흔들리는 플라타너스 이파리와 별다를 게 없는 티브이 속의 소리들, 풍경들. 애써 귀 기울이지도, 주의 깊게 지켜보지도 않은 터. 그러므로 토요일 오후 재방송중인 드라마의 주인공이 망연자실한 표정으로 차도를 무단횡단하고 있는 이유를 시현은 알지 못한다. 조금 전 티브이에 눈길을 주었을 땐 한 소녀가 바다 속으로 걸어들어가며 주문처럼 어느 이동통신사의 광고 문구를 중얼거리고 있었다.

티브이 속의 남자가 무력한 고갯짓으로 주위를 두리번거린다. 그는 길을 잃은 모양이다. 그에게 무슨 일이 일어났던가. 그의 눈에 비친 자동차와 가로수와 빌딩과 간판들. 거리의 모든 것들이 어지럽게 소용돌이친다. 더할 나위 없는 무력감이다. 시현은 여전히 그 망연함의 이유를 모른다. 그러나 어지럽게 소용돌이치고 있는 화면 속의 그 거리는 정확히 알아볼 수 있다. 드라마 속 주인공 남자가 넋을 놓은 채 두리번거리며 서 있는 곳은 강남역 부근 양재동 방면의 대로변이다. 화면에 보이진 않지만 남자의 주위엔 틀림없이 버거킹과 정철외국어학원과 진솔문고와 국민은행이 있을 터. 시현은 무심히 주변의 약도를 머릿속에 그려본다. 남자는 여전히 길을 잃은 척 멍하니 주위를 두리번거리고 있다.

드라마 속 남자의 표정은 시현으로 하여금 뉴욕에 거주하며 주로 뉴욕을 배경으로 뉴요커들의 이야기를 소설로 쓰는, 뉴욕의 작가 폴 오스터를 떠올리게 한다.

> 뉴욕은 무한정한 도시, 아무리 걸어도 끝나지 않는 미로였다. 아무리 멀리 걸어도, 아무리 주변과 거리를 잘 알게 되더라도 뉴욕은 그에게 언제나 길을 잃은 듯한 느낌을 남겨주곤 했다. 길 위에서 길을 잃을 뿐만 아니라 마음속에서도 길을 잃고 마는 도시였다.

언젠가 시현은 폴 오스터 소설의 한 구절에 밑줄을 그으며 서울을 생각했었다. 시현이 알고 있는 유일한 도시는 뉴욕이 아닌 서울이었으므로. 서울—번식과 증식을 위해 모든 방법을 동원하는 도시, 강과 구름이 슬픈 속도로 흘러가는 도시. 서울 역시 폴 오스터의 뉴욕처럼 무한정한 도시. 미로처럼 얽힌 길과 길. 그러나 미로는 허술한 미로, 뉴욕과 달리 서울에서 길을 잃었다는 막막함을 느낀다는 것은 거의 불가능한 일이 아닐까 시현은 생각했다. 아니 시현이 알고 있는 서울은 도무지 길을 잃을 수 없는 도시였다.

서울에서 길을 찾을 땐 우편번호나 주소상의 번지수가 별 소용에 닿지 못한다. 서울에선 그리운 누군가에게 폴 오스터 소설의 주인공처럼 '웨스트 애비뉴 54번지로 오세요' 라고 간단히 일러줄 수가 없다. 서울에 사는 사람이라면 누구나 주소 없이 길을 찾고 주소 없이 길을 가르쳐주는 일에 익숙하다.

……거기 어디쯤이에요? 주변에 뭐가 보이죠? 아, 세븐일레븐이요? 그 옆에 사진관도 있죠? 코닥 익스프레스. 네, 맞아요. 거기. 그 맞은편 한빛은행 보이세요? 네, 횡단보도 건너편 한빛은행요. 일단 횡단보도를 건너세요. 그 한빛은행과 사설 주차장 사이 골목으로 조금만 걸어들어오면 크라운베이커리가 있어요. 네, 바로 그 옆 건물이에요. 일층에 모닝글로리가 있어요. 문구점 모닝글로리 말예요. 건물 지하엔 무슨 앵콜 노래방인가 있고요. 네, 그 건물 이층이에요. 카페 메종. 지금 저 거기 있어요. 아뇨, 그렇게 오래 기다리지 않았어요. 전 괜찮아요. 카페 메종, 찾을 수 있겠죠? 거의 다 온 거예요. 한빛은행 지나 크라운베이커리 옆에 모닝글로리 위층. 쉽게 찾을 수 있을 거예요. 지금 오고 있는 거죠? 기다릴게요. 기다릴게요, 당신…….

서울. 주소를 믿을 수 없는 도시. 낯선 곳에선 눈에 보이는 것만을 믿어야 하는 도시—용도와 상관없이 길을 설명하기 위해 사용되는 무수한 표지들(그 많은 은행과 교회와 주유소와 백화점과 학교와 병원과 파출소들), 누구나 비약된 사거리를 종이 위에 긋고 정류장이나 전철역에서 시작되는 약도를 그리는 것에 능숙한 도시, 비슷비슷해 보이는 골목길, 그러나 결코 같을 수 없는 약국과 비디오 대여점과 치킨 센터와 화장품 할인매장과 과일가게의 순서를 외우게 만드는 도시, 길을 잘못 들었다 생각이 들면 조금 다리품을 팔면 그뿐이라는 씁쓸한 낭패감을 안겨주는 도시, 도무지 길을 잃을 수 없는 도시, 그리하여 막막함조차 절실할 수 없는 도시, 시현이 알고 있는 서울이었다.

시현은 다시 티브이 화면을 바라본다. 결코 길을 잃을 수 없는 강남역 부근 대로변에서 넋이 나간 듯 막막한 표정을 지어 보이던 남자는 이제 보이지 않는다. 더할 나위 없이 시원해 보이는 스포츠음료를 꿀꺽꿀꺽 들이켜는 근육질의 흑인도 이내 사라져버린다. 시현은 다시 책상 앞에 앉는다.

책상 앞에는 커다란 사각 코르크 메모판이 걸려 있다. 코르크판에 붙어 있는 색깔과 크기가 서로 다른 메모지들. 그리고 이철수의 판화 엽서, 젊고 깡마른 군인으로 월남의 야자수 아래에서 총을 들고 포즈를 취한 흑백사진 속 시현의 아버지, 머리칼을 형광분홍색으로 물들인 서태지, 월간지 『지오』에 실려 있던 담배를 피우는 마다가스카르의 한 흑인, 영화 〈그린 파파야 향기〉의 포스터 엽서, 앵그르의 그림 〈발팽송의 욕녀〉, 영화 〈대부〉의 마이클 콜레오네로 분(扮)한 알 파치노, 월남에서보다 훨씬 늙고 살집이 붙은 등산복 차림의 아버지와 어머니, 옆모습을 보이며 희미하게 웃고 있는 오래된 연인 호진, 증명사진 속의 시현, 지난 봄 광주 비엔날레에서 촬영한 영국 작가의 작품 〈우리는 과거의 우리가 아니다〉 ……우리는 과거의 우리가 아니다.

시현은 책상 위에 놓인 봉투 속에서 새로 인화된 사진을 꺼낸다. 시현은 어젯밤 사진관의 마지막 손님이었다. 그러나 이 사진들을 찍은 것은 시현이 아니다. 수십 장의 사진 속에 어지럽게 얽혀 있는 광화문과 종로 일대. 역시 주소 없이 찾아간 거리. 인사동과 안국동을 제외한 주소상의 이름들은—중화동, 적선동, 서린동, 견지동, 공평동, 사간동, 관훈동, 돈의동, 묘동, 관철동—너무 낯설었다. 그리고 그만큼이나 낯설어 보이는 사진 한 장. 네모진 사진 모서리에 함부로 잘려나간 시현의 뒷모습. 시현의 반쪽뿐인 어깨와 뒤통수는 한국일보 사옥 건너편 백상기념관에서 경복궁을 향하는 돌담길의 사진 속에 우연처럼 찍혀 있다. 우리는 과거의 우리가 아니다.

주소 없이 길을 찾는 법에 익숙해진 사람들은 여간해서 길을 잃지 않는다. 조흥은행 캐시 로비 옆에 아트박스, 아트박스 옆에 피자헛, 피자 헛 옆에 연세치과, 연세치과 옆에 에스케이텔레콤, 에스케이텔레콤 옆에 건강이 넘치는 약국, 건강이 넘치는 약국 옆에 파파이스, 파파이스 옆에…… 당신에게로 가는 순서, 길을 잃을 수 없는 도시. 알 파치노 옆에 젊은 아버지, 젊은 아버지 옆에 그린 파파야 향기, 그린 파파야 향기 옆에 서태지, 서태지 옆에 이철수의 연꽃, 이철수의 연꽃 옆에 늙은 아버지, 늙은 아버지 옆에 발팽송의 욕녀, 발팽송의 욕녀 옆에…….

시현은 자신의 반쪽 뒷모습이 찍힌 사진을 코르크 메모판으로 가져간다. 그러나 사진은 어느 옆으로 가야 하는지 자리를 찾지 못하고, 주소를 갖지 못하고 헛손질로 헤맨다. 누군가에게 도착하기 위해 거쳐가야 했던 그 많은 순서들. 완고한 불변의 순서들. 누군가에게 도착하기 위해 지나쳐온 거리의 색깔들, 냄새들, 소리들, 짐승의 기억력으로 거슬러오르는 그대에게 가는 길. 노란 수건들을 널어놓은 미용실의 빨래 건조대, 그 옆, 뱅글뱅글 돌아가는 오렌지색 입간판, 그 옆, 빵을 굽는 천국의 냄새, 그 옆, 유난히 껌 자국이 많은 낡은 보도 블록, 그 옆, 요란한 포장으로 장식된 꽃다발을 팔고 있는 노점 꽃집, 그 옆, 항상 최신가요를 크게 틀어놓는 팬시점, 그 옆, 그 옆…… 나의 주소는 당신 옆, 당신의 주소는 내 옆이라 믿었던. 그러나 지금 반쪽뿐인 시현의 뒷모습 사진은 길을 찾지 못하고 헤매고 있다. 다리가 아프다. 어제는 많이 걸었다. 우리는 과거의 우리가 아니다.

2. 헤어지던 날—사진촬영 금지구역

은색 갤로퍼는 천천히 청와대 옆길로 들어섰다. 시현은 전면 유리 한구석에 붙어 있는 서울시 엠블럼 스티커를 바라보고 있었다. 그림자처럼 엠블럼의 좌우가 바뀐 둥근 스티커의 뒷면.

"오늘도 시계(視界)가 나쁜걸……."

피우던 담배를 빈 음료캔 속에 집어넣으며 기(奇)가 말했다. 기는 자동장치를 이용해 반쯤 열려 있던 운전석과 조수석의 창문을 닫았다. 후텁지근한 바람을 가로막으며 매끄럽게 올라오는 차창을 시현은 어떤 돌이킬 수 없는 기분으로 바라보았다. 기는 할말이 있다고 했다.

"비가 올 것 같진 않지만……."

시현은 하릴없이 턱을 치켜들고 하늘을 바라보는 시늉을 했다. 오늘 필요 이상 말을 하는 기. 담배연기와 안개를 적당히 섞어놓은 듯한 부옇고 탁한 구름이 머리 위로 넓게 펼쳐져 있었다. 자동차 에어컨의 냉기가 샌들을 신은 시현의 맨발에 차갑게 와 닿았다. 정지신호가 들어오자 기는 능숙하고 빠른 동작으로 작은 술통의 뚜껑을 열고 반 모금쯤 앱솔루트 보드카를 들이켰다. 술통 주둥이에 바짝 가져다댄 기의 입술이 잠시 번들거렸다.

"북악스카이웨이 초입에 있는 허름한 중국집 이름이 뭔 줄 알아?"

"……?"

"스카이 반점. 중국집 이름치곤 꽤 근사하지? 대한민국에 스카이 반점이란 중국집은 딱 하나밖에 없을걸. 좀 있다 봐봐."

기가 웃었다. 필요 이상 말을 하는 기, 필요 이상 웃는 기. 할말 대신.

은색 갤로퍼는 정말 스카이 반점이란 간판을 내건 조그만 중국집 앞을 지나 구불구불 북악산길을 오르기 시작했다. 늦여름, 짙고 무성한 나뭇잎들이 어지럽게 흔들리며 차창을 스쳐 지나갔다. 지나치게 무성한 나뭇잎들 사이로 '추월금지' '규정속도준수'를 고지하는 낡은 팻말들이 서 있었다. 팻말은 강고한 모습, 그러나 무력한 느낌을 주었다. 기는 속도를 내지 않는 앞 소형차에 다섯 번이나 경적음을 울렸다. 실없이 중얼거리며, 쓴웃음을 지으며, 연출된 신경질을 부리며.

북악산길 중턱에는 팔각정 전망대가 있었다. 시현은 한 달 전쯤에도 기와 함께 그곳에 갔었다. 서울시 엠블럼 스티커가 붙은 차창에 '공무수행'이라는 표찰을 달고서.

시현이 하는 일은 지도와 약도, 그 중간쯤을 만드는 일이었다. 동대문, 인사동, 이대 앞, 이태원, 명동, 문정동, 황학동 등의 쇼핑 지도나 홍대 앞, 압구정, 대학로 등의 이색 카페들, 또는 놀이공원, 면세점, 퓨전 음식점, 외국 문화원, 소극장, 박물관 등을 소개하는 지도를 만들어 인터넷 사이트나 잡지사에 파는 것이 시현의 일이었다. 물론 그 모두 주소 없이 길을 찾아 만든 지도였다. 시현의 지도 역시 주소 없이 길을 찾는 사람들을 위한 것이었다. 시현의 지도에는 '여피족, 당신을 위한 고품격 쇼핑 정보' '이대 앞 보세옷가게 대탐험' '심야 데이트 코스 베스트 5' 등의 제목이 붙었다. 어쨌든 수채물감을 이용해 독특한 일러스트를 곁들이는 시현의 지도는 제법 인기가 있었다.

지난 봄 시현은 한 잡지사의 소개로 시청에서 주관하는 사업의 제작 협력 의뢰를 받았다. 이른바 '서울특별시 종합문화관광지도'라는 이름의 외국 관광객 대상의 안내서를 만드는 일이었다.

그곳에서 시현은 기를 만났다. 기는 5급 공무원이었다. 시현은 같은 성씨의 죽은 시인을 떠올렸다. 그 연상작용이 굳이 터무니없다고는 생각되지 않는 인상이었다. 기는 지도 만드는 일의 실무책임자였다.

시현은 제작팀의 몇몇과 함께 일 주일에 두 번 거리 취재에 나섰다. 또 일 주일에 한 번은 시청으로 찾아가 자료의 매킨토시 입력작업을 도왔다. 일은 공기관의 사업답게 방만하고 복잡한 과정을 거치며 더디게 진행되었다. 거리 취재를 할 때마다 시현은 기를 만나게 되었다. 기는 또다른 공무원인 윤과 동행했다. 가끔 운전을 대신하는 최도 함께였다. 기는 항상 캐논 이오에스 카메라를 메고 나타났다. 카메라에도 작은 서울시 엠블럼 스티커가 붙어 있었다. 윤이나 최는 기보다 서너 살 손위로 보였으나 직급은 모두 7급이라고 했다. 말없이 카메라를 만지작거리는, 굳이 거리 취재를 나오지 않아도 될 것 같은 직급의 기는 언뜻 윤이나 최의 부하직원처럼 보였다. 취재중 점심식사를 할 때면 윤이나 최는 북어국 백반이나 닭곰탕, 콩비지찌개 등을 제안했고 기는 묵묵히 고개를 끄덕였다. 흰 와이셔츠를 입은 손님들로 북적거리는 식당에서 비위에 맞지 않는 음식을 기다리며 시현은 윤과 최로부터 기의 얘기를 듣곤 했다. 서른네 살이라는 기, 높은 점수로 행정고시에 합격했다는 기, 곧 아이가 백일을 맞는다는 기, 몸조리를 위해 아이와 아내가 처가인 울산에 내려가 있다는 기, 주말마다 울산으로 간다는 기. 윤과 최는 매번 기를 옆자리에 앉혀두고 기에 대해서만 말했다. 일종의 도리라고 생각하는 것 같았다.

언젠가 식사를 마친 후, 윤과 최는 자동판매기에서 밀크커피 네 잔을 뽑아왔다. 시현은 뜨거운 종이컵 주둥이를 자근자근 씹었다. 콩나물 선지국도 인스턴트커피도 싫었다. 윤이 담배를 사기 위해 편의점으로 최가 차를 가져오기 위해 주차장으로 자리를 비운 새, 기는 시현의 종이컵을 슬쩍 빼앗아갔다. 시현의 식은 커피를 대신 홀짝홀짝 마시며 묘하게 얼굴을 일그러뜨리는 모습은 나도 실은 자판기 커피는 질색이지, 하는 표정이었다.

이른 무더위가 찾아왔던 어느 날, 기는 약속장소에 혼자 나타났다. 인사동과 소격동, 안국동 일대의 화랑들을 취재하기로 한 날이었다. 시현은 예전에 이미 인사동의 소규모 화랑들을 지도로 만든 적이 있었다. 기는 인사동 입구 토 아트 앞 벤치에 앉아 있었다. 기는 시현이 만들었던 지도와 참고자료들을 심상한 표정으로 훑어보며 뒷주머니에서 뭔가를 꺼냈다. 접는 지갑 크기의 작고 납작한 은빛 술통이었다. 〈리빙 라스베가스〉의 니콜라스 케이지가 가지고 있던 것과 비슷한. 흔히 버나드 플라스크라고 불린다는. 기는 뚜껑을 열고 술통을 입술에 대고 살짝 턱을 치켜들고 한 모금쯤 그것을 들이켰다. 그리고는 다시 뚜껑을 닫고 술통을 뒷주머니에 집어넣었다. 심상한 눈길은 계속 자료를 향해 있었다. 첫인상이 어느 죽은 시인을 떠올리게 했던 것처럼 그것 역시 터무니없다는 느낌은 주지 않았다. 기는 캐논 이오에스를 어깨에 둘러메며 일어섰다.

"앱솔루트 보드카…… 실은 겨울에 마셔야 제 맛인데."

시현과 기는 나란히 종로경찰서 앞 육교를 걸어 올라갔다. 시현은 기의 옆모습을 바라보려 했지만 육교가 마치 흔들다리처럼 휘청거리고 있다 느껴져 발가락 끝에 잔뜩 힘을 주고 걸을 수밖에 없었다. 날은 몹시 더웠다. 시현과 기는 백상기념관 건너편 걸스카우트회관 사잇길로 접어들었다. 이 길 끝에는 도서관과 미술관이 있었다. 오래된 여학교들의 담벼락을 천천히 지나쳤다. 연녹색으로 반짝이는 작고 여린 이파리들이 거대한 나무 끝에 매달려 끊임없이 흔들리고 있었다. 오래된 동네, 오래된 길과 오래된 학교와 오래된 나무들은 평온해 보였다. 어디선가, 여름 들어 처음으로 매미 소리가 들려왔다. 시현은 간신히 기를 바라보았다.

"이곳, 내가 좋아하는 길이에요."

"……너, 길을 많이 모르는구나."

너, 길을 많이 모르는구나. 하모니카 소리가 났다. 물론 매미 소리일 수도 있었다. 그러나 앱솔루트 보드카. 너, 길을 많이 모르는구나. 두고두고 시현의 귓속에선 하모니카 소리가 났다. 너, 길을 많이 모르는구나. 역시 터무니없다 생각되진 않았다.

북악산 팔각정 전망대. 한 달 전 시현과 기가 이곳에 도착했을 때는 막 소나기가 내리기 시작한 직후였다. 무섭도록 굵은 빗줄기. 사위는 순식간에 어두워졌다. 먹구름 속에 들어앉은 기분이었다. 전망 없는 전망대. 시현과 기는 와이퍼를 작동시키지 않은 갤로퍼 안에서 좌석을 뒤로 젖히고 오래도록 볼륨을 최소한으로 줄인 에프엠 방송을 들었다. 굵은 빗방울처럼 시현의 이마를 두드리던 기의 손가락. 음악 소리는 따라 부를 수 없을 정도로 작았다.

다시, 오늘. 기가 굳이 할말이 있다는 오늘, 북악산 팔각정 전망대. 비가 올 것 같진 않았지만 기의 말대로 시계가 나빴다. 전망은 어정쩡했다. 부옇고 탁한 대기 저 멀리 신기루처럼 서울이 내려다보이고 있었다. 어슴푸레 모습을 짐작할 수 있는 서울의 표지들. 모두 희미한 담배연기에 휩싸여 있는 듯 어딘지 불순하고 쇠락한 느낌을 주었다.

팔각정 둘레에는 몇 대의 유료 망원경이 설치되어 있었다. 기는 오백원짜리 동전을 망원경 투입구에 집어넣었다.

"강남에서 잠실 쪽으로는 좀 보이는 것도 같다."

기가 고정된 망원경에서 시선을 떼고 말했다. 시현은 더듬더듬 눈두덩을 망원경에 가져다대었다.

"포스코 옆에 무역센터, 무역센터 옆에 잠실 야구장, 야구장 옆에 롯데월드…… 보여?"

기는 다시 술통을 꺼내 입으로 가져갔다. 시현은 알 수 있다. 대수롭지 않은 듯 단번에 들이켜는 기의 자연스러운 동작. 무겁고 탁한 시야 너머 틀림없이 야구장 옆에 백화점이 있다는 걸 굳이 확인하고 싶진 않았다. 지도는 이미 완성되어 있었다. 지도를 만들기 위해 높은 곳에 올라온 것은 분명 아니었다. 기는 할말이 있다고 했다. 물론 듣고 싶지 않았다.

시현은 고정된 망원경을 함부로 움직여 망원경 속 풍경을 흩뜨려버렸다. 그러나 망원경은 바로 옆에 서 있는 기를 향할 수 없었다. 문득 눈앞이 아득히 흐려졌다. 시현은 눈을 부릅떴다. 멀리 한강을 건너는 다리 위에 늘어선, 어딘가를 향해 달려가고 있는 자동차들의 모습을 간신히 알아볼 수 있었다. 그러나 이내 깜깜해졌다. 아무것도 보이지 않았다. 유료 망원경은 냉담하게 눈을 감아버린 것이다.

시현과 기는 팔각정 안내문 앞에 멈추어 섰다. 안내문의 그림 속에는 사진촬영 금지구역이 표시되어 있었다. 붉은색 촬영금지 마크는 다소 위협적이었다. 군사보호구역과 그렇지 않은 부분의 경계가 선명한 선으로 단호하게 나뉘어 있었다. 흐린 날 오후의 전망대는 무력하다. 기는 아직 말하지 않았다. 막대사탕을 입에 문 어린아이가 불안정한 발걸음으로 안내문 앞을 가로질러갔다. 기는 다시 은빛 술통을 입술에 대었다.

"먼저, 차에 가 있어……."

시현은 천천히 화장실 쪽으로 걸어가는 기의 뒷모습을 바라보았다. 너, 길을 많이 모르는구나.

십 분쯤 뒤, 시현은 혼자 북악산길을 걸어 내려가고 있었다. 왔던 길을 되돌아가고 있는 건지, 그 반대 방향을 향하고 있는 건지 알 수 없었다. 그러나 상관없는 일이었다. 팔각정 입구에서 다급히 차도로 들어서는 시현에게 주차 관리인이 뭐라 소리를 질렀지만 시현은 뒤돌아보지 않았다. 뛰듯이 걸으며 종종걸음으로 그곳을 벗어났다. 아스팔트 가장자리에 바싹 붙어 걸었다. 다리가 휘청거리지 않도록 온몸에 잔뜩 힘을 주며 걸었다. 결국 기의 말을 듣지 않을 수 있었다. 다행이었다. 기는 말하지 못했다. 시현은 계속 걸었다. 갈래길은 없었다. 길을 잃은 것은 분명 아니었다. 다른 무언가를 기대할 수 없는 길. 시현은 다소 막연한 눈길로 구부러진 길 저편을 바라보았을 뿐이었다. 위협적으로 경적음을 울리며 지나치는 자동차들과 속도를 줄이고 시현의 옆으로 다가와 차창을 내리는 축도 있었으나 기는 아니었다. 상관없는 일이었다. 시현은 오래 걸었다. '추월금지' '규정속도준수'가 씌어진 푯말들, 그 뒷부분은 흉물스럽게 붉은 녹이 잔뜩 끼여 있었다. 시현은 계속 걸었다. 길을 잃은 것은 분명 아니었지만 길은 멀었다. 어지럽게 흔들리던 나뭇잎들 속으로 걸어들어갈 수도 있었다. 주소도 번지도 없는 깊고 어두운 숲속, 혹은 아득히 솟아오른 설산(雪山)의 어느 골짜기에서 막막히, 완전히 길을 잃고 싶은 충동. 그러나 시현은 길을 따라 걸었다. 주머니 속에는 필름 한 통이 들어 있었다. 주차창을 벗어나며 시현은 기의 운전석에 놓여 있던 캐논 이오에스 카메라를 열어 안에 들어 있던 필름을 빼내었다.

하모니카 소리. 혹은 사랑. 딱딱한 베개 위에 가슴팍을 대고 누워 아픈 숨을 고르며 한밤을 새우게 하는 사랑.

주말이 되면 기는 울산으로 내려갔다. 기의 아이는 그곳에서 백일 잔치를 했다. 그러나 기의 아내와 아이는 좀처럼 서울로 돌아올 것 같지 않았다. 토요일 오후 시현은 고속버스 터미널에서 기를 배웅했다. 그리고 일요일 저녁 다시 마중을 나갔다. 그러나 곧 기를 배웅하고 마중하는 장소는 공항으로 바뀌었다. 비행기는 시현과 기에게 여덟 시간을 주었다. 공항에서 가장 가까운 모텔방의 유리창은 비행기가 이륙할 때마다 격렬하게 덜컹거렸다. 서로를 지진처럼 끌어안았다.

어느 토요일 저녁 기를 배웅하고 돌아서던 시현은 다시 뒤돌아섰다. 바로 다음 비행기로 시현은 울산에 도착했다. 그다지 좋은 예감이 들진 않았다. 그러나 열망은 풍선처럼 부풀어올랐다. 낯선 도시. 그때만큼은 주소로 길을 찾을 수밖에 없었다. 시현은 기의 아파트 앞 공원 벤치에 앉아 기에게 전화를 걸었다. 전화기 저편의 기는 서투르고 통속적인 연기를 했다. 잘못 거셨습니다. 그런 사람 없습니다는 너무 구태의연한 대사였다. 기의 베란다에 불이 꺼지도록 시현은 일어서지 않았다. 잘 곳을 정하고 다시 전화를 걸었다. 기는 받지 않았다. 다음날 시현은 앱솔루트 보드카를 사고 하루 종일 기를 기다렸다. 그러나 기는 오지 않았다. 울산은 비교적 길을 찾기 수월한 도시였다. 방사형으로 구획된 산업도시에선 주소나 번지수가 요긴하게 사용될 듯싶었다. 그러나 시현은 저녁 내내 검은 비닐 봉지로 감싼 앱솔루트 보드카를 감질나게 들이켜며 울산 시내를 헤매었다. 너, 길을 많이 모르는구나. 막막했다. 길을 잃었다는 느낌은 그때뿐이었다. 심야 고속버스를 타고 서울에 도착한 건 다음날 새벽녘이었다. 새벽의 도시는 나쁜 예감만으로 가득 차 있었다.

가로등이 켜지고도 한참 뒤, 시현은 스카이 반점 앞에 도착했다. 기의 '할말' 은 기어이 듣지 않았다. 덕분에 다시는 기의 말을 듣지 않게 된 것이다. 시현은 세상에 단 하나뿐인 이름을 가진 스카이 반점 안으로 들어갔다. 손님은 아무도 없었다. 러닝셔츠 차림의 주인과 눈을 맞추지 않고 선반에 진열되어 있던 독한 중국술을 한 병 샀다. 주인은 거스름돈을 모두 동전으로 내주었다. 시현은 다시 북악산길 입구 마을버스 정류장에 오래도록 서 있었다. 기를 기다린 것은 아니었다. 독한 중국술의 마개도 따지 않았다. 너무나 분명한 것은 길을 잃지 않고 틀림없이 집으로 돌아가리라는 것이었다.

3. 질주—내 친구의 집은 어디인가

시현은 손잡이를 돌려 차창을 열고 다소 서늘해진 늦여름의 밤공기 속으로 얼굴을 들이민다. 강남역 부근의 대로변. 자정을 넘긴 시간이지만 거리는 거대한 크리스마스트리처럼 요란하게 반짝이며 홍성거리고 있다.

웬일인지 신호등의 녹색불이 켜지고도 차들이 움직이지 못한다. 신경질적인 경적음과 욕설이 들려온다. 운전석에 앉아 있던 호진도 차창을 내리고 고개를 뺀다.

"빌어먹을, 어떤 미친놈이야?"

시현은 붉은 브레이크 등을 켜고 멈추어 선 자동차들 앞으로 천천히 움직이는 검은 그림자를 발견한다. 검은 그림자의 남자는 차가 붐비는 건널목을, 신호등을 무시한 채 천천히 걸어가고 있다. 호진 역시 정체불명의 무단횡단자에게 길게 한 번, 짧게 두 번, 모스 부호 같은 경적을 울린다. 어둠 속 남자의 망연한 표정은 가리워져 있다. 이 거리는 버거킹과 정철외국어학원과 진솔문고와 국민은행이 있는, 티브이 속의 남자가 길을 잃고 두리번거리던 바로 그곳이다. 시현은 검은 그림자의 남자에게 시선을 떼지 않은 채 중얼거린다.

"지금, 드라마를 찍고 있는 거야."

"뭐? 어디서?"

"……."

인도의 가장자리에 도착하고도 여전히 길을 잃은 듯 밤거리를 두리번거리고 있는 남자. 남자에게 사납게 경적음을 울려대던 자동차들이 하나둘 움직이며 속도를 내기 시작한다. 호진도 낡은 자동차의 액셀러레이터를 밟는다. 시현은 창 밖으로 고개를 빼고 어두운 플라타너스 그늘 아래 망연히 서 있는 남자를 바라본다. 아주 잠깐 그의 곁을 스쳐 지나갈 때, 믿을 수 없을 만큼 낯이 익다는 생각이 든다.

호진은 테헤란로 쪽으로 방향을 잡는다. 늦은 밤 돌연 오래된 연인 호진이 시현을 찾아온 이유는 이 낡은 자동차의 중고 가격을 훨씬 호가하는 카오디오를 새로 장만했기 때문이라고 했다. 두 달여

만의 만남이었다. 여름 내 도서관에 있었다는 호진의 얼굴은 조금도 그을리지 않은 모습이었다.

호진은 정교한 모양의 CD 플레이어를 작동시킨다. 인터넷에서 다운받았다는 음악들은 시현을 잠시 아득하게 만든다. 열여덟의 시현과 열여덟의 호진이 이어폰을 한 쪽씩 나누어 꽂고 들었던 음악. 그 터무니없이 과장되고 진지하고 극단적인 이름을 가졌던 록 밴드들. 영어사전을 뒤적이며 가사 속 은어와 욕설을 찾아내며 즐거워했던 열여덟. 터무니없이 과장되고 진지하고 극단적인 것만을 좋아했던 열여덟. 긴 머리칼을 휘두르며 기타 줄을 물어뜯거나 카메라를 향해 가운뎃손가락을 들어올리던 록커, 공연중인 무대 위로 뛰어오르거나 록커를 향해 둥근 젖가슴을 내보이던 금발의 여자아이들. 그런 공연 실황 뮤직비디오를 보며 열광했던 열여덟. 십 년이 지나갔다. 이젠 무엇도 터무니없지 않다. 그렇다고 과장되거나 진지하거나 극단적이지는 더욱 않다. 절규하는 서른 살의 록커는 여전히 절규하는 마흔 살의 록커다. 그러나 스물여덟. 이미. 우리는 과거의 우리가 아니다.

호진은 속도를 낸다. 테헤란로—어두운 밤거리에 불꽃놀이처럼 솟아오르는 거대하고 아름다운 색색 형광빛 '닷컴' 간판들. 눈부신 성운(星雲) 속으로 흘러가고 있다고 속고 싶다. 스키드 로, 〈에이틴 앤 라이프(18 and Life)〉—열여덟의 음악이 귓전을 메운다. 바람에 흩날리는 머리칼, 시현은 열린 차창 밖으로 손을 뻗는다. 눈을 가늘게 뜨면 날개처럼 보일 수도 있겠다 생각한다. 손바닥 안을 퉁겨나가는 둥근 공기의 입자들. 시현은 문득 언젠가 무엇엔가 너무나 절절했던 기억들을 기억해낸다. 울컥 순간으로 스러지는 생의 충만함. 그러나 희미한 기억은 아무것도 증명해내지 못한다. 뎅강 손목을 잘라 창 밖으로 내던지고 싶은 욕구를 간신히 참으며 시현은 오래된 록발라드 곡의 볼륨을 줄여버린다. 호진은 제제하지 않는다. 시현은 가방 속에서 독한 중국술을 꺼낸다. 호진은 잠시 술병을 바라보다 정면으로 시선을 돌리며 말한다.

“그거 알아? 이란의 테헤란에 가면 반대로 ‘서울로’ 가 있대. 어떻게 생겼을지 궁금하지 않니? 서울이라는 거리…….”

시현은 천천히 마개를 열고 독한 중국술이 담긴 술병의 주둥이를 입 속으로 기울인다. 손바닥을 퉁겨나갔던 뜨거운 공기 덩어리들을 꿀꺽꿀꺽 삼키는 느낌이다.

“이란 영화, 〈내 친구의 집은 어디인가〉에 나왔던 그 남자애 기억나? 하루 종일 길을 헤매고 다녔던 그애. 그애도 지금쯤 꽤나 자랐을 거야…… 어쩜 수염이 돋았을 정도로.”

시현은 다시 술병을 기울인다. 영화 속 지그재그 언덕길을 달려가던 소년. 낡은 대문 틈새로 안타깝게 친구의 이름을 부르던 소년. 길을 헤매지 않을 만큼 자랐을 지금, 아직도 친구의 숙제를 기꺼이 대신해줄 수 있을지.

한강을 건너기 직전, 호진은 시현의 손에 들린 술병을 빼앗아 제 입으로 가져간다. 독한 술에 안쓰럽게 들린 사레가 잦아들자 호진은 단호하게 말한다.

“너, 말하고 싶은 거 있지? ……하지 마.”

호진은 줄였던 볼륨을 다시 높인다. 속도계의 바늘이 가볍게 올라간다. 낡은 자동차의 불안한 엔진 소리. 시간은 새벽 두시를 넘어서고 있다. 다리 아래로 내려다보이는 출렁이는 한강의 물결, 그 위를 어지러운 물 그림자로 일렁이는 가로등 주홍 불빛의 행렬. 언젠가 밤바다에서 보았던 집어등을 닮았다. 열린 차창 턱에 얼굴을 괴고 시현은 독한 술기운, 몸 속 즐거운 불꽃놀이를 즐긴다. 갑자기 자동차 문에 커다란 증권회사의 광고를 부착한 택시 한 대가 깜빡이도 켜지 않은 채 함부로 호진의 앞으로 끼어든다. 호진은 아주 적나라한 욕설을 내뱉으며 수동 기어를 4단으로 올린다. 시현은 까르르르 즐겁게 웃는다. 열여덟 살 때처럼 웃는다. 큰 소리로 노래를 따라 부르며 호진에게 마개를 연 술병을 건넨다. 한 손으로 핸들을 잡은 호진은 기어이 택시를 앞질러 한강을 건넌다. 시현은 박수를 치며 발을 구른다. 경적음을 울리며 사라지는 택시. 즐거운 불꽃놀이. 우리는 과거의 우리가 아님에도 불구하고.

"낡았어도 아직은 쓸 만하다 이거지? 하지만 이젠 너무 낡았어. 너도 라틴어나 스페인어로 된 멋진 이름의 새 자동차를 가져야 돼."

적색 신호등 앞에서 다시 중국술 한 모금을 들이켠 호진은 신호를 무시하고 유턴한다. 낡은 자동차는 다시 한강을 건넌다. 음악 소리와 바람 소리 사이로 호진이 소리지른다.

"사실 정말 하고 싶은 건 택시 기사가 되는 거야. 나 길 찾는 건 자신 있거든!"

호진은 천호대교에서 행주대교까지 한강 다리들을 차례로 외운다. 영동대교 옆에 성수대교, 성수대교 옆에 동호대교, 동호대교 옆에 한남대교, 한남대교 옆에 반포대교…… 랩처럼 흥얼거린다. 생각해보니 그 많은 다리들은 놀랍게도 서로 조금도 닮아 있지 않다.

호진은 아직 학생이다. 오래도록 도서관에 있는 호진. 고등학생, 대학생, 군인, 휴학생, 그리고 대학원생인 호진. 호진은 지금 기가 합격했던 시험을 준비중이었다. 그러나 택시 기사를 해도 좋을 호진. 열여덟 때처럼 머리칼에 잔뜩 스프레이를 뿌리고 전자기타를 치거나 새벽녘 강변도로를 질주하는 총알 택시의 기사가 되어주어도 좋을 호진.

지난 십 년, 시현과 호진은 삼천 번쯤 전화통화를 했다. 함께 식사를 한 것은 육백 번을 넘을 것이다. 최소 서른 가지의 선물과 이백팔십 번의 키스. 약 천 잔의 커피와 여섯 번의 헤어짐. 호진이 시현의 따귀를 때린 것은 네 번, 시현은 좀 많은 열 번쯤. 함께 본 영화는 백오십팔 편. 열세 번의 여행에서 함께 찍은 사진은 백 장쯤 될 것이다. 그리고 한 번도 실패하지 않은 피임. 그러나 정말 중요한 건 그런 게 아닐지도 몰랐다. 시현과 호진을 참을 수 없이 두렵게 만드는 것은 바로 그것이었다. 정말 중요한 다른 것. 헤어질 수 없는 건 그 공포 때문인지도 모른다.

"나, 실연했어."

"빌어먹을, 말하지 말라고 했잖아!"

올림픽 대로를 질주하던 낡은 자동차는 급하게 갓길로 핸들을 꺾는다. 급브레이크에 위태롭게 퉁겨나가려 했던 머리칼이, 몸뚱어리가, 눈물들이, 세포들이, 스물여덟이 쉽게 제자리로 돌아오지 못하고 함부로 헝클어진다. 혐오와 절망과 치욕과 증오가 뒤엉킨다.

"지겨워. 넌 하나도 변한 게 없어."

분에 겨워 말한다.

"너도 마찬가지야."

어금니를 깨물며 목메인 소리가 답한다.

독한 중국술을 담았던 술병은 이제 거의 비어 있다. 시현과 호진은 마지막 한 모금을 차지하기 위해 아귀다툼처럼 서로에게 달려든다. 필사적이 된다. 누군가의 무릎에 치어 음악이 꺼져버린다. 누군가의 발길질에 경적음이 울린다. 누군가의 몸부림에 운전석이 뒤로 넘어간다. 누군가의 악다구니에 누군가의 손아귀를 빠져나간 술병이 열린 차창 밖으로 날아간다. 새벽의 올림픽대로를 무섭게 질주하는 자동차들의 소음에 묻혀 술병은 소리없이 깨진다. 조용히 산산조각난다.

독한 중국술이 담긴 그들의 몸뚱어리는 결국 거대한 알코올램프가 된다. 누군가 제 머리 위로 성냥을 긋는다. 누군가 사무치듯 누군가를 끌어안는다. 낡은 자동차는 불타는 배가 된다. 이제 할 수 있는 일은 서로를 샅샅이 핥는 것뿐이다. 아주 조금은 슬프다는 느낌. 꼭 그만큼의 속도로 밤길을 질주하는 자동차들. 어떤 투정 같은, 신경질적인 빈혈 같은, 이미 낡은, 새로울 새도 없이 낡아버린 스물여덟. 입 안 가득 까맣게 고인 권태의 독(毒). 아득히 긴 여운을 남기며 멀어지는 경적음이 눈물처럼 그들의 벗은 몸 위로 젖어든다. 불타오르는 낡은 배는 물 속으로 잠긴다.

당신, 멀리서 나를 기다리는 당신. 당신에게 도착하기 위해 거쳐가야 했던 수많은 당신 아닌 것들. 당신에게 가는 길을 잃지 않기 위해 당신 아닌 것들에 애를 태워야 했던 기억. 당신 아닌 것들을 확인하며 당신에게 다가가고 있음을 믿어 의심치 않았던 순간. 당신 아닌 것들에게 익숙해져가며, 당신 아닌 것들에게 서서히 빼앗겼던 당신에의 몰입. 결국 당신 아닌 것들에만 설레게 되어버린 나.

그러나 언제나 내가 눈물겹도록 꿈꾸었던 것은 주체할 수 없는 열망의 속도로 곧장 당신에게 날아가 당신 가슴에 뜨거운 화살처럼 꽂히는 것이었다.

아무 곳에도 도착하지 못한 희미한 새벽. 올림픽대로변의 가드레일 한 귀퉁이에서 나타났음을 믿을 수 없는 검은 고양이 한 마리. 은밀한 긴장으로 노랗게 반짝이는 습격자의 눈동자. 고양이는 낡은 자동차, 그 컴컴한 밑으로 쑤욱 빨려들어간다.

아무도 이곳에서 길을 잃을 수 없다.

사막의 도시, 그 실낙원의 풍경

황도경(문학평론가)

삭막한 도시를 배경으로 익명화되고 사물화된 존재들과 그들 사이의 타자화된 관계들을 그려내는 이신조의 소설은 우리가 서 있는 우울한 실낙원의 세계를 담고 있는 풍경화라 할 수 있을지 모른다. 그 속에서 그녀는 우리의 외롭고 상처 난 가슴을 드러내고 그를 통해 진정한 존재의 의미, 만남의 양식에 대해 진지한 질문을 던진다. 몇 겹으로 둘러싸인 꺼풀을 벗겨내고 사물과 사람의 내면을 투시하는 그녀의 눈은 깊고 그것을 그려내는 그녀의 손은 섬세하다.

1. 낙원, 그 슬픈 환상

〈엘비라 마디간〉이란 영화를 기억한다. 두 아이를 둔 장교와 서커스단에서 줄을 타는 여자의 짧았던 소풍을. 푸른 풀밭 위를 구르며 깔깔거리던 두 사람의 장난스런 몸짓과 웃음 가득했던 얼굴, 그 사이로 날카롭게 빛나던 면도날과 장난스레 친구에게 겨누던 총의 섬찟함, 그리고 나비를 좇는 여자의 환한 모습 위로 들려오던 두 방의 총소리를. 그리하여 탈주의 길 곳곳에 자리한 위태로운 함정들, 우리의 발목을 잡는 일상의 그 무서운 힘을, 낙원에의 꿈, 그 슬픈 환상의 끝을 마주하며 가슴이 먹먹해졌던 기억을 떠올린다. 그리고 다시, 이신조의 소설을 읽는다. 사막 같은 도시의 미로를 헤매며 신기루 같은 낙원을 좇는 인물들의 욕망과 절망, 잊혀진 기억 속의 시간을 더듬어 자신의 이름을 찾아가는 외로운 여정, 환상 속의 그대를 향해 부르는 '콜링 유'…… 그리하여 다시, 가슴이 먹먹해진다. 그들의 고독과 절망은 이 환멸의 도시를 사는 우리들 모두의 그것이기도 하고, 그들의 슬픈 노래는 우리 모두의 그것이기도 하므로.

이신조 소설은 대부분 화려한 도시를 배경으로 하고 있다. 그녀의 인물들에게 도시는 자신의 슬픈 운명을 잊게 하는 환상의 세계이자 동시에 우울하고 누추한 운명을 다시금 확인시키는 환멸의 세계이다. 「오징어」에서 고향인 속초를 떠나 서울로 온 '내'가 일자리를 얻은 놀이공원, 그곳은 마스코트 인형과 화려한 레이스 달린 옷과 흥겨운 춤과 놀이가 있는 그야말로 하나의 요술의 집과도 같다. 그곳에서 그녀는 늘 웃고 있는 곰 인형 가면을 쓰고 돌아다니며 처음으로 웃고, 화려한 화장을 하고 화려한 레이스 달린 옷을 입고 춤을 추며 '다른 여자'가 된 듯한 기분에 사로잡힌다. 더욱이 그곳에서 그녀는 사랑하는 남자를 만난다. 한때는 레크리에이션 강사였던 그는 항상 입가에 특유의 웃음을 달고 다니는 인물로, 그녀로서는 한 번도 가진 적이 없는 유쾌함과 흥미진진함을 가진 존재이다. 그녀에게 있어 그는 사랑이자 행복이며 웃음이었던 셈이니, 웃으면서 할 수 있는 일을 찾아야 한다고 한 것도, 캉캉춤을 출 때 웃는 얼굴을 강조한 것도 바로 그였다.

비가 내리고 있었다. 비에서 소주 냄새가 나는 것 같았다. 야아-, 나는 창문 너머로 소리를 질렀다. 그가 웃었다. 겨우 웃었다. 나는 춤을 추고 싶어졌다. 나는 벌거벗은 채로 그의 앞에서 캉캉춤을 추었다. 나는 그가 헤어지자 말할까 겁이 나 있었던 것이다. 나는 열심히 춤을 추었다. 키득키득 웃던 그가 내 춤을 따라 추었다. 우리는 서로에게 손가락질을 하며 웃어댔다.(225쪽)

비가 내려 공연이 취소되는 날 저녁이면 '그'와 '내'가 놀이를 하며 보낸 좁은 우산 속 같은 여관방, 그녀에게 그곳은 작은 낙원과도 같은 곳이다. 그곳에는 웃음이 있고, 춤이 있다. 춤은 이신조 소설에서 권태로운 일상으로부터, 우울한 현실로부터 벗어나기 위한 몸부림으로서의 의미를 갖는다. 꽃잎보다 가볍게 대관령 너머 낙산해수욕장 모래사장에 사뿐히 내려앉는 꿈(「오징어」), 바람을 닮은 흰 새처럼 쓸쓸하고 고단한 삶을 뚫고 가볍게 날아오르는 꿈(「나의 검정 그물 스타킹」), 그 꿈의 언저리에는 항시 춤이 있다. 그것은 자유와 해방을 꿈꾸는 일탈과 비상에의 몸짓이다. 그러나 그녀는 임신으로 자리를 비운 '그'의 아내 '대신' 캉캉춤을 추었던 것이고, 따라서 그녀가 누렸던 유쾌함과 웃음, 화려함이란 일시적인 것에 불과했으며, '그'를 통해 만난 낙원은 깨어나야 할 꿈과도 같은 세계였다.

「9½F」에서 '그'와 '그녀'가 묵었던 오래된 호텔방 역시 하나의 작은 낙원과도 같은 공간으로 제시된다. 느리고 느린 섹스가 이어지는 곳, 시간이 흐르지 않는 곳, 그곳에서 그들은 완벽하게 행복하다. 천장에는 야광별 스티커가 빛나고, 전등갓에는 크리스마스 장식 술이 늘어뜨려져 있으며, 방 안에는 온갖 물건들이 가득 쌓여 있다. 그것들은 "낙원을 파는 쇼핑센터", 그 발디딜 틈 없는 현대판 파라다이스에서 구입해온 낙원의 구성 목록들이다.

그녀와 그는 비닐 봉투와 쇼핑백을 끌러 내용물을 침대 위로 쏟아냈다. 밤식빵과 크루아상과 오렌지 마멀레이드, 생수와 쌀음료, 해물맛 버섯전골맛 우동맛 김치맛의 사발면, 투명한 플라스틱 용기에 담긴 절임류의 밑반찬, 전자레인지 대신 전기포트를 이용할 참인 포장 밥과 티백에 담긴 차류, 복숭아맛 샴페인과 독일산 훈제햄도 있었다. 그녀의 팬티와 식염수, 그의 양말과 일회용 면도기. 수입 구제품을 파는 보세 옷가게에서 보라색 가발과 카우보이 모자와 안경테에 반짝이 스팽글이 박힌 펑크 스타일의 커다란 선글라스도 샀다.(78~79쪽)

그러나 이토록 상세하게 나열되고 있는 사물들의 목록은 아이러니컬하게도 이들이 서 있는 실낙원의 현실을 확인시키는 데 일조한다. 풍요로운 사물들에 둘러싸여 '그녀'와 '그'는 그들 자신이 오래된 호텔의 가구나 물건이 되는 기분에 사로잡히기도 한다. 사람이, 혹은 사랑이 있어야 할 곳에는 대신 사물들이 들어서고, 행복은 물건들의 목록으로 수량화된다. 결국 그 낙원은 가짜에 불과하다. 천장에 붙인 별은 아주 잠깐 형광이었다 이내 스러지고, 쿠키를 먹기 위해서는 액체 소화제를 함께 먹어야 하고, 모기에 시달려야 하는가 하면, 오래된 호텔방의 한구석을 관통하는 중앙난방식 배수 파이프는 간헐적으로 윙윙거린다. 그리고 그 안에서 '그녀'는 보라색 가발을 쓰고 은색 인조 손톱을 붙인 '가짜 그녀'가 되어 '그'와 빠르고 짧은 섹스를 나눈다. 흐르지 않고 고이던 시간은 이제 처치 곤란이 된다. 고요와 행복감은 권태와 무료함으로 바뀌고, 낙원 같던 오래된 호텔방은 방범용 쇠창살이 둘려 있는 감옥이 되며, 파라다이스는 미로가 된다. 결국 다시 문제는 어떻게 그곳을 탈출할 것인가, 하는 것이 된다. 그런데 그들이 고속도로를 달리며 즐기는 '리얼 드라이브'도 '어차피 가짜'이니, 과연 이들에게 탈출은 가능할 것인가?

「산책」에서도 '엘라'와 '좁은방'이 만난 곳은 '이미테이션 트레비 분수' 앞이다. 그들은 마치 벚나무와 플라타너스와 아카시아와 단풍나무와 버드나무 사이를 걷는 것처럼 즉석 베이커리 '포숑'을 지나, '클리니크'와 '시세이도'와 '비오템'과 '크리스찬 디올'과 '랑콤'과 '지방시'와 '에스티 로더'와 '입생 로랑'과 '부르주아' 사이를, 혹은 '오브제'와 '미샤'와 '레노마'와 '보브'와 '톰보이'와 '에녹'과 '쇼비즈'와 '시스템' 사이를 산책하고, 롯데월드 어드벤처 매직 아일랜드에서 '꿈과 환상의 나라'를 만난다. 그러나 결국 그것은 모두 '가짜'다. 서로의 진짜 이름은 알지도 못하는 엘라와 좁은방, 피츠제럴드를 들어본 적이 없는 좁은방과 마루야마 겐지를 읽어본 적이 없는 엘라는 여전히 각자의 세계에 '따로' 존재할 뿐이고, 삼 분마다 꿈과 환상이 절정에 달한 비명들이 들려오는 놀이공원에서 그들은 쪼이려던 햇빛을, 쏘이려던 바람을 잊는다. 사람과 사랑과 자연이 사라진 자리에 들어선 풍요로운 사물들의 세계, 그것은 고독과 우울을 전제로 해서 얻은 우리 시대의 인공낙원이다. 이 이미테이션의 세계에선 모두가 각자의 섬에 갇혀 '너'를 부른다. '콜링 유', 이 슬픈 노래 속에 파라다이스는 없다. 건강하고 행복한 미래, 엄마와 아빠와 계집아이와 사내아이가 손에 손을 잡고 뛰어가는 푸른 언덕, 흰 구름과 무지개와 비둘기, 방긋 입을 벌린 가족의 미소, 이 완벽한 풍경은 세상에 존재하지 않는다(「정류장에서 너무 먼 집」).

세상은 차라리 죽음과 부패의 징후로 가득하고, 이신조의 인물들은 끊임없이 죽음에의 유혹에 시달린다. 북향에 자리잡은 늙은 의사의 침실과 화분의 돌조각 사이를 비집고 나온 바싹 말라 있는 누런 난초 뿌리, 그 말라 시들어가는 난초의 죽음을 지켜보는 취미를 지닌 늙은 의사, 호밀밭을 달릴 때 구둣발 아래 으깨어진 새 새끼들, 아홉 손가락을 지닌 할아버지, 오른쪽에 심장이 있는 나타샤, 아버지와 할아버지의 죽음(「거울 여자」), 스스로 스타킹으로 목을 조르고 그것이 안 되자 난간 아래로 몸을 던지는 여자(「나의 검정 그물 스타킹」), 영화 〈해피엔드〉의 소도구들에서 암시되던 죽음의 징후들과, 커트 코베인과 다자이 오사무의 자살, 병원에 갇혀 지냈던 재형(「콜링 유」), 죽은 시인을 환기시키는 '기'와 죽을 때까지 술을 마셔대는 〈리빙 라스베가스〉의 주인공, 깨져버린 술병과 불타는 자동차와 몸의 영상(「럭키 서울」), 병든 아버지와 건어물 같은 손을 가진 엄마와 말없는 동생(「오징어」), 이것들이 이신조가 그려내는 암울한 현실의 풍경들이다. 그녀의 인물들에게 세상은 그야말로 '하우스 오브 더 데드'(「정류장에서 너무 먼 집」), 죽음의 집이다. 그 속에서 그들은 해골의 형상을 한 좀비들이 되어 죽음과 파멸의 운명을 산다. 서로의 '귀'를 후벼주다 문득 느끼는 살의(「$9\frac{1}{2}$F」), 매일 밤 총을 쏘아대는 오락을 하며 드러내는 동생의 분노, 동생의 플라스틱 총을 품속에 움켜쥐고 거리로 나와 미장원 여자의 정수리에 총을 겨누는 나의 불온한 욕망, 동생을 향해 달려드는 거대한 트럭의 불길한 경적 소리(「정류장에서 너무 먼 집」), 난초 화분으로 늙은 의사의 머리를 내리치는 나타샤의 살의(「거울 여자」)…… 그렇다면 이 실낙원의 세계를 살아가야 할 우리들에게 자유는, 기쁨은, 영영 불가능한 것일까?

2. 이름, 존재의 비밀

이신조의 인물들에게는 대체로 이름이 없다. 「오징어」의 주인공은 단지 스물두 살의 '나'와 서른두 살의 '그'일 뿐이고, 「9½F」에서는 이름을 갖지 않은 여자와 남자가 관계를 가진 후 '낙원을 파는 쇼핑센터'를 돌아다니며, 수면제까지에도 '잘덴'이란 이름이 구체적으로 명시되어 있는 「콜링 유」에서 '내'게 모닝콜을 의뢰한 사람은 05, 42, 96의 숫자로 등장할 뿐이다. 인물들은 단지 그들이 닮은 다른 인물들이나 연관된 사물들을 통해서 소개되고 설명된다. 작가의 말을 빌리면 누군가를 알아본다는 것은 대부분 그 누군가가 자신과 닮아 있기 때문에 가능하며, 이 경우 결국 우리는 우리와 닮은 어떤 것을 통해서만 우리의 존재를 증명할 수 있게 된다. 예컨대 96은 가장 가벼운 금속 리튬과 록 그룹 너바나를 통해, 재형은 다자이 오자무를 통해, 「산책」의 두 주인공인 '엘라'(Ella@######.com)와 '좁은방'(Zovenbang@######.net)은 각각 자신들이 좋아하는 대상인 '엘라 피츠제럴드'와 '마루야마 겐지'의 소설 『좁은 방의 영혼』을 통해 자신의 정체성을 규정한다. 이들이 만나는 곳도 이미테이션 트레비 분수 앞이다. 이들은 스스로 존재하지 못한다. 아니, 이 도시 안에선 아무것도 스스로, 독자적으로 존재할 수 없다. 서울 한복판에 테헤란로가 있고, 이란에 가면 서울로가 있으며, 「살구나무 그늘로 얼굴을 가리고」에서 남편은 '내'가 태어나기 이 년 전 겨우 나흘 살고 죽었다는 오라비의 얼굴을 닮아 있기도 하고, 시숙을 닮아 있기도 하다. 때문에 이들은 '05'이자 '05'가 아니며, '엘라'이자 '엘라'가 아니고, '윤상기'이자 '윤상기'가 아니다. 이들은 다면체의 얼굴을 가지고 있다. 「살구나무 그늘로 얼굴을 가리고」에서 남편은 윤상기와 차주혁이라는 두 개의 이름을 갖고 있고, 「거울 여자」에서 의사의 침실에 있는 사진 속 여자와 닮아 있는 나타샤는 서울에 와서 '김'이라는 성 대신 '블라노비치'라는 엄마의 처녓적 성을 사용하고 있다. 의사에게는 '은향이' 이고, 어느 남자에겐 '민주' 인 그녀는 말한다, "어차피 나는 내가 아니"라고. 작가가 관심을 두고 있는 것은 그 두 개의 이름 즉, '윤상기' 와 '차주혁', '김' 과 '블라노비치', '은향' 과 '민주', 혹은 '엘비라 마디간' 과 '히드비그' 사이에 놓인 복잡하고도 교묘한 '빈틈' 이다. 과연 이들의 진짜 이름은 무엇인가? 이들의 진실은 어디에 있을까? 우리는 누구인가?

이신조 소설에서 이름은 존재의 비밀을 드러내고 증명하는 중요한 장치다. 이름을 갖지 않은 사람들과 사물들, 숫자로만 규정되는 존재들, 혹은 여러 이름을 가진 인물들, 이들은 모두 비밀스럽게 안개에 가리워진 타자들이다. 어느 시인의 말처럼 내가 그들의 이름을 불러주었을 때 그들은 내게로 와서 꽃이 된다. 그러나 이신조 소설에서 그들은 대부분 아직은 꽃이 될 수 없는 하나의 몸짓에 지나지 않는다. 그들은 서로의 이름을 모른다. 엘라와 좁은방의 진짜 이름을 모르고(「산책」), 05와 46의 이름도 모르며(「콜링 유」), 열대의 숲속에서 흰 새와 부딪쳤다는 남자의 이름도 끝내 알지 못한다(「나의 검정 그물 스타킹」). 그런가 하면 고향을 찾아가는 길에는 이름을 알 수 없는 산들이 이어지고(「오징어」), 한국말을 모르는 나타샤는 조선말로 울부짖는 의사의 말과 그의 필적의 의미와 내리는 비의 이름을 모른다(「거울 여자」). 이들은 모두 낯선 타자의 세계를 산다.

「콜링 유」는 고도의 섬과도 같은 이같은 도시의 삶에서 과연 타인과의 진정한 만남은 가능한가, 하는 질문을 본격적으로 던지고 있는 작품이거니와, 이때 주목되는 것이 바로 인물의 익명성이다. 모닝콜 서비스를 해주는 주인공에게 타인은 05, 96, 42와 같은 숫자화된 기호로서만 존재한다. '나' 는 그들의 나이도, 직업도, 취미도 알지 못한다. 그들은 서로에게 말한다, 'Nevermind' 라고. 이것은 무관심과 허무감 속에서 진행되는 현대인의 무미건조한 삶을 환기시키는 대사다.

그러나 나는 아는 만큼 모른다. 지금 이 시간, 혹 멀쩡한 목소리로 전화를 받았던 05는 세탁소에서 깨끗한 와이셔츠를 찾아오지 않았음을 깨닫고 에라 모르겠다 다시 침대 속으로 기어들어갔는지도 모른다. 96은 애당초 아침에 일찍 일어날 하등의 이유가 없는 사람일지 모른다. 그럭저럭 잘 지내고 있다는 42는 왜 이렇게 이른 시간에 깨어 있는가. 나는 진심으로 05와 96과 42의 안부가 궁금하지 않다. 전혀 알고 싶지 않다. 나는 아는 만큼 모른다.(210쪽)

요컨대 이신조 인물들은 타인에 대해 '모른다'는 사실만을 안다. 그런데 흥미로운 것은 이들이 서로의 이름과 직업과 취미는 모르지만, 서울의 현재기온과, 유명한 레스토랑의 주방장 추천 요리와, 여배우의 단골 미용실과, 여대생들이 소지한 립스틱 개수와, 채팅에서 사용되는 최신 은어와, 커트 코베인이 권총 자살한 것 등에 대해서는 잘 알고 있다는 사실이다. 이들이 알고 있는 많은 것들과 이들이 모르는 많은 것들 사이에, 부재하는 인간관계와 길게 나열되는 사건, 사물들의 목록 사이에 고독하고 소외된 채 서로 무심하게 살아가는 현대인들의 삶의 단면이 우울하게 드러나고 있는 셈이다.

그러나 작품 말미에 가면서 각기 타인과 단절된 채 홀로 존재하는 듯하던 이들 사이에 타인과의 소통 가능성이 조심스레 시사되니, 42로 불리던 여자가 자신이 마흔두 살의 조윤선이며 간통으로 고소되었다는 것을 '나'에게 팩스로 보내오는 것이나, 재형의 웃음이나 상념을 읽을 수 없던 '내'가 재형과 만나 "모처럼 그의 표정을 읽을 수 있"게 된 것 등이 그것이다. 전화기에 대고 있는 귀, 그것은 이 소통불능의 시대에 고독한 각자의 섬에서 서로에게로 난 유일한 통로였던 셈이다. 결국 '나'는 재형과 관계를 가짐으로써 수면제 없이 잠을 잘 수 있었을 뿐 아니라 바로 그가 96이었음을 알게 되는데, 이는 익명에 묻혀 있던 이들이 각각 이름을 얻음으로써 독립된 주체로서의 의미를 갖고 '나'와 관계를 형성하게 되었음을 시사하는 대목이다. 「산책」에서도 시종일관 서로 평행선을 긋던 두 주인공은 이야기 끝에서 서로의 생일이 같음을 확인하는데, 이는 너무도 이질적으로 보이는 두 인물이 사실은 동일한 뿌리에서 나온 존재들임을 시사하는 대목으로, 암울한 실낙원의 풍경 속에 자리한 한 가닥 희망의 징후로 다가온다. 그러나 작가가 그러한 희망으로 곧바로 달려나가지는 않으니, 42에서 조윤선으로 비로소 독자적인 이름으로 다가온 여자는 수면제 여섯 알을 먹고 잠이 들어 있고, 낙천적인 인간일 것이라고 생각했던 05는 웬일인지 전화를 받지 않는다. 절망과 희망은 여전히 같은 크기로 남아 있다.

「살구나무 그늘로 얼굴을 가리고」에서 이름은 존재의 비밀을 푸는 단서와도 같다. 갑자기 사라져버린 남편을 찾아가는 과정을 담고 있는 이 이야기는 전체가 20개의 장으로 구분되어 있는데, 그 순서가 뒤섞여 있는 것 자체가 이 작품이 파편화된 기억으로부터 존재의 비밀을 풀어가는 혼란스런 과정을 담고 있음을 시사한다. 이 과정에서 남편에 대해 "모든 것을 아주 잘 알고 있다"라고 확신하던 나의 진술은 점점 번복되어, "그는 나를 모른다고 했다" "나도 그를 모르는지도 모른다" "모든 것을 알 수가 없다" "그의 얼굴은 참을 수 없이 낯설다"는 고백으로 이어진다. 행방불명된 남편을 찾아 헤매는 과정에서 그녀는 끊임없이 낯선 남편의 얼굴을 만난다. 기타

치는 남편, 간이역 대합실의 남편, 병원 앞에서 활짝 웃는 남편, 야구모자를 쓰고 축구공을 좇아가는 남편, 쥐들이 갇힌 쥐덫에 불을 지른 후 쥐가 타들어가는 모습을 지켜보던 남편, 그것은 그녀가 알지 못하는 시간과 공간 속에 존재하고 있는 남편의 또다른 얼굴이다. 그것은 아버지와 형의 권위에 가리워지고 억눌려 있던(아버지는 선생님으로 드러나며 남편은 그의 사십구재가 지난 후 가출한다) 그의 또다른 얼굴이었으니, 이때 그는 형의 얼굴을 닮아 있지 않다(이 점에서 보면 그녀가 남편과 닮은 얼굴의 시숙과 관계를 맺는 것은 어쩌면 자연스럽다. 낯선 타인이 되어버린 남편에게서가 아니라 시숙에게서 남편의 얼굴을 발견할 수 있었을 테니까). 결국 그녀는 윤상기와 차주혁, 그 사이의 미묘하고 교묘한 빈틈에 있는 남편의 진실을 추적해가야 하는 것이다.

그런데 흥미로운 것은 실종된 남편을 찾아가는 이 혼란스러운 과정이 곧 그녀 자신의 정체를 확인해가는 과정이 되고 있다는 점이다. '나'와 타자와의 관계에 대한 성찰은 '나'의 정체성에 대한 탐색으로 이어지니, 남편을 찾아가는 여정의 끝에서 그녀는 실종된 사람이 남편이 아니라 정작 자기 자신이었음을 깨닫는다. 남편이라고 믿었던 존재에게서 발견하는 무수한 타인의 얼굴들, 그것은 그녀를 되비치는 거울이 된다. 실종되었다 돌아온 남편은 새 이름과 새 주민등록증을 얻고, 카페에서 남편과 함께 일하는 여자아이는 남편이 만든 칵테일에 새 이름을 붙여준다. 자기 고유의 이름을 가지지 못한 사람은 그녀뿐이다. 그러므로 그녀의 내면에 숨어 있을 무수한 낯선 얼굴들을 찾아내기 위해 이제 그녀가 실종을 선언할 차례인 것이니, 결국 남편의 실종으로 시작된 이야기는 그녀 자신의 진정한 이름 찾기로 끝이 난다. 그녀는 어느 누구와도, 무엇과도 닮지 않은 자기 고유의 이름을 찾아나서야 하는 것이다. 누구와도 닮지 않은 존재가 되었을 때 이신조의 인물들은 비로소 그 존재의 참된 의미를 갖는다. 그들이 서로 다른 선 백 개를 그리려고 하고(「오징어」), 가지마다 전부 다른 꽃을 피울 것 같은 꽃나무의 꽃씨 같은 아이들을 낳고 싶다고 소망하고, 사라짐으로써 오히려 아름다운 새 이름을, 아무에게도 쉽게 정체를 드러내지 않을 이름을 갖게 되기를 꿈꾸는 것도(「살구나무 그늘로 얼굴을 가리고」) 이 때문이다.

이신조 소설에 흔히 등장하는 상자와 서랍은 이처럼 다양한 얼굴을 지닌 존재의 비밀을 담고 있는 상징적 공간이다. 존재 안에 숨겨진 무수한 얼굴들을 발견하는 과정, 그것은 마치 상자나 서랍을 열어 그 안에 숨겨져 있는 것들을 찾아내는 과정이기도 하다. 「살구나무 그늘로 얼굴을 가리고」에서 남편의 서랍 속에는 지난 시간들 속에 자리하고 있는 남편의 낯선 얼굴을 증거하는 소지품들이 숨겨져 있고, 「9½F」에서는 오래된 호텔방, 오래된 화장대 서랍 속에 오래된 기록이 숨겨져 있는가 하면, 남자와 여자는 비상계단의 문과 문, 그 문 속의 또다른 문을 열고 들어가 사라진다. 그렇게 사라져버린 이들의 행방을 추적해가는 것, 그리하여 존재의 수수께끼를 풀어가는 것, 상자를 하나씩 열어가며 존재와 사물의 빈틈을 비집고 들어가는 것, 그리하여 그 실체와 대면하는 것, 그것이 이신조의 글쓰기이다. 사물과 존재의 내부를 투시하는 상상력이 발동되는 것도 이런 연유에서인데, 예컨대 자신의 몸 속을 찍은 엑스레이 사진이나(「거울 여자」), 내장과 먹물주머니가 전부 들여다보이는 바다 속의 투명한 오징어(「오징어」), 보란 듯이 뱃속을 드러내고 있는 삶은 닭(「콜링 유」) 등은 존재의 비밀스런 내부를 드러내는 흥미로운 장치이다. 현재와 과거, 현실과 꿈, 표면과 이면 사이의 틈새를 투시하는 그 움직임이 이신조 소설에 육체성을 부여하고 있다.

3. 짐승의 기억, 오징어의 귀환

이신조 소설에서 사라진 이름, 존재의 비밀, 틈새를 찾아가는 시도는 항시 몸의 감각을 통해서 이루어진다. 예컨대 「9½F」에서 '그'와 '그녀'의 섹스가 이루어진 곳이 612호였는지 613호였는지는 확실치 않지만 그때의 결정적인 결핍과 쓸쓸함, 묘한 흥분과 열망, 흐르지 않는 시간, 과거의 기억은 모두 냄새로 남아 있고, 「콜링 유」에서 대학 시절 사귀었던 남자아이는 두 귀에 대한 기억으로(이때 귀는 몸 안으로 이어진 그리하여 타인의 속내를 읽어낼 수 있게 하는 통로와도 같다), 그리고 그 귓등에서 일어서던 솜털들에 대한 감각으로 남아 있으며, 「오징어」에서는 권태롭고 절망스러운 서울에서의 삶이 비냄새와 오징어 냄새로 환기된다. 그런가 하면 「살구나무 그늘로 얼굴을 가리고」에서 '내'가 돌아온 남편의 실체를 확인하는 것도 몸을 통해서이다. 무릎과 쇄골과 콧등과 턱선과 어깨뼈와 편도선의 냄새 등 기억은 항시 몸의 감각을 통해 온다. 이신조의 소설에서 누군가를 안다는 것은 그의 몸을 안다는 것이며, 누군가를 기억하는 주체는 엄밀히 말해 내가 아니라 나의 몸이다. 그녀의 인물들은 '당신'에게로 가는 도중에 거쳐야 했던 거리의 색깔들, 냄새들, 소리들을 '짐승의 기억력'으로 환기하며(「럭키 서울」) 그에게로 거슬러오른다. 그것은 잃어버린 낙원으로의 먼 여정이 된다.

이신조 인물들에게서 유난히 다리가 주목되는 것은 이 때문이다. 발/다리는 탈주와 비상에의 꿈 그리고 그 좌절을 증거하는 몸이다.

그리고 거기에 신겨진 스타킹은 그들을 날아오르게 하는 날개다. 캉캉춤을 추던 '나'의 다리(「오징어」), 나타샤를 끌어안고 다른 여자 이름을 부르며 운 남자가 주고 간 스타킹(「거울 여자」), 여자의 희고 날씬한 다리를 감싸안고 있는 아름다운 검정 그물 스타킹(「살구나무 그늘로 얼굴을 가리고」), 여기에는 바로 그러한 꿈이 담겨 있다. 그러나 그 꿈이 좌절될 때 그들의 다리는 뻣뻣해지고 용을 써도 다리를 높이 쳐들 수 없으며, 스타킹은 올이 나가거나 찢겨진다. 까맣게 죽은 엄지발톱과 보랏빛 멍으로 얼룩진 복사뼈는 남편의 타자성을 환기하는 몸이자 동시에 탈주에의 몸부림을 반영하는 몸이며(「살구나무 그늘로 얼굴을 가리고」), 올이 나간 스타킹은 실패와 좌절 그리고 그것의 들킴을, 그리고 그 속에서 간신히 굴러가는 삶을 드러낸다(「정류장에서 너무 먼 집」). 엘비라 마디간에게 초상화를 그려주었던 난쟁이 화가에게서 환기되는 비극적 열정, 이신조 인물들은 그런 삶을 산다.

그렇다면 그들이 그 상처난 발/다리로 탈주해가는 곳은 어디일까? 그들이 사막과도 같은 불모의 도시를 떠날 때, 그리하여 짐승의 기억을 더듬어 잃어버린 낙원을 향해 나아갈 때, 그들은 한 마리의 오징어 혹은 광어가 된다. 스타킹이 인어의 비늘에 비유되는 것이나(「나의 검정 그물 스타킹」), 잠든 남편의 모습이 '생선'에 비유되는 것(「살구나무 그늘로 얼굴을 가리고」), 혹은 늙은 의사의 침실에 걸려 있는 사진 속 여자의 입술이 민물고기의 지느러미를 닮은 것으로 묘사되는 것(「거울 여자」) 등에서도 알 수 있듯이, 이신조 인물들은 모두 바다 속을 헤엄치는 생선을 닮아 있다. 그러므로 어쩌면 비극은 그들이 바다를 떠나 건조한 사막의 도시로 들어왔을 때 시작되었을지 모른다. 그들에게 물은 팍팍하게 메마른 그들의 삶에 뿌려지는 생명수이자 권태롭고 무미건조한 가슴에 부어지는 독주와도 같다. 예컨대 「오징어」에서 '나'는 양동이 물 세례를 받고 고향으로 돌아오고, 「럭키 서울」에선 독한 중국술에 불을 붙임으로써 권태의 독을 소진시키며, 「거울 여자」에서도 서울에는 나타샤의 고향에서처럼 비가 내린다. 심지어 엘라와 좁은방이 처음 대면한 것도 범죄 발생률이 가장 높다는 3월의 어느 수(水)요일이다(「산책」). 이들은 이 물의 세계에서 다시 오징어로, 혹은 광어로 부활한다.

등단작인 「오징어」는 이 점에서 이신조 소설의 원형적 상상력을 보여주는 작품이라 할 수 있다. 이 작품에서 주인공의 의식을 지배하는 것은 자신의 운명으로부터 벗어나겠다는 오기, '다른 여자'에의 환상, 그리하여 나비처럼 자유롭게 날아오르겠다는 꿈이다. 그리하여 그녀는 "정지해버린 속초에서의 삶"을 벗어나기 위해 서울로 가출한다. 속초는 그녀에게 마른 오징어와도 같은 얼굴의 엄마와 아버지, 남동생, 그리고 자신을 대면해야 하는 공간이었고, 그녀의 서울행은 바로 그와 같은 죽음의 얼굴로부터 벗어나고자 하는 시도였던 것이다. 결국 서울에서 그녀는 놀이공원에 취직을 하고, 소프트 아이스크림을 팔고, 캉캉춤을 추고, 레크리에이션 강사였던 남자와 사랑을 하지만, 그렇게 해서 그녀가 가질 수 있었던 웃음은, 생명은, 그리고 사랑은, 가짜였다. 곰 인형 가면과 털옷, 화장품 케이스 등은 물거품과도 같은 그리고 가짜에 불과했던 그녀의 꿈을 환기시키는 장치들이다. 그녀는 죽어버린 마른 오징어의 운명으로부터 자유롭지 못했던 것이다. 장마로 눅눅한 방 안에서 완벽하게 수분이 증발되어 밥공기 주둥이에 말라비틀어진 밥알, 선인장 가시 같은 혹은 모래 알갱이 같은 그 밥알은 또다른 오징어가 되어 그녀의 발목을 붙잡는다. 그러나 비가 올 때만 가능했던 남자와의 사랑놀이에서처럼 그녀에게 물은 마른 오징어처럼 메말라 있는 그녀를 되살리는 계기가 되니, 한 동이의 물을 뒤집어쓴 뒤 이루어진 귀향의 끝에서 그녀는 검고 탁한 구릿빛의 죽은 오징어들이 실은 깊은 바다 속에서 투명한 몸으로 오징어배를 향해 유유히 헤엄치고 있던 오징어들이었음을, 딱딱하고 무심한 검은 죽음을 알면서도 질푸른 바다 끝으로 가고 싶어했던 바다의 나비였음을 깨닫는다. 그것은 건어물같이 팍팍한 삶을 살아온 엄마에 대한 뒤늦은 이해이자 동시에 자기 자신에의 새로운 눈뜸이라 할 수 있는 것으로, 빗속을 달리는 속초행 버스가 "어쩌면 물 속을 헤엄쳐나가고 있는 것만 같"았다고 할 때 그와 같은 오징어의 부활은 이미 암시되어 있었을지도 모를 일이다.

이같은 오징어의 상상력은 「정류장에서 너무 먼 집」에 오면 광어의 그것으로 변형되어 나타난다.

> 지금 내 뱃속에서 꿈틀거리고 있는 것은 한 마리의 '온전한' 광어다. 머리부터 꼬리까지 제 모든 몸뚱어리가 담긴 이 뱃속에서, 놈은 회칼에 발리고 내게 짓씹혀진 살점들을 차례차례 고스란히 꿰어차고 되살아난 것이다. 제 뼈를 우린 국물까지 받아마셔 놈은 싱싱하게 독이 올라 펄떡거리고 있다. 나는 가만히 뱃속 광어의 움직임을 느껴본다. 놈은 납작한 몸뚱어리로 내 위벽을 훑어내리며 헤엄쳐 나아간다. 꿈틀꿈틀꿈틀. 나는 자리에서 일어선다. 떨어진 살점을 악착같이 잇댄 광어는 물살을 거슬러오른다. 연어처럼, 은어처럼.(61쪽)

모래 더미로 가득 찬 마당, 그 사막의 집을 떠난 동생이 꿈꾸는 것은 한 마리의 온전한 광어다. 억눌린 욕망, 짓씹혀진 육체, 그 찢겨진 몸과 꿈을 악착같이 재생시켜 세상을 향해 불온한 욕망을 방

출시키는 것, 광어의 상상력 안에는 그런 욕망이 담겨 있다. 그리하여 오징어로, 광어로 부활한 이신조 인물들은 물살을 거슬러 그들이 꿈꾸는 참된 낙원을 찾아나서는 것이다.

삭막한 도시를 배경으로 익명화되고 사물화된 존재들과 그들 사이의 타자화된 관계들을 그려내는 이신조의 소설은 우리가 서 있는 우울한 실낙원의 세계를 담고 있는 풍경화라 할 수 있을지 모른다. 그 속에서 그녀는 우리의 외롭고 상처 난 가슴을 드러내고 그를 통해 진정한 존재의 의미, 만남의 양식에 대해 진지한 질문을 던진다. 몇 겹으로 둘러싸인 꺼풀을 벗겨내고 사물과 사람의 내면을 투시하는 그녀의 눈은 깊고 그것을 그려내는 그녀의 손은 섬세하다. 그러나 그녀의 소설이 지나치게 영상문법과 상징에 의존하고 있고, 등장인물들의 권태와 절망과 우울의 근원이 다소 모호하고 추상적이라는 점, 따라서 그것들이 때로 절박하게 다가오기보다 다소 작위적인 몸짓으로 다가온다는 점은 지적할 필요가 있겠다. 가령 「정류장에서 너무 먼 집」의 경우 부모의 파산과 그로 인한 부동산 매각이라는 사실이 인물들에게 가져다준 피해의식과 세상에 대한 분노는 다소 과장되어 보이고, 「나의 검정 그물 스타킹」에서 강조되는 여주인공의 우울한 삶의 여정이나 비극적인 선택 또한 다소 작위적이고 감상적으로 다가온다. 이신조는 잔인한 정글 혹은 열대림의 세계 속에 거주하는 작가이며, 그 안에서 식물과 평화와 행복을 꿈꾸기보다 두더지와 우렁이와 코알라와 치타의 세계에 관심을 가진 작가다. 식물이 될 수 없는, 모든 "피 있는 것들의"(「정류장에서 너무 먼 집」) 절망과 습성을 동물적 감각으로 포착해내는 작가가 그 비극적인 세계에 더 치열하게 몸 담기를, 그리하여 자기 고유의 냄새와 이름을 가진 작가로 거듭 태어나길 빌어본다.

작가 후기

우선 떠오르는 것은 그런 것들이다. 흰 개, 사라져버린 흰 개, 연못가 숲속의 집, 그럼에도 불구하고 자라고 있을 두릅나무, 수상한 공기를 입에 물고 끝없이 중얼거렸던 인사동의 밤거리, 언제나 거짓말처럼 아름다운 백화점의 아케이드, 누군가에 닿기 위해 고가도로 위를 질주하던 밤의 택시, 자꾸만 자전거 전용도로로 발걸음이 쏠리던 벚꽃이 피기 직전의 그 도시, 새벽 내내 서성거리게 해주었던 낡은 집의 옥상, 그런 것들. 잊을 수 없는, 쓸쓸한, 그런 것들. 고맙다.

나의 극단적인 명랑함과 극단적인 우울함이 온전하게 이해받으리라 기대하진 않는다. 언제나 입에 달고 사는 '너무! 너무!'—예의 '너무 좋아' '너무 싫어'가 아니면 살 수가 없다. 미안하지만 정말 살 수가 없다. 그래서 먼저 많은 사람들을 떠올려야 한다는 걸 안다. 기꺼이든 억지로든 나의 '너무 좋아' '너무 싫어'가 돼주었던 당신들, 그 신비한 이름들…… .

항상 이해할 수 없는 종류의 어떤 섭리를 생각하게 하는 나의 가족 L, L, L, 태풍이 지나간 몽산포의 바다처럼 참 착하려는 U, 붉은 지등이 늘어선 기온의 밤거리에서 열망의 빈혈로 함께 주저앉았던 H, 괜찮다 정말 다 괜찮은 거야 언제나 따뜻한 손 S, 바다가 만들어 놓은 호수, 자전거를 타며 자꾸 핸들에서 손을 놓던 W, 그래도 친구 Y, B, 그렇게 눈이 많이 내리고 아무 일도 아니라는 듯 내 신발을 툭 차던 N, 철망 심장 그 살아남은 자의 슬픔 O, 그 많은 불타는 멋진 화가들, 몰락한 귀족 느낌 일본 작가들, 살아 있었으면 연애하고 싶었을 죽은 시인들, 놀라운 감각을 위해 끈질긴 인내심을 가졌던 사진가들, 질투라는 이름의 우울한 천재들, 물과 달과 밤과 작가 G, 오 년 만에 돌아와준 뮤지션 S, 그만큼만 될 수 있다면 W, 숨막히도록 쓸쓸한 눈동자 그의 배우 Y, '오후의 세계' K, 죽어버리거나 늙어버린 세계적인 동업자들 M, R, F, D, B, P, 너도 한번 써봐 내게 말을 거는 것 같았던 '90년대'라는 그들 K, Y, S, E, '나를 바꿨던 어떤 답안지' J, B, I, K, D, U, P, H, O, C, 같은 종족임을 유쾌하게 확인했던 A, L, G, 뜻밖에도 스파게티나 흑맥주를 아낌없이 사주던 초면의 선배들, 책을 주었더니 쭈뼛쭈뼛 예쁜 담배나 흰 레이스 양말 자두잼 같은 걸 선물하던 후배들, 종종 돌연한 출현으로 나를 기쁘게 하는 어여쁜 꽃미남들, 바로 그 학교 지독하던 안개를 기억하는 그들, 나를 싫어하는 게 틀림없는 S, N, E, A, 나를 좋아하는 게 틀림없는 R, T, H, M, 나답게 무턱대고 '너무 좋은' 그들, '너무 싫음'으로 내게 나를 확인시키는 그들, 그리고 나의 불찰로 지금 이름이 떠오르지 않는 바로 당신.

나는 종이에 이니셜이 아닌 당신들의 온전한 이름을 차례로 써나간다. 그 신비한 이름들을 주문처럼 중얼거린다. 어느 시 구절처럼 나는 앞으로도 당신들의 이름을 '천천히 쓰고 천천히 읽'을 것이다. 고맙다. 허락도 없이 함부로 당신들에게 밑줄 그었던 그 시간으로 이 책을 썼다. 고맙다.

얼마 전 티브이에서 남미 콜롬비아의 한 오지 마을이 소개되는 걸 본 적이 있다. 아무 곳으로도 길이 나지 않은 첩첩산중, 말 그대로의 오지. 그런데 그 오지 마을은 일명 '케이블 마을'이라고 불린다. 길이 없으므로 그 오지 마을로 가기 위해선 누구나 케이블을 타야 하기 때문이다. 하지만 케이블 줄이 설치되어 있다고 해서 케이블카가 운행되고 있는 것은 물론 아니다. 그 오지 마을 사람들에겐 항상 휴대해야 하는 주민등록증처럼 쇠로 만든 묵직한 도르래가 하나씩 주어진다. 우물 속 두레박이나 퍼올려야 알맞을 것 같은 도르래가. 케이블 마을의 사람들은 견고해 보이지도 않는 밧줄에 허리를 묶고, 제 몸을 두레박처럼 도르래에 매단다. 안전장치란 없다. 산중턱과 산중턱을 잇는 외줄 케이블 위를 아슬아슬하게 굴러가는 도르래. 특수부대의 산악 훈련을 연상시킨다. 그러나 시범을 보이는 오지 마을 사람들의 그 심드렁한 표정이란. 방송국 촬영팀은 낭떠러지 케이블 앞에서 사색이 되어 모두 뒷걸음질칠 뿐이다. 까마득한 낭떠러지를 가로지르는 케이블 줄에 제 모두를 걸어야만 그 깊은 산 속의 오지 마을을 들고 날 수 있는 것이다. 일 년의 한 명쯤 그 케이블을 타다 목숨을 잃는다는, 오지일 수밖에 없는 오지 마을. 엽기적이다!

우여곡절 끝에 도착한 그 오지 마을에 한 가족이 있다. 한 소녀가 있다. 착해서 죄 많은 얼굴을 한 부모와 일곱이나 되는 동생들, 전기가 없으므로 해가 지기 전에 숙제를 해야 하는 좁고 컴컴한 나무집과 가본 적 없으므로 꿈에도 나타나지 않는 먼 도시, 놀이인 줄만 알고 있는 고된 노동, 오지의 산비탈에서 소녀와 일곱 남매들은 손을 잡고 원을 돌며 〈사운드 오브 뮤직〉의 한 장면을 연출하고, 나는 왠지 화가 나기 시작한다.

마침 비가 내린다. 짙은 안개비 속에 오지의 마을이 잠긴다. 그 아침 소녀는 우산도 없이 두 시간을 걸어 깎아지른 벼랑의 산중턱, 예의 케이블 앞에 닿는다. 익숙한 동작으로 소녀는 제 허리를 묶은 허술한 밧줄과 낡은 감자부대 속에 들어가 감자 싹처럼 고개를 내민 어린 여동생(10세 이하의 어린아이는 혼자 케이블을 탈 수가 없다!)을 도르래 고리에 매단다. 외줄타기 서커스가 아니다. 소녀는 그저 학교에 가려는 것이다. 제 모두를 건다거나 눈물겹다거나 거창하게 말할 새도 없이, 소녀는 그네를 뛰듯 땅을 차고 날아오른다. 안개비를 뚫고 물보라를 일으키며 소녀는 수백 미터 케이블 위를 미끄러져간다. 그런 소녀의 뒷모습에 붙인 방송용 배경음악은 지나치게 비장했다. 밧줄을 움켜쥔 작은 손등, 빗물에 젖은 스커트, 그리고 아직 여인이 아닌 마른 종아리. 잠시 후 거짓말처럼 교실의 책상 앞에 앉아 있는 소녀. 힘들지 않니? 내 나라의 프로듀서가 묻는다. 백 년 동안의 고독, 그 먼 나라의 소녀가 수줍게 답한다. 아뇨, 괜찮아요. 나 학교 다니는 게 좋아요…… 괜찮아요, 괜찮아요. 그때 비에 젖어 엉긴 소녀의 머리칼에서 희미하게 김이 피어오르고 있었다. 소녀는 다시 낭떠러지를 가로지르는 케이블을 맨몸으로 건너 집으로 돌아가야 하는 것이다. 집으로 돌아가 숙제를 하고 동생들을 씻기고 닭에게 모이를 줘야 하는 것이다. 그날 티브이를 보던 나는 좀

어처구니없이 엉엉 울었다.

괜찮아요, 괜찮아요. 가끔 책가방 대신 무거운 쇠 도르래를 들고 아침마다 학교에 가는 그 소녀가 떠오른다. 비장하고 싶진 않다. 솔직히 내가 생각하는 것은 '즐거움' 이다. 미안하지만 다른 것은 생각할 수가 없다. 그러나 문득 내게 내 소설이, 나의 소설이라는 것이 그 오지 소녀의 도르래 같다는 생각이 드는 건 또 어쩔 수가 없다. 그리고 그날 밤, 먼 나라의 프로듀서처럼 홀연히 나를 찾아왔던 메피스토펠레스. 죽음처럼 매혹적인 검은 망토와 섬세한 푸른 근육. 그는 예상외로 따뜻하고 친절했다. 힘들지 않니? 사려 깊은 목소리로 그가 물었다. 오래 깊은 잠을 자지 못했고 눈 밑이 검게 그늘져 있었지만, 난 씨익 제법 예쁘게 웃었던 것 같다. 아뇨, 괜찮아요. 나 이게 좋아요…… 괜찮아요, 괜찮아요.

2001년 가을
이신조

문학동네 소설집
나의 검정 그물 스타킹

초판인쇄 | 2001년 9월 24일
초판발행 | 2001년 9월 29일

지 은 이 | 이신조
책임편집 | 김현정 장한맘
펴 낸 이 | 강병선
펴 낸 곳 | (주)문학동네
출판등록 | 1993년 10월 22일 제22-188호

주 소 | 136-034 서울시 성북구 동소문동 4가 260번지 동소문빌딩 6층
전자우편 | editor@munhak.com
하이텔 : podo1
천리안 : greenpen
전화번호 | 927-6790~5, 927-6751~2
팩 스 | 927-6753

ISBN 89-8281-430-2 03810

www.munhak.com